두번의 자화상

두번의 자화상

전성태 소설집

창비

차례

소풍
오

공원 주차장에 빈자리가 없어서 세호네 가족은 다시 진입로로 빠져나왔다. 세호 처 지현이 운전대를 잡고 있었다.

딸아이가 유치원에서 배운 동요를 흥얼거리느라 차 안은 라디오를 켜놓은 것 같았다. 행운을 가져다준다는 수줍은 얼굴의 미소, 운운하는 소절이 역시 어렵고 입에 붙지 않는 모양이었다. 제 오빠가 제법 선생 노릇을 하며 반복해 잡아주고 있었다. 팔순 장모는 뒷좌석 아이들 틈에 앉아 눈을 감고 있었는데 멀미기에 시달리는 듯 보였다. 그래도 아이들 재롱으로 생긴 엷은 미소가 입가에 묻어났다. 가슴에는 딸아이가 색종이로 만든 카네이션이 달려 있었다.

세호는 간신히 실려가는 기분으로 조수석에 앉아 있었다. 숙취와 피로로 만사가 귀찮았다. 다만 아내한테 오늘만은 가시 같은 소리를 듣지 않기를 바랐다. 친정에 올 때마다 당신은 맨날 그러더라고 아내 지현이 쏘아서 그들은 신혼 때부터 지긋지긋하게 싸워왔다. 세호는 억울했다. 처갓집 가는 날이 대부분 체력이 방전되는 주말이었을 뿐이지 결코 가기 싫어 꿍한 적은 없었다.

"오빠, 네잎 클로버 본 적 있어?"

딸아이가 문득 노래를 멈추더니 제 오빠에게 물었다.

"응. 저번에 도장에서 캠프 가서 찾기 게임 했어."

"오빠도 찾았어?"

"쿠키런 왕딱지 뽑기보다 어려워. 민지가 찾은 거 봤어."

"되게 어렵네. 그래서 어떻게 됐어?"

"뭐가?"

"민지 언니 말이야. 행운이 찾아왔어?"

"소원을 빌고 기다리고 있대."

"무슨 소원인데?"

"그걸 내가 어떻게 아냐? 소원은 말하면 안된다는데."

"아빠, 정말이야?"

"응?"

"네잎 클로버 찾고서 소원 비는 거, 말하면 안돼?"

"오빠 말이 맞아. 소원을 비밀로 해야 행운이 와."

세호는 주차할 데가 없나 살피느라 건성으로 대답했다. 딸아이가 생각에 빠지며 차 안이 조용해졌다.

주차요금 정산소를 앞두고 지현이 주차권을 찾았다. 내비게이션 옆에 당연히 있어야 할 주차권이 보이지 않았다. 지현은 대시보드와 바닥까지 훑어보고 나서 세호를 바라보았다. 그게 왜 내게 있겠어, 하는 눈빛으로 세호는 주머니를 뒤지는 시늉을 했다. 처가에서 나올 때 들른 김밥 체인점 영수증이 바지주머니에서 나왔다. 세호는 지현에게 핀잔을 주었다.

"맨날 그래. 잘 찾아봐."

지현은 세호에게 맡겨둔 숄더백을 낚았다.

그러는 사이 그들 차례가 되었다.

약이 바짝 오른 지현은 주차요금 징수원에게 항의했다.

"주차장이 꽉 찼으면 통제든 안내든 제대로 해줘야 할 것 아니에요."

징수원 여자는 어버이날 기념 축제 탓이라고 양해를 구했다. 부스에서는 무전기 소리가 자글거렸고, 여자는 지친 기색이 역력했다. 세호는 지현보다도 그 여자를 더 이해할 것 같았다. 지현이 여자를 올려다보며 말했다.

"주차장만 돌다가 나왔다고요, 두바퀴나."

"한바퀴야, 엄마."

뒤에서 딸아이가 재빨리 제 엄마 말을 받았다.

"두바퀴야!"

아내는 소리쳤다. 차 안팎으로 분위기가 싸늘해졌다. 징수원 여자가 부스 밖으로 팔을 내밀었다.

"주차권을 주시면 처리해드릴게요."

"방금 왔다니까요. 지금 제 말을 못 믿는 거예요?"

"아니에요. 취소 처리하는 데 필요해서요."

여자가 밀려드는 차량들을 보며 재촉하듯 말했다.

지현은 한숨을 내쉬었다. 그러고는 숄더백을 뒤집어서 치마에다가 소지품을 쏟아놓았다. 화장품, 지갑, 휴대폰, 물티슈와 함께 카드전표와 영수증이 한무더기 쏟아졌다. 지현은 영수증을 한장씩 들춰보았다. 누가 봐도 시위하는 몸짓이었으므로 세호는 머리를 내둘렀다. 징수원 여자는 입매가 샐쭉해졌다.

이윽고 주차차단기가 올라갔다.

일 킬로미터 남짓한 진입로 역시 바깥 차선에다가 차들을 세우느라 차량 흐름이 막히고는 했다.

"이제 우리 소풍은 끝난 거야?"

딸아이가 풀죽어 말했다. 아이들은 공원 광장에서 대여하는 사륜자전거를 타지 못하게 된 걸 아쉬워했다. 세호는 무거운 몸을 돌려 아이들을 달랬다.

"진입로 쪽 숲으로 가보자."

세호는 지현의 안색을 살폈다. 지현은 막힌 길만 바라보며 별말이 없었다.

"아빠, 오디 따먹던 그 숲 말예요?"

잠자코 앉았던 아들 녀석이 아는 체를 했다.

"오디?"

세호는 얼른 떠오르지 않았다.

"작년에 그 숲으로 소풍 갔잖아요. 아빠랑 캐치볼도 했는데."

"아, 공 주우러 갔다가 오디를 발견했지?"

"우리 또 가요, 네?"

아들 녀석이 좌석 사이로 얼굴을 내밀며 졸랐고, 덩달아 딸아이도 끼어들었다.

"난 네잎 클로버 찾을래."

"……오디가 지금 철인가?"

세호는 작년 나들이를 떠올리며 중얼거렸다. 등 뒤에서 장모가 잠긴 목청을 틔우는 소리가 났다.

"원, 벌써 그게 익었을라. 보리 익을 때나 돼야지."

장인 기일 때였던 모양이다. 세호는 손을 뻗어 딸아이 볼을 쓰다듬어주며 아쉽게 말했다.

"한달은 더 기다려야겠는걸."

진입로를 한참 빠져나오자 도로 정체가 차츰 풀렸다. 이제 돗자리 펼 데를 살피느라 아이들까지 입을 다물고 온 가족이 오른편 창밖을 내다보았다. 세호는 작년에 가족과 한나절을 보냈던 소나무 숲이 그냥 멀어져가는 걸 지켜보았다.

"세워봐, 엄마. 저기야!"

아들 녀석이 다급하게 외쳤다. 녀석은 운전석과 조수석 사이, 그러니까 제 엄마와 아빠에게 참견할 만한 위치에다가 열한살의 몸을 밀어넣었다.

"차 세울 데가 없잖아."

지현이 퉁명스레 말했다. 아들은 잠시 수꿀해졌다. 그러나 이내 특유의 활력을 찾아 다시 주절거렸다.

"근데 아까부터 무슨 냄새 나지 않아, 밥솥에서 나는 냄새 같은 거?"

녀석이 제 아빠 쪽으로 코를 내밀고 큼큼거리자 세호는 팔을 뻗어 밀어냈다.

"그렇게 앉아 있으면 위험하다고 했지."

왠지 세호는 아들 녀석의 태도가 마음에 들지 않았다. 술냄새 난다고 짐짓 힐난하는 듯싶었다. 지현에게 볶일 때처럼 짜증이 치밀었다. 목구멍에서 들큼한 트림이 올라왔다.

세호는 차창을 내리고 바람을 쐬었다. 차는 철쭉이나 조팝나무 같은 키 작은 관목으로 꾸민 정원을 지나갔다. 정자가 있는 널찍한 잔디밭에는 행락객들이 진을 치고 있었다. 그늘막이나 인디언텐트를 친 가족이 있는가 하면, 가스버너로 고기를 굽는 사람들도 보였다.

백여 미터나 더 진입로를 나와서 지현이 갓길에 차를 세웠다. 조금 전 그들이 타고 온 도시외곽도로가 코앞에 보였다. 인도 너머로 버팀목을 댄 어린 느티나무 조림지가 있고, 그뒤로 메타세쿼이아 숲이 울울했다.

"자, 내리자."

지현이 싸이드브레이크를 채우며 말했다.

"그늘져서 춥지 않을까?"

세호는 무슨 방풍림처럼 솟은 메타세쿼이아숲을 내다보며 중얼
거렸다.

뒷좌석에서 장모가 내리고, 아들과 딸이 차례로 내렸다. 아이들
은 곧장 숲으로 내달렸다. 지현이 소리쳤다.

"뛰면 안돼! 동생 데려가야지!"

어른들은 제자리에 서서 아이들을 바라보았다. 세호는 가슴을
펴고 숨을 들이마셨다. 사는 게 별것 있나, 하는 생각이 스쳤다. 저
렇게 드라마 같은 한 장면이면 족했다. 저것 한컷 건지려고 새벽부
터 고속도로를 타고 내려왔다는 생각이 들자 그는 다섯시간 분량
의 구질구질한 필름을 버리고 손을 터는 사람처럼 마음이 산뜻해
졌다.

"장모님, 날씨 참 좋네요."

지현은 트렁크에서 간식거리가 담긴 쇼핑백을 꺼내고 세호에게
자동차 열쇠를 건넸다.

"돗자리 챙기면서 무릎담요도 있나 찾아봐."

"먼저 가서 애들 좀 챙겨."

세호가 말했다. 아이들은 이미 숲으로 사라지고 보이지 않았다.

아내와 장모가 멀어지는 모습을 보고 나서 세호는 트렁크로 허
리를 접었다. 호텔 미니바에 납품하는 술상자에서 그는 미니 위스
키 한병을 꺼냈다. 트렁크에 머리를 박은 채 드링크제 비우듯 한모
금에 위스키를 넘겼다. 세호는 범퍼에 한발을 올리고 섰다. 숨이 좀
트이는 것 같았다. 손가락 마디까지 번져오는 술기운을 느끼며 그

는 조금 더 서 있었다.

돗자리는 종이상자에 눌린 채 트렁크 깊숙이 묻혀 있었다. 상자를 보고는 마음이 무거워졌다. 요양원에서 받아온 아버지의 유품을 두달째 싣고 다니는 중이었다. 사십구재도 다 치르고 난 시점에 요양원에서 연락이 왔다. 그는 아버지가 정신을 놓은 채 요양원 침상에 누워 지냈으므로 개인소장품 같은 게 있으리라 생각지 못했다. 입원할 때 입고 간 육년 묵은 누추한 옷가지와 구두를 어떻게든 처리해야 했다. 화장터로 가져가서 소각하라는 조언도 있었고, 시절이 바뀌었으니 아파트 재활용함에 넣어도 된다는 소리도 있었지만 어느 쪽으로도 실행을 못하고 있었다.

세호는 아버지를 잃고 생각보다 고통과 슬픔이 크지 않은 데 일종의 자기혐오 같은 감정을 갖고 있었다. 물론 자기 스스로에게 요구하는 애도의 강도가 어느 정도여야 한다는 강박 같은 건 없었다. 다만 이래도 되나 싶을 만큼 무덤덤한 자신이 문득문득 혐오스러울 뿐이었다. 늦은 밤 택시에 몸을 부리고 귀가하는 취중이면 그 마음이 일어났다. 그건 어젯밤에도 마찬가지였다. 세호는 택시에서 내려 아파트 제 집을 올려다보며 중얼거렸다.

"나한테 새끼들이 있어서 그래. 아비를 잃은 아비들은 다 그래."

정말 그렇게 소리치고 싶었다.

세호는 돗자리를 꺼낸 자리에 다시 상자를 밀어넣었다. 트렁크 한귀에서 야구 글러브가 눈에 띄었으나 귀찮은 생각에 손을 거두었다. 그는 술상자에서 미니 위스키를 한병 더 챙겨서 점퍼 주머니에 넣고 트렁크를 닫았다.

썬글라스를 꺼내 쓰고 물로 입을 헹구고 나서 세호는 천천히 가족이 사라진 길로 들어섰다.

볕에 나앉기에는 따갑고, 그늘로 들자니 아까운 날씨였다. 그제는 비가 내렸고 어제는 흐렸다. 행락객들도 봄볕을 좇아 나왔겠지만 죄다 나무에 홀린 것처럼 메타세쿼이아숲으로 들어가 있었다.

숲 입구에서 세호는 푯말로 만든 안내문을 만나 발걸음을 세웠다. 이 도시에 소재한 농업고등학교에서 연구지로 조성한 낙우송(落羽松)숲이라는 안내문이었다. 그는 낙우송이 메타세쿼이아의 별칭이 아닐까 생각했는데 안내문에는 메타세쿼이아와 함께 낙우송과의 대표 수종이라고 적혀 있었다. 그다음 구절은 낙우송이 별개의 수종이라는 사실을 분명하게 알려주었다. 중국이 원산지인 메타세쿼이아와는 달리 낙우송은 미국이 원산지였다. 수피에 이끼가 오르고 그 끝이 가늠되지 않는 늠름한 나무를 세호는 묵묵히 바라보았다. 그의 눈썰미로는 메타세쿼이아와 딱히 구별할 만한 점을 찾을 수 없었다. 잎사귀 빛깔이 메타세쿼이아보다 더 옅고 부드러우며 갈색 수피에 붉은 기운이 감도는 것 같았지만 어디까지나 느낌에 불과했다. 세호는 안내문을 설치한 연도를 보고는 낙우송 수령이 사십년이 넘었다는 걸 계산해냈다. 저 거목들이 고작 제 나이쯤 되었다는 사실에 왠지 위축감이 들었다.

지현에게서 숲 속 까페 쪽으로 오라는 문자메시지가 왔다.

세호는 숲으로 발을 들여놓았다. 네줄로 기둥처럼 선 나무들은 그 인위적인 간격과 대열만으로도 볼거리였다. 오른편으로도 왼편으로도 끝이 보이지 않았다. 풀이나 관목 없이 낙엽만 두껍게 쌓인 숲길은 폭신폭신했으며 공기는 축축하고 서늘했다. 그 원시림 같은 그늘에 서서 세호는 옷을 여미고 가족을 찾아 두리번거렸다. 불현듯 아이들이 그리웠고, 이유 없이 불안해졌다.

이내 세호는 오솔길에서 화살표가 그려진 흰 안내판을 발견했다. 까페 싸이프러스 40m.

그는 왼편으로 몸을 돌렸다. 딸의 목소리가 환청처럼 들려왔다. 예의 그 「네잎 클로버」라는 동요를 부르는 목소리가 틀림없이 들려왔다. 세호는 돗자리와 담요를 겨드랑이에 꼭 끼고 걸음을 재게 놀렸다.

"아빠!"

딸아이가 소리쳤다. 두아이는 해먹에 올라 누워 있었다. 연둣빛 해먹이 낙우송 두그루 사이에서 제법 운치있게 흔들리고 있었다. 오솔길이 휘어지는 곳, 숲에 면하여 'Cafe Cyprus'라는 상호를 내건 작은 통나무집이 있었다. 마당으로 난 발코니에 육인용 테이블이 놓여 있었고, 그곳은 그늘 한점 없이 볕이 발랐다.

까페 출입문으로 지현과 노인이 걸어 나왔다. 노인은 작년에 가벼운 뇌경색을 앓은 후 걸음걸이가 다소 부자연스러워졌다. 노인은 지현의 소매라도 잡으려는 몸짓으로 오른손을 멈칫거리며 따르고 있었는데 아내는 부주의하게도 성큼성큼 발코니로 걸어왔다. 테이블에 짐을 부려놓으며 지현이 세호에게 말했다.

"따로 자리 잡지 말고 여기서 쉬자."

세호가 해먹을 힘껏 흔들어주자 아이들이 비명을 질렀다. 킬킬 웃으며 발코니로 올라선 세호는 노인의 어깨에 담요를 덮어주고 맞은편 자리에 조금은 서먹하게 앉았다.

"김 서방은 웬 땀을 그렇게 흘려?"

"제가요?"

세호는 이마를 훔쳐냈다.

"날이 좀 덥지 않아요?"

"요새도 바쁜가?"

"부서를 옮겨서 덜합니다."

세호는 썬글라스를 고쳐썼다.

"몸이 저번보다 더 축났어."

지현이 낯을 만지는 세호에게 눈을 흘겼다.

"해외출장이 잦아져서 얼굴 보기가 더 힘들어졌어. 홍콩에서 어제 돌아왔는걸. 술을 팔러 다니는 건지 마시러 다니는 건지……"

"바쁘면 좋은 거지."

노인이 지현에게 타박조로 말해놓고 세호를 건너다보았다.

"사돈어른은 웬만하신가?"

세호는 당황한 얼굴로 노인을 쳐다보았다. 평소 노인이 뭉치고 돌려서 내놓는 말투에 갈피를 못 잡기는 하지만, 돌아가신 아버지를 두고 안부를 묻는 건지 위로를 하는 건지 얼른 대답할 수가 없었다. 그래도 딸이라고 지현이 장모의 말을 심상하게 받았다. 그녀

18

는 쇼핑백에 싸온 멜론을 깎고 있었다.

"아버님이 오랫동안 고생 많으셨는데 이제 편히 쉬시겠지. 살아 계실 때 내가 저이한테도 한 얘기지만, 치매 그거, 지켜보는 사람이 괴롭지 정작 본인은 죽음도 모르고 두고 가는 회한도 없고, 꼭 나쁘지만도 않은 것 같아."

노인은 가만히 입을 다물었다. 노인은 묵상하듯 한동안 그러고 있었다. 세호는 노인이 무릎 짚은 손을 꼭 쥐었다가 푸는 행동을 유심히 지켜보았다.

"그래서 어디다가 모셨니?"

"어머, 내가 엄마한테 말 안했나, 용인 납골당에 모셨다고? 좋더라, 가깝고 깨끗하고. 시어머니도 그쪽으로 모셔오려고 해."

까페에서 여주인이 팥빙수와 커피를 테이블로 내왔다. 지현이 과도로 멜론에서 씨앗을 긁어내며 주인에게 말했다.

"과일을 가져왔는데 좀 먹어도 되겠지요?"

"그러세요" 하고 주인이 대답했다.

"여기 참 좋네요."

지현이 해먹에 오른 아이들 쪽을 바라보며 흐뭇하게 웃었다. 그러고는 과장된 목소리로 "너희 신발은 벗고 올라가야지" 하고 소리치고는 주인여자를 올려다보았다.

"괜찮아요. 우리 아들이 태국 갔다가 사온 거예요. 지난달에 입대를 했는데 손님들이 좋아해서 그냥 뒀어요."

"애들아, 팥빙수 먹자."

지현이 손을 까불렀지만 아이들은 기척이 없었다. 저희끼리 무슨 비밀이라도 나누는지 아이들은 해먹에 누워 소곤거리고 있었다. 세호는 아이들을 데려오려고 자리에서 일어났다.

"오빠가 말해."

세호가 나타나자 딸아이가 말했다.

"네가 말해."

"무슨 일인데?"

세호는 두아이를 번갈아 바라보았다.

"있잖아······"

딸아이가 머뭇거리며 입을 뗐다.

"할머니가 이상해. 아까 나한테 지현아, 하고 엄마 이름을 불렀어."

"그것 가지고 할머니가 이상하다는 거야? 아빠도 가끔 너희 이름 잘못 부르곤 하잖아."

"그것뿐이 아니에요."

아들 녀석이 주위를 살피며 말했다. 아들은 비밀처럼 속삭였다.

"옷에다가 쉬하신 것 같아요."

"뭐? 언제?"

세호는 아들을 건너다보며 물었다.

"아까요. 차에서 냄새 난다고 할 때요."

세호는 피식 웃었다.

"아니야, 인마."

그래놓고 그는 아들 코에다가 입바람을 후, 하고 불어주었다. 아들이 인상을 쓰며 고개를 틀었다.

"술냄새였네."

"자, 이제 팥빙수 먹으러 가자."

두아이는 세호의 어깨에 매달렸다. 세호는 두아이를 어깨에다가 하나씩 매고 발코니로 옮겼다. 노인이 아이들에게 멜론 접시를 밀어주었으나 아이들은 팥빙수를 당겼다. 노인은 멜론을 다시 세호 앞으로 밀어주었다.

"아빠, 네잎 클로버 찾을래."

딸아이가 아들보다 먼저 스푼을 놓았다. 세호는 커피잔을 든 채 말했다.

"그럴까? 근데 요새 배운 그 노래 먼저 듣고 가면 안될까?"

딸아이가 머리를 흔들었다.

"재롱잔치 때 불러야 한단 말이야. 선생님이 그때까지 엄마 아빠한테 비밀로 해야 한댔어."

"다 아는데 무슨 비밀이야."

아들 녀석이 이죽거렸다. "그래?" 하고 세호가 말했다.

"근데 외할머니는 재롱잔치 때 못 오시잖니? 그러니 우리는 귀막고 있을 테니까 할머니한테만 불러드려."

그는 두귀를 막는 시늉을 하며 딸을 바라보았다. 노인도 벙글거리며 거들었다.

"하이고, 아까 보니 우리 강아지가 또박또박 잘하더라. 어디 할미가 먼저 들어볼까."

딸아이는 고민하는 눈빛으로 어른들을 둘러보았다.

"그럼, 귀 막아…… 오빠는?"

아들 녀석은 듣는 척도 않고 이죽거렸다. 세호는 눈을 부라려서
아들이 스푼을 내려놓게 했다. 드디어 딸아이가 의자 위로 오르더
니 혀짤배기 소리로 노래를 시작했다. 율동을 곁들여가며 부르는
게 제법 귀염성 있는데 제 엄마의 입술 놀림을 따라 어려운 대목도
잘 넘겼다.

깊고 작은 산골짜기 사이로
맑은 물 흐르는 작은 샘터에
예쁜 꽃들 사이에 살짝 숨겨진
이슬 먹고 피어난 네잎 클로버

랄랄라 한잎
랄랄라 두잎
랄랄라 세잎
랄랄라 네잎

행운을 가져다준다는
수줍은 얼굴의 미소
한줄기의 따스한 햇살 받으며

희망으로 가득한 나의 친구야

빛처럼 밝은 마음으로 너를 닮고 싶어

딸아이는 노래가 끝나기 무섭게 바닥으로 뛰어내려 제 아빠 등 뒤로 숨었다. 어른들이 박수를 쳤다.

"그런 조막만 한 입으로 그걸 다 어찌 외우? 할미는 한줄도 못 따라부르겠구나."

노인이 스웨터 주머니를 뒤적거려 만원 한장을 딸아이에게 안겼다.

용돈을 제 크로스백에 챙겨넣은 딸아이가 세호의 손을 흔들었다.

"네잎 클로버 찾으러 가, 아빠!"

"커피 조금 남았는데."

세호는 커피를 한모금 넘기고 테이블에 잔을 내려놓았다.

"외할머니 뵈러 왔으면서 너희끼리 놀면 어떡해? 네잎 클로버는 집에 가서도 찾을 수 있잖아."

그래도 딸아이는 몸을 꼬았다. 지현이 혀를 찼다.

"쟤는 뭐에 꽂히면 사족을 못 써요."

"소원이 있단 말이야."

딸아이가 새침하게 말했다.

"뭔데?"

"말하면 행운이 사라지잖아."

어른들이 웃었다. 세호가 물었다.

"그러니까 비밀이구나?"

딸아이는 입술을 사리물고 다시 고개를 끄덕였다. 세호는 몸을 기울여 아이에게 귀를 바짝 댔다.

"아빠한테만 말해봐."

딸아이는 단호하게 고개를 저었다. 노인이 지현에게 물었다.

"우리 강아지가 찾겠다는 게 뭐냐?"

"토끼풀. 이파리 네개 달린 거 찾겠다고 쟤가 저러우."

아아, 노인은 고개를 끄덕였다.

"그럼 어디 이 할미랑 가서 찾아볼까?"

노인이 담요를 벗어놓고 일어섰다.

"아니에요, 장모님. 제가 갈게요."

세호는 만류하며 일어섰다. 노인이 손사래를 쳤다.

"우리 강아지들하고 놀고 싶어서 그래. 이런 날이 또 언제 있을라."

노인은 아이들을 내몰듯 손짓을 해서 앞세웠다.

"토끼풀은 그늘에서는 안 나니라. 풀밭으로 가야지. 어서 가자."

아이들은 양쪽에서 노인의 손을 잡고 마당으로 내려섰다. 지현이 아이들에게 일렀다.

"할머니 힘드시니까 너무 오래 있지 마. 하나씩만 찾고 와."

노인과 아이들이 숲을 가로질러가는 모습을 부부는 지켜보았다. 세호는 작으나 충만한 행복이 지금 막 곁을 스쳐가는 걸 느꼈다. 지현은 흐뭇한 표정을 짓고 있었다. 그런 눈빛 너머로 위태롭고 간

절한 기색도 읽어냈다. 세호는 아내가 안쓰러웠다. 부부만 남은 테이블에 적막이 흘렀다. 세호가 말했다.

"가보지 않아도 될까?"

숲에 시선을 그대로 두고 지현은 나른한 목소리로 대답했다.

"엄마가 함께 가셨잖아."

"그러니까 말이야. 괜찮겠지?"

지현이 세호를 건너다보았다.

"왜? 무슨 일 있어?"

"아니야. 애들이 이상한 소리를 해서……"

세호는 작심한 듯 당겨 앉았다.

"장모님이 조금 이상하시지 않아?"

"뭐가 이상해?"

"애들 말로는 옷에 실수를 하신 것 같다던데?"

지현은 실소를 터뜨리며 세호가 실없는 소리를 한다는 투로 말했다.

"아는 척하지 마. 노인네들은 종종 그래. 애들이 참 요망하네."

"꼭 그것만이 아니야."

세호는 대답거리를 생각했고 지현은 표정 없이 기다렸다.

"모르겠어. 암튼 느낌이 좀 그랬어. 설마 그렇지 않겠지?"

세호는 머리를 흔들었다.

"이이도 참…… 요실금이야, 오래전부터 앓고 있는."

잠시 두사람은 말이 끊겼다.

"당신, 아버님 보내고 힘들어?"

지현이 조금 나긋해진 얼굴로 말했다.

"고모가 그러더라, 생전에 데면데면했어도 당신 맘이 천천히 오래 갈 거라고."

그런 소리를 세호는 장례를 치르며 여러 사람에게 들었다. 그는 아내에게 가만히 말했다.

"그렇지 않아. 그런 거 없어. 그렇지만 당신이 치매가 무슨 복인 것처럼 말하지 않았으면 좋겠어. 남 얘기처럼 하지 않았으면 좋겠어."

"여보!"

지현이 발끈했다. 그녀는 금방 울 것 같았다.

"그런 뜻이 아닌 것 알잖아. 어떻게 그렇게 말해."

"나도 알아. 위로하느라 하는 소리란 거 알아. 그래도 당신한테서 그런 말 듣는 건 싫어."

"봐, 당신은 솔직히 충격이 큰 거야. 예민해졌고 부쩍 술도 늘고. 이참에 회사 옮기면 안돼?"

"난데없이 무슨 회사 이야기야?"

세호는 피식 웃었다.

"예민하게 굴었으면 미안해. 부서 옮기고 경기도 안 좋고 해서 스트레스 받아서 그래. 곧 괜찮아질 거야."

지현이 길게 한숨을 쉬었다. 시선을 돌리고 앉은 그녀는 거짓말처럼 눈물이 글썽했다.

"우리도 이런 까페 하나 차려볼까?"

지현이 중얼거렸다. 햇볕이 그들의 등으로 따스하게 내리쬐고 있었다. 해먹과 노란 햇살과 연둣빛 낙우송 그늘과 그리고 온전히 그들에게 편입되지 않을 것 같은 시간들이 몽환적인 분위기를 자아내고 있었다. 세호는 졸음에 겨운 사람처럼 중얼거렸다.

"한 십년 뒤에. 이런 데다가."

그러고는 커피잔을 들고 일어나며 지현에게 물었다.

"당신 커피 좀 더 마실래?"

"줘. 내가 갖다줄게."

지현이 손을 내밀었다.

"아니야. 화장실에도 다녀오려고."

그는 머그잔을 들고 까페로 들어가 주인여자에게 리필을 부탁했다.

"반만 주세요."

머잖아 커피가 나왔다. 커피는 잔 가득 채워져 있었다. 그는 고맙다고 인사하고 화장실로 갔다. 세면대에 커피를 반 남짓 붓고 주머니에서 위스키를 꺼내 잔에 부었다. 위스키 향이 진했다. 커피는 마시기 적당하게 식었다. 세면대 앞에서 연거푸 두모금을 마셨다.

세호는 주인여자에게 팥빙수와 커피 값을 계산했다. 창밖으로 보니 지현은 흔들리는 해먹에 누워 있었다.

세호는 발코니로 돌아와 지현을 바라보며 남은 술을 천천히 마셨다. 해먹이 가만히 멈추고, 지현은 가슴에 두팔을 올리고 반듯이 누워 있었다. 잠든 모양이었다. 담요를 가져다가 아내를 덮어주었다.

세호는 테이블로 돌아와 장의자에 드러누웠다. 팔을 들어 시계를 보았다. 오후 세시가 지나고 있었다.

세호는 딸아이의 울음소리에 잠에서 깼다. 장모와 아이들이 돌아와 있었다. 손목에 꽃시계를 묶은 딸아이가 훌쩍이고 있었고, 장모는 난처한 얼굴로 딸아이를 달랬다. 얼굴이 발갛게 익은 아들아이도 골이 난 것처럼 입이 튀어나와 있었다. 지현이 화들짝 놀라서 해먹에서 내려서며 물었다.

"너희들 또 싸웠어?"

아들 녀석이 펄쩍 뛰었다.

"안 싸웠어."

"어디 다쳤어?"

노인이 손을 내저었다.

"아무리 찾아도 이파리 넉장 달린 게 없어야. 나라도 찾았으면 좀 좋으련만 원, 눈이 까물까물해서 뭐가 보여야지. 이 조막만 한 손으로 그것 찾겠다고 볕에 쪼그려 앉아설랑…… 어휴, 딱해 혼났다."

노인은 손녀의 낯을 썩썩 훔쳐주며 안타까움에 어쩔 줄 몰라했다.

"그만 울어. 할미가 이제 알았으니까 많이 찾아났다가 담에 내려올 때 줄게. 그만 울어라. 하이고, 참."

세호는 딸아이 앞에 무릎을 꿇고 손을 당겼다.

"에이, 창피하게 그거 못 찾았다고 울어?"

딸아이가 잦아든 울음을 다시 터뜨리며 말했다.

"내가 꼭 빌고 싶은 소원이 있었단 말이야."

그 말을 듣고 세호는 딸아이를 꼭 껴안았다.

"아빠한테 말해봐. 아빠가 뭐든 들어줄게."

딸아이는 도리질을 했다.

"그건 아빠가 들어줄 수 없는 소원이야. 하느님밖에 못해."

더 묻는다고 될 일은 아닌 것 같았다. 아마도 제 할아버지를 위한 기도이거나 외할머니를 위한 소원이었는지 모른다. 세호는 딸아이를 안아서 해먹에 앉혔다. 그래놓고 돌아섰더니 노인이 눈물이 글썽해서 서 있었다.

"하이고, 참! 할미가 온 밭을 토끼풀 밭으로 만들어서라도 우리 강아지 소원을 들어줄란다."

세호는 노인의 손을 이끌어서 발코니에 앉혔다. 뭐라도 해야 할 것 같아서 궁리를 하다가 좋은 생각이 떠올랐다.

"얘들아, 우리 보물찾기 할래?"

아이들이 호기심을 드러냈다. 세호는 지갑에서 만원권 지폐를 꺼냈다.

"자, 이걸 아빠가 숨길 테니 찾는 사람이 갖는 거야. 어때?"

"좋아요."

아들이 손을 들어 세호와 하이파이브를 했다. 딸아이도 울음기가 싹 가셔 있었다. 세호는 해먹에서 딸아이를 안아 내렸다. 아이들을 낙우송 뒤에 세웠다.

"숨바꼭질 해봤지? 규칙은 똑같아. 너희들은 술래처럼 무궁화꽃
이 피었습니다,를 열번 헤아려. 그동안 아빠가 보물을 숨겨놓고 올
게."

세호는 돌아서서 지현에게 말했다.

"당신은 심판이야. 눈 뜨고 훔쳐보는 애 있으면 아웃시켜."

세호는 아이들을 등지고 낙우송 숲으로 들어갔다. 열걸음쯤 걸
어서 낙우송 뒤로 몸을 숨겼다. 지폐를 돌돌 말아 나무줄기 옹이
진 데에다가 끼웠다. 그리고 조금 물러서 보물 숨긴 데를 바라보았
다. 세호는 다시 지폐를 조금 더 빼놓았다. 아이들이 찾기에 어렵지
도 쉽지도 않을 만큼 숨겨진 것 같았다.

그는 아이들 곁으로 돌아갔다.

"자, 출발!"

두아이가 뛰어갔다. 세호는 아이들을 따라가서 낙우송 둥치들을
일일이 손으로 짚으며 놀이터의 경계를 알려주었다.

"이 안에 있어."

아이들이 주로 땅바닥을 보고 다니길래 세호는 소리쳤다.

"힌트! 땅바닥에는 없습니다."

그제야 아이들이 나무를 옮겨 다니며 살펴보았다.

세호는 아이들을 남겨두고 발코니로 돌아왔다. 모녀가 무슨 얘
기 끝에 웃고 있었다. 노인이 사위 들으라고 말했다.

"어멈이 어렸을 때 얘기네. 얘가 소풍날만 되면 울고 돌아왔어."

"엄마는? 내가 언제 그랬다고 자꾸 그래."

"자네도 알다시피 욕심이 좀 많은 아인가. 그런 애가 다른 애들 다 찾는 보물을 한번도 아니고 번번이 못 찾으니까 아주 분해서 노상 울고 오는 거야."

노인이 오늘 지은 표정 중에 가장 밝게 웃으며 딸과 사위를 바라보았다.

"어이구, 참. 나는 기억도 없는데 자꾸 우기실까. 한번이나 울었는지는 몰라. 그리고 왜 한번도 보물을 못 찾아? 사학년 땐가 상품으로 공책도 받아왔구만."

"그랬지. 애가 하도 울고 다녀서 한번은 왜 그 우리 뒷집 양가네 아들 있잖니, 그 콧구멍이 번한 둘째아들 말이다. 코에 비 들겠다고 다들 한마디씩 하던 애."

"아, 양코?"

"걔가 보물찾기 선수 아니었냐. 표를 몇장씩 찾아서 동무들한테 장사도 하던 애였지. 그 집 여편네한테 들어보니까 그게 다 비결이 있더구나. 소풍 가면 선생님들만 쳐다보고 있다가 보물 숨긴 데를 훔쳐본 모양이더라. 한번은 내가 걔한테 천원이나 쥐여주고 부탁을 했지 않겠냐. 네가 가는 길에다가 살짝 한장만 흘려놓으라고 말이야."

"세상에, 그런 일이 있었어?"

지현은 기가 막혀서 웃음도 나오지 않는다는 표정이었다. 노인은 어떤 동요도 없이 차분하게 말을 이었다.

"그래서 지금도 나는 그 양가네 둘째아들을 좋아한다. 입이 아주 무거운 애니까."

"뭐 애가 징그럽게 영악하대. 암튼 엄마는 기억력도 좋수, 그런 걸 다 기억하게."

"비밀이었으니까."

"참 대단한 비밀도 간직하고 사셨네."

핀잔을 주는 딸을 노인은 어린애 보듯 애틋하게 바라보았다.

아이들이 뛰어왔다. 아들 녀석이 지폐를 손에 치켜들고 찾았다고 소리쳤다. 딸아이가 뒤따라와 상심한 목소리로 말했다.

"또 해."

이번에는 아이들 엄마가 나섰다. 세호는 지갑에서 지폐 하나를 꺼내 지현에게 내밀었다.

"한장 더 내놔. 지금껏 당신은 엄마한테 뭘 들었어? 당신 딸이 울고 오는 꼴을 또 봐야겠어?"

"엄마, 내 얘기해?"

딸아이가 제 이야기인 줄 알고 물었다.

"아냐. 너도 눈 크게 뜨고 잘 찾아봐."

지현은 지폐 두장을 들고 숲으로 들어갔다. 세호는 아이들을 끌어다가 제 무릎에다가 얼굴을 묻게 했다. 아이들은 신이 나서 무궁화꽃이 피었습니다,를 세었다.

머잖아 지현이 돌아왔다. 아들 녀석이 뛰어가다 말고 돌아서서 제 엄마에게 물었다.

"힌트는요?"

지현이 소리쳤다.

"낙엽이 참 폭신폭신하더라."

아이들이 다시 뛰어갔다.

이번에는 어른들이 애들 보물 찾는 모습을 흐뭇하게 구경했다. 거의 동시에 아이들이 발밑에서 돈을 주워 들었다. 딸아이가 제 오빠보다 날래게 뛰어왔다. 눈이 동그래져서 지폐를 흔들었다. 아들 녀석은 터벅터벅 걸어와서는 시시하다고 말했다.

"이제 돌아가야 할 시간이 됐네."

세호는 자리를 털고 일어났다.

"한번만 더 하고 가. 보물찾기 재미있단 말이야."

딸아이가 발을 구르며 떼를 썼다. 지현이 세호에게 고개를 까닥였다.

"그럼 이번에는 할머니한테 숨기라고 할까?"

노인은 손사래를 쳤다.

"할머니!"

두 아이가 노인의 팔을 붙들고 졸랐다.

노인이 스웨터 주머니를 뒤적이더니 손을 내저었다. 세호는 얼른 지갑을 꺼냈다. 지폐는 그게 전부였던 모양이었다. 지갑에서는 연금복권 다섯장과 몇장의 명함 그리고 출장길에 남긴 백달러짜리 지폐가 한장 나왔다. 그는 점퍼 주머니를 뒤졌다. 무슨 빳빳한 영수증이 나왔는데 공원 마크가 찍힌 주차권이었다. 그는 왜 이게 여기

있담, 하는 표정으로 아내를 바라보았다. 지현이 흘겨보았다.

세호는 얼른 백달러 지폐를 뽑아서 장모에게 건넸다.

"할 수 없이 이걸로 해야겠어요."

노인은 마지못해 받아들고는 발코니를 내려가서 숲으로 힘겹게 걸어갔다. 세호는 딸을, 지현은 아들을 가슴에 품어 눈을 가렸다.

이번에는 두 부부가 큰소리로 무궁화꽃이 피었습니다,를 셌다. 아들 녀석이 머리를 꿈지럭거려서 지현은 아이 등을 후려쳤다.

"반칙할 거야?"

한참 만에 노인이 돌아왔다.

"내가 참 별짓을 다 한다."

부부는 아이들을 풀어주었다.

아이들이 보물을 찾는 동안 어른들은 짐을 정리했다. 해가 기울어서 발코니는 그늘이 되었다. 지현은 담요를 노인의 어깨에 덮어주었다.

아들 녀석이 돌아왔다.

"못 찾겠어요. 힌트를 주세요, 할머니."

딸아이는 아직 숲에 남아 이 나무 저 나무를 옮겨 다니며 보물을 찾고 있었다.

"나무를 봐. 아주 꼭꼭 숨겨놨단다. 지현이한테도 알려줘."

"엄마, 뭘 나한테 알려줘?"

"아이쿠, 내 정신머리 좀 보게."

그러면서 노인은 손녀딸 이름이 얼른 생각나지 않는 듯 인상을 썼다. 아들이 숲으로 달려갔다.

　부부는 노인을 부축해 마당으로 내려서서 아이들을 기다렸다. 아이들이 돌아오면 바로 떠날 생각이었다.

　숲에서 아이들이 소리쳤다.

　"못 찾겠어요!"

　세사람은 숲으로 들어갔다. 아이들은 지쳐서 서 있었다. 지현이 생글거리며 말했다.

　"그럼 이번 판은 포기한 거다."

　"싫어요. 힌트를 더 주세요."

　아이들은 제 할머니를 바라보았다. 이미 노인은 나무 한그루 앞에 허리를 접고 서 있었다. 부부와 아이들이 다가갔다. 네사람은 빙 둘러서서 나무에게 말을 걸듯이 들여다보았다. 노인이 고개를 갸우뚱하고는 그 옆 나무로 자리를 옮겼다. 다시 가족들은 노인을 따라갔다. 노인이 한숨을 내쉬며 뒤로 물러났다. 노인은 천천히 고개를 돌려 숲을 둘러보았다. 얼굴이 점점 사색이 되어갔다.

　가족들은 각자 흩어져서 아무 말도 없이 숲을 더듬었다.

　"엄마, 나무에 숨긴 거 확실해?"

　"장모님, 여기까지 오시진 않았죠?"

　노인은 모르겠는 표정으로 고개를 저었다.

　잠시 후 그들은 다시 노인 곁으로 모였다.

　세호가 말했다.

　"장모님, 괜찮아요. 이제 가야겠는걸."

그는 손목시계를 보고 아이들을 돌아보았다.

"서울까지 돌아가려면 늦겠다."

그러자 지현이 신경질적으로 소리쳤다.

"어디를 가? 찾고 가. 엄마, 꼭 찾아. 잘 기억해봐."

세호는 지현에게 눈을 부릅떴다. 그는 눈짓으로 노인을 가리켰고, 노인은 아무도 없는 숲에 버려진 아이처럼 혼이 빠져 있었다. 지현이 손에 얼굴을 묻고 땅바닥에 주저앉았다.

"엄마, 정말 왜 이래?"

세호는 아내를 일으켜 세웠다. 그는 한손으로 아이들을 몰고 다른 한손으로는 노인의 소매를 끌면서 말했다.

"자, 이제 가자."

노인이 울상이 되어 자꾸 뒤를 돌아보았다.

"괜찮아요, 장모님. 아무 문제 없어요."

배웅
배웅

C카운터가 한산해졌다. 항공사 직원들도 자리를 뜨고 창구 두개만 열어놓고 있었다. 미숙은 출국대합실 의자에서 일어나 가까운 출입구와 서편으로 바나나처럼 휘어진 여객 터미널을 초조하게 바라보았다. 그녀는 공항에 도착한 뒤 손에서 내려놓지 않은 휴대폰을 들여다보았다. 오후 다섯시가 지나고 있었다. 쏘야와 만나기로 약속한 시각에서 한시간, 그리고 늦게 공항에 도착해 여태 그녀를 기다린 지도 얼추 삼십분은 지나 있었다.

그사이 미숙은 출국장 입구를 서너차례 기웃거렸고, 쏘야 닮은 외국인 여자를 쫓아간 일도 있었다. 인천공항이 아무리 넓고 북새통이라 해도 설마 제가 일러준 장소를 못 찾고 헤맬까. 아무래도 무슨 일이 일어난 게 분명했다. 공항 오는 버스에서 휴대폰에 찍힌

번호로 전화했는데 낯선 여자가 어눌한 한국말로 전화를 받았다. 쏘야의 친구라고 했다. 갑작스런 귀국 소식을 알려온 사흘 전 전화도 그렇고 어젯밤까지 서너통의 전화는 그 편을 빌려서 썼던 모양이었다. 어젯밤에 빠이빠이 했어요, 쏘야는 오늘 공항 갔어요, 하고 여자가 알려주었다. 그렇다면 오는 길에나 혹은 공항에서 미등록 체류 문제로 어디에 붙들려 있는 건 아닌가 싶었다.

미숙은 따뜻한 밥 한끼 먹여 보내자고 두시간을 달려온 제 오지랖에 짜증이 났다. 잘 가라, 인연 닿으면 또 보자고 인사나 하고 말걸, 하고 후회했다.

그녀는 항공사 체크인 카운터로 갔다. 미숙이 아까도 다녀가서 여직원은 알은체를 했다.

"아직 못 만나셨습니까?"

"비행기 시간이 당겨졌나 보죠?"

"아스타나행 항공편 말씀이시죠? 이상 없을 텐데요."

여직원은 모니터를 들여다보고는 덧붙였다.

"예정대로 정시 운항합니다. 십팔시 맞습니다, 고객님."

"그럴 리 없어요. 분명히 저녁 여덟시 삼십분 출발 비행기라고 했거든요."

여직원은 고개를 갸웃거리고는 다시 모니터로 시선을 내려뜨렸다.

"고객님께서 말씀하신 시간대에 출발하는 항공편은 타슈켄트행이 있습니다."

"거기는 어디래요?"

미숙은 모니터를 보겠다는 듯 창구 쪽으로 고개를 기웃이 내밀었다.

"우즈베키스탄입니다."

"그럼 여기는요?"

"아스타나는 카자흐스탄입니다, 고객님."

미숙은 신음처럼 한숨을 내뱉으며 창구에서 한발 물러났다. 여직원도 금세 상황을 파악하고 울상을 지었다.

"더러 혼동하는 분들이 계세요. 타슈켄트행 카운터는 J입니다."

여직원은 고개를 빼 서편 여객 터미널을 가리켰다. J창구는 보이지 않았고, 지는 해가 들이비추어 실내가 뿌예진 그쪽은 끝없는 터널 같았다. 미숙은 맥이 빠졌다.

그녀는 서쪽 여객 터미널로 종종걸음을 쳤다. 공항 온다고 평소 입지 않던 정장에 하이힐까지 신어서 몸놀림이 여간 거추장스럽지 않았다. D, E카운터를 지나고, F카운터에 이르렀을 때 멀리 J라고 쓰인 노란 간판이 보였다. 백 미터 달리기라도 한 듯 숨이 찼다.

J카운터 주변은 그야말로 북새통이었다. 쏘야와 동포로 보이는 중앙아시아 사람들이 여기저기 바닥에다가 짐을 풀고 꾸리느라 난장이 따로 없었다. 미숙은 출입구 왼편, 화물과 사람들이 몰린 곳에서 길 잃은 아이처럼 되똑하니 선 쏘야와 눈길이 마주쳤다. 대번에 쏘야는 표정을 밝히고 눈물까지 글썽였다. 미숙은 그녀의 어깨를 맵게 쳤다.

"이 바보야, 전화 한번 해주지 그랬어. 딴 데서 한참 헤맸단 말이야."

"죄송해요. 사장님 번호 적은 종이 없어졌어요."

그제야 미숙도 쏘야의 손을 끌어 잡았다. 개수통에서 분 손이 쪼글쪼글했다. 세해 남짓 못 본 사이 쏘야는 부쩍 늙어버린 것 같았다. 탄력 잃은 볼은 홀쭉하니 들어가고 눈매는 꺼졌으며 미간은 주름져서 푸석했다. 넬모레면 쉰에 닿는 자신보다 열댓살이나 어린 게 더 늙어 보였다.

"사장님 안 와도 됐는데……"

쏘야가 눈구석을 훔치며 말했다.

"그놈의 사장님 소리 지겹지도 않니? 기껏 언니동생 잘하다가 이제 와서 돌려놓는 심보는 뭐야. 식당 할 때도 사장님 소리에 오그라들었는데, 백수가 돼갖고 그 소리 듣자니 꼭 놀림 받는 거 같다."

"전화로는 언니 되는데 얼굴 보니까 사장님 돼요."

쏘야는 싱겁게 웃었다. 십년을 한국에 살았어도 주방에서만 지낸 쏘야는 우리말 실력이 그제나 이제나 딱했다.

"그나저나 얼굴이 왜 이리 상했어?"

미숙은 손을 내밀어 쏘야의 볼을 쓰다듬었다. 쏘야는 고개를 내저었다.

"살 안 빠졌어요. 이빨이 빠져서 그래요."

그녀는 입을 수줍게 벌려 보여주고는 얼른 다물었다. 양쪽 위아래로 어금니 자리가 휑했다. 미숙은 깜짝 놀랐다.

"그때 앓던 이를 여태 치료 안 했어?"

"세개나 더 빠졌어요. 한국 이빨 너무 비싸요. 우리 고향에 가면 금이빨 싸요."

"어이구, 뭘 제대로 먹기라도 했겠어?"

미숙은 혀를 찼다. 그녀는 얼마 전까지 자신을 괴롭히던 낭패감은 잊은 채 여자를 끌어 세웠다.

"묵은 얘기는 차차 해. 어디 가서 저녁부터 먹자."

미숙이 식당을 찾아 두리번거리는 사이, 쏘야는 카트를 잡고 서서 황망한 표정을 지어 보였다. 카트에는 낡은 트렁크와 종이상자 두개가 위태롭게 쌓여 있었다. 거기에다가 노란 포장지로 싼 길고 넙적한, 부피깨나 나가는 물건이 카트에 기대어 세워져 있었다.

"무슨 악기인가 봐?"

쏘야는 물건을 들어 카트의 짐 위에다가 올렸다.

"범퍼예요. 자동차 앞에 붙이는 거."

"범퍼?"

"사촌오빠가 한국 차로 택시 해요. 들어오는 길에 꼭 갖다달라고 부탁했어요. 우즈베키스탄에서는 비싸요."

미숙은 짧은 탄성을 내뱉었다. 그녀는 체념한 목소리로 말했다.

"수속부터 밟고 먹어야겠네."

그러나 쏘야는 머뭇거리며 입을 열었다.

"사장님, 나 출입국관리사무소 가야 해요. 기다려주세요."

쏘야는 카트를 열없게 바라보았다. 그러더니 카트를 제 숄더백이 놓인 의자 쪽으로 바짝 밀어놓고 백을 들었다. 숄더백은 자리를 맡으라고 올려놓은 것 같았다. 미숙은 의자에 앉았다.

"금방 다녀올게요."

쏘야가 G카운터 뒤편으로 총총히 사라졌다. 미숙은 쏘야가 들고 가는 숄더백을 알아보았다. 식당을 할 때 드나들던 짝퉁 장사꾼한테 사서 쏘야와 하나씩 나눠 가진 가방이었다. 미숙은 제 앞에 놓인 짐들을 바라보았다. 눈대중으로도 중량을 초과할 듯싶었다. 자취방을 전전한 살림이라도 십년을 살자니 이것저것 끼고 산 물건이 제법 되었을 것이다. 그래도 어디 쓸 만한 세간이나마 있었겠는가. 쏘야의 성정에 미루어 숟가락까지 챙기지 않았을까 싶었다. 귀국을 급하게 결정한 바람에 선물 살 틈도 없었을 테고 짐을 공들여 싸지도 못했을 것이다. 어젯밤 통화에서도 밤 열시까지 식당에서 일했다지 않던가. 야반도주하듯 가방에 짐을 쑤셔넣는 풍경이 선했다. 쏘야는 두 딸을 친정에 맡기고 온 홀어미였다. 미숙네 식당에서 찬모로 일할 때 친정아버지가 돌아가셨는데 쏘야는 가보지 못했다. 그런데 이번에는 아이들을 맡아 돌보던 친정어머니마저 위독하다는 전갈을 받았다.

미숙은 의자에서 일어났다. 그간 참았던 담배 생각이 간절했다. 누군가에게 짐을 지켜달라고 해야 할 것 같았다. 옆자리에 앉은 남자가 눈에 들어왔다. 콧수염을 제법 가꾸고 카라쿨 모자를 쓴 게 쏘야의 동족 사내로 보였다. 그래봤자 서른을 갓 넘긴 듯싶은 콧수염 사내는 운항정보 안내 모니터를 우두커니 바라보고 있었다. 미숙은 그에게 손짓으로 짐을 봐달라는 의사 표시를 했다.

"걱정 마요. 잘 지켜줄게요."

뜻밖에도 사내는 한국말로 응대했다.

해가 지고 있는데도 이른 더위는 좀처럼 누그러지지 않았다. 미숙은 천천히 담배를 피웠다. 한시간 만에 바깥공기를 쐬니 좀 살 것 같았다.

미숙이 돌아왔을 때 콧수염 사내는 얌전히 자리를 지킨 채 앉아 있었다. 짐들도 손 탄 흔적 없이 그대로였다. 사내가 자리에서 일어났다.

"교대해요."

그는 손에 담뱃갑을 쥔 채 제 앞에 놓인 가방들을 가리켰다. 쏘야의 짐보다는 덜하지만 트렁크와 캐리어백이 놓여 있었다. 미숙과 사내는 서로 웃었다. 사내가 자리를 뜨자 미숙은 핸드백에서 콤팩트를 꺼냈다.

콧수염 사내는 금방 돌아왔다. 둘은 목례를 주고받았다. 그러고 나니 조금 어색해졌다. 사내가 점퍼 주머니를 뒤적거리더니 미숙에게 껌을 내밀었다. 미숙은 껌을 받아서 포장을 벗겼다. 사내가 물었다.

"우즈베키스탄 가요?"

미숙은 머리를 저었다.

"배웅 왔어요. 거기 가세요?"

"예. 저는 칠년 만에 집에 가요."

미숙은 다시 한번 사내의 낯을 살피고 고개를 주억거렸다. 껌 종이를 손가락 끝에 말아 쥔 사내에게서 시선을 떼며 미숙이 물었다.

"집에 가면 많이 변했겠어요?"

사내가 수줍게 웃었다. 그의 낯에 설렘과 긴장이 함께 떠올랐다.

"애들이 셋인데 올해 학교에 들어간 막내는 처음 봐요."

사내는 손을 가슴까지 들어 아이 키를 시늉해 보였다.

"돈 많이 모았어요?"

"타슈켄트에 아파트 사고 애들 키웠어요."

말해놓고 사내는 전보다 크게 웃었다. 미숙이 조금 머쓱해져서 말했다.

"난 삼년이나 데리고 있던 사람이 우즈베크 사람인지 카자흐 사람인지 몰라서 저쪽에서 헤맸지 뭐예요."

미숙은 동편 터미널 쪽으로 눈길을 돌리며 중얼거렸다.

"걔한테는 미안해서 말도 못했네."

사내가 다시 웃었다.

"우리 형제 나라 이름들 아주 어려워요."

그래놓고 사내는 손가락을 꼽았다.

"우즈베키스탄, 카자흐스탄, 키르기스스탄, 타지키스탄, 투르크메니스탄……"

미숙은 혀를 내둘렀고 종내에는 웃음을 터뜨렸다.

"어디에 그런 나라들이 다 있었대. 금방 듣고도 까먹었네."

"가방 주인은 참 좋겠어요, 이런 사장님을 둬서."

화제를 잇느라 그랬겠지만 입에 발린 소리였다. 미숙은 눈을 내리깔고 말을 받았다.

"갑자기 떠난다고 해서 밥 한끼 먹여 보내려고 왔지 뭐예요. 그래도 삼년이나 한솥밥을 먹었잖아요. 거기는 어디서 지냈어요?"

"인천 남동공단 알아요? 난 회사 안 옮겼어요. 우리 사장님이 잘해줬어요. 가족처럼 대해줬어요. 나도 열심히 일했어요. 근데……"

그가 말하다 말고 고개를 살래살래 흔들었다. 미숙이 눈을 지릅뜨고 그를 바라보았다.

"공항까지 태워다줄지 알았는데 안 해줬어요. 갑자기 집에 돌아간다고 하니까 속상했나 봐요."

"하이고, 저런…… 사장이란 양반이 너무했네."

미숙은 그제야 자신이 왜 공항까지 왔는지 알 것 같았다. 쏘야에게 미안한 게 있었던 모양이다. 바쁜 주방에서 지청구도 좀 했을 것이고, 문 닫기 전 몇달 동안은 임금도 제때 주지 못했다. 쏘야가 전화하지 않았다면 그녀의 존재 따위는 잊고 살았을 것이다. 미숙은 쏘야에게 전화를 받고서 반가운 마음에 앞서 마음 한구석이 켕겼던 걸 떠올렸다. 딱히 곤궁하다는 내색을 않는데도 불편한 사람이 있는데 쏘야가 그랬다. 그녀가 헤쳐가는 인생살이를 애써 외면하고 싶었는지 모른다. 이 배웅길이 제 마음 편하자고 온 길임이 확연해졌다.

쏘야가 터벅터벅 돌아왔다. 미숙이 한껏 살갑게 맞으며 일어섰다.

"일은 잘 봤어?"

쏘야는 표정이 밝지 않았다.

"떨려서 못 들어가요. 사장님이 도와줘요."

쏘야가 여권과 항공예약권을 흔들며 절박한 얼굴로 쳐다보았다.

"내가 뭘 알아야지……"

"거기서 조사해요. 쏘야는 학생 때 선생님이 물어봐도 대답 어려운 아이예요."

미숙은 난감한 얼굴로 핸드백을 챙겼다. 쏘야가 카트를 잡고 서서 뒤따를 채비를 했다. 미숙이 콧수염 사내에게 다가섰다.

"우리가 출입국관리사무소에 다녀와야 하는데 짐 좀 지켜주세요."

콧수염 사내가 예의 그 웃는 낯으로 승낙했다. 쏘야가 미심쩍은 표정으로 섰다가 사내에게 다가가서는 저희 나라말로 대화를 나누었다. 사내가 품에서 여권을 꺼내서 쏘야에게 보여주었다. 돌아서는 쏘야에게 미숙이 퉁명스레 말했다.

"속고만 살았나, 웬 의심은……"

두 사람은 G카운터 뒤편의 출입국관리사무소로 향했다. 사무소 입구까지 국적이 다양한 외국인들이 두 줄로 길게 서 있었다. 한눈에 봐도 쏘야처럼 자진출국 신고를 하려는 사람들로 보였다. 더러는 한국인을 대동하고 있었다. 웬 동남아 쪽 젊은 여자 하나는 바닥에 쪼그려 앉아 눈물을 훔치고 있었다.

쏘야가 눈에 띄게 긴장했다. 긴장되기는 미숙도 마찬가지였다. 이런 일도 처음이거니와 쏘야를 데리고 있을 때 쏘야는 체류연장

기간도 다 지나 미등록 체류자 신분이었다. 식당은 학원가에 있었는데 주변 상가에 단속반이 뜬다는 소문이 들리면 쏘야는 부식 창고에 들어가 몇시간씩 숨어 있고는 했다. 외국인 불법 체류자를 고용하는 업주도 처벌을 받는다고 해서 미숙은 아예 셔터를 내릴 때도 있었다.

미숙은 조사받는 과정에서 그 일이 적발되어 벌금이나 물지 않을까 걱정이었다.

"너무 떨지 마. 제 발로 나간다는데 무슨 일 있겠어?"

미숙은 스스로 다짐하듯 말했다. 그리고 쏘야의 손을 꼭 잡아주었다.

줄은 좀처럼 줄지 않았다. 가만히 보니 줄 선 사람들이 하나같이 법정에 선 사람 같은 표정들이었다. 공항에 떠도는 들뜬 열기 같은 건 조금도 느껴지지 않았다.

"혹시나 모르니 미리 입을 좀 맞춰두자."

미숙이 말했다. 쏘야가 겁에 질린 얼굴로 바라보았다.

"우리 식당 나가서는 몇군데서 일했어?"

"네군데요. 다 식당이었어요. 안산에서도 했고 평택에서도 했어요. 마지막은 수원이었어요."

"무슨 식당?"

"불타는 닭발. 호프집이에요."

"그럼 거기 한군데만 말해. 식당 이름 묻거든 모른다고 잡아떼고."

"예. 사장님 식당은 절대 말 안 해요."

"그래. 우리는 그냥 아는 사이로 하자."

쏘야는 고개를 끄덕였다. 그런 대화가 오가는 사이 안심이 되기는커녕 뭔가 큰 죄를 지은 사람들처럼 더 불안해졌다.

미숙이 잡은 손에 쏘야가 떠는 게 느껴졌다.

"쏘야, 그냥 사실대로 말하는 게 좋겠어. 괜히 일을 키울지도 모르잖아."

쏘야가 한숨을 내쉬며 고개를 끄덕였다.

삼십분 만에 쏘야의 차례가 돌아왔다. 쏘야는 출국심사관 앞에 놓인 의자에 앉고 미숙은 그녀 옆에 섰다. 미숙이 먼저 입을 열었다.

"자진출국 신고하러 왔어요."

쏘야는 여권과 항공예약권을 심사관 앞에 내밀었다. 남자는 고개를 빼서 길게 늘어선 줄을 바라보고는 고개를 들어 힐끗 미숙을 쳐다보았다.

"업주세요?"

"……친구예요. 통역을 도울 거예요."

심사관은 쏘야에게 시선을 돌렸다. 여권의 사진과 실물을 비교하는 눈길이 집요했다.

"ID카드 주세요."

쏘야는 울상이 되어 심사관과 미숙을 번갈아 보았다.

"없어요? 본인 이름 한번 확인해주세요."

심사관이 다그치자 미숙이 쏘야에게 전했다.

"쏘야 이름."

쏘야는 마른침을 삼키고 입을 열었다.

"투르수노바 쏘야 사이다흐마도브나."

대답이 끝났을 때 미숙은 쏘야를 낯설게 바라보았다. 그 마음은 순간적으로 지나갔다.

"어디서 무슨 일 했어요?"

"식당일 했어요, 주방에서."

"어디서요?"

미숙이 대신 나섰다.

"수원이오. 수원에서 일했어요."

"체류 만기 후 육년간 죽 수원에서 지냈단 말이죠?"

쏘야가 고개를 끄덕였다.

심사관이 서류 한장을 출력해 내밀었다.

"싸인하세요."

쏘야는 서류를 들고 미숙을 우두커니 올려다보았다. 미숙이 서류를 받아들었다. 서류 위쪽에는 출입국관리법 위반 사실이 적혀 있고, 그 아래는 벌금을 면제한다는 내용이었다. 미숙이 고개를 끄덕이자 그제야 쏘야가 서류에 날인했다.

심사관은 쏘야를 사무실 한편으로 데려갔다. 그녀를 벽 쪽으로 세우고 카메라로 촬영했다. 쏘야가 표정을 꾸밀 틈도 없이 카메라 플래시가 터졌다. 사진 촬영이 끝나자 심사관이 이번에는 쏘야를 옆 테이블로 이끌었다. 두손을 내밀게 해 열손가락에 잉크를 밀어 바르고 서류에다가 꼼꼼하게 지문을 채취했다.

"가도 좋아요. 다음!"

심사관이 제자리로 돌아가 앉으며 외쳤다.

그것으로 출국심사는 끝난 모양이었다. 쏘야가 우두커니 서 있어서 미숙은 그녀를 떼밀었다. 사무소를 나오며 미숙은 쏘야의 어깨를 두드려주었다. 쏘야는 잉크 묻은 손가락을 거두지 못하고 있었는데 여전히 긴장되고 주눅 든 얼굴이었다. 미숙이 핸드백에서 물티슈를 꺼내 내밀었다. 쏘야는 출입국사무소에서 한참 멀어진 다음에 손가락을 닦아냈다. 그러던 그녀가 두손으로 얼굴을 감싸고 주저앉았다.

"왜 그래, 다 잘됐는데?"

"너무 무서웠어요. 육년이 그랬어요."

쏘야가 젖은 눈으로 올려다보며 말을 이었다.

"너무 이상해요. 돌아가는 일 이렇게 쉬운지 몰랐어요."

미숙은 쏘야를 일으켜 세웠다.

"이제 갈 일만 남았네. 짐 부치고 밥 먹자. 시간이 많이 흘렀어."

그제야 두고 온 짐이 생각났는지 쏘야가 서둘렀다.

짐은 그대로인데 콧수염 사내가 보이지 않았다. 쏘야는 이리저리 짐을 살폈다. 그때 안경 낀 한국 젊은이가 하나가 의자에서 벌떡 일어났다.

"왜 남의 짐을 만지세요?"

기세와는 달리 목소리가 어리숙했다. 미숙과 쏘야는 뚱하니 바라보았다. 미숙이 나섰다.

"이봐요, 무슨 말이에요? 우리 짐을 가지고 왜 당신 거라는 거야?"

"어, 아닌데……"

젊은이의 반응에 쏘야가 난데없이 발을 동동 굴렀다. 젊은이가 당황한 목소리로 덧붙였다.

"저도 잠시 맡고 있단 말예요. 아무튼 짐 만지지 마세요."

그는 난감한 얼굴로 주위를 두리번거렸다. 쏘야가 카트에서 손을 뗐다. 곧 쓰러질 사람처럼 휘청거리며 의자에 몸을 부렸다.

때마침 콧수염 사내가 나타났다. 쏘야가 벌떡 일어나 콧수염 사내에게 삿대질을 하며 저희 말로 쏘아붙였다. 콧수염 사내가 돌아서며 안경 낀 사내에게 설명했다.

"이분들 짐이 맞아요."

이내 두 사내는 엉거주춤하니 자리에 앉았다. 콧수염 사내가 미숙을 건너다보며 말했다.

"이분 잘못 없어요. 담배 피우러 가면서 부탁했어요. 사모님은 이해하시죠?"

쏘야가 고개를 주억거려 젊은이에게 사과했다. 젊은이가 선선히 사과를 받았다. 미숙이 쏘야를 의자에 앉히고 다독였다.

"어쨌든 이제 짐을 부치자."

그래놓고 미숙은 편의점으로 가서 음료수를 네병 사왔다. 그새 콧수염 사내는 가방을 챙겨서 자리를 뜨고 없었다. 그는 체크인 카운터로 가서 줄 서 있었다. 미숙이 한사코 찾아가서 음료수를 안겼다.

자리로 돌아왔을 때 쏘야가 카트에서 짐을 부리고 있었다. 카운터 구석에 놓인 저울에서 무게를 달아보고 온 모양이었다. 그녀는 상심한 목소리로 말했다.

"짐이 너무 많아요."

"그래. 눈으로 봐도 중량 초과야. 몇 킬로그램이나 나가?"

"32. 이건 빼고도 그래요."

그녀는 범퍼를 가리켰다.

"쏘야, 비행기 처음 타보는 것도 아니면서 왜 그랬어?"

쏘야가 웃으며 대답했다.

"나 두번째 타요."

미숙은 괜히 맥이 풀려서 얼버무렸다.

"짐을 다시 꾸리면 줄일 수 있을 거야."

미숙이 종이상자 옆에 쪼그려 앉았다. 쏘야는 종이상자 하나를 뒤집어서 포장테이프를 뜯어냈다.

"25까지는 통과시켜준대요."

상자에서는 작은 사진 액자들과 앨범, 국제우편물 묶음, 자명종, 수건들, 반쯤 쓰고 남은 생리대 묶음, 그리고 수십개나 되는 파스가 들어 있었다. 쇼핑한 물건들은 하나도 보이지 않았다. 쏘야는 활짝 열린 상자를 들여다보며 선뜻 손을 내밀지 못했다.

"사진을 빼고 액자는 버리는 게 좋겠어."

미숙이 재촉하듯 말했다. 그제야 쏘야가 손을 놀려 액자에서 사진을 빼냈다. 크기와 디자인이 제각각인 액자의 사진은 모두 네장이었다. 가족사진들과 쏘야가 한강유람선을 배경으로 찍은 사진이었다. 쏘야는 빼낸 사진들을 앨범 사이에 모아넣었다. 자명종과 파스는 다시 상자로 들어갔고, 수건들과 생리대는 밖으로 나왔다. 버릴 물건들이 한쪽에 쌓였다.

"이건 만병통치예요. 아, 시원하다."

쏘야는 파스 하나를 들고 장난스럽게 말했다. 미숙이 머리를 콕 쥐어박는 시늉을 했다.

"이 박스도 풀 거지?"

미숙이 나머지 종이상자 하나를 잡아당겼다. 제법 묵직했다. 상자가 열렸을 때 미숙은 입이 저절로 벌어졌다. 부엌과 욕실에서 쓰던 가재도구들이 그대로 담겨 있었다. 쓰다 남은 샴푸와 설거지 세제, 포장지를 벗기지 않은 세안비누들, 올리브유, 김치 얼룩 선명한 도마 따위였다.

"세상에, 퐁퐁 같은 걸 왜 가져가?"

하도 한심해서 미숙은 쏘아보기까지 했다. 쏘야가 설핏 웃었다. 미숙이 세제들을 모두 꺼냈다. 비누 몇장은 도로 넣었다. 상자 바닥에 신문지로 싼 물건들이 보였다. 신문지를 벗기자 접시들이 나왔다. 모두 네개였다. 밤색 격자무늬가 놓인 접시들은 미숙의 눈에도 익었다. 식당에서 쓰던 접시들이었다. 자신이 개업할 때 이천까지 가서 구해온 그릇들이었는데 식당 문을 닫을 때 쏘야가 버리지 않고 챙긴 모양이었다.

쏘야는 훔친 물건을 들킨 사람처럼 얼굴을 붉혔다.

"쏘야, 이런 걸 왜 가져가니? 지겹지도 않아? 나 같음 지겨워서 다 버리고 가겠다."

쏘야는 웃으며 대꾸했다.

"아까워요."

"네가 주방 물건을 허투루 쓰지 않고 제 살림처럼 다루는 게 난 제일 맘에 들었어. 근데 이건 아니잖아. 이런 건 바보들이나 하는 짓이야."

미숙은 화가 나서 접시들을 물건더미에 던지듯 올려놓았다. 쏘야가 멈칫멈칫 손을 뻗어서 접시 하나를 수습해서는 제 앞에 놓인 상자에 담았다.

"다 버리면 나 한국 생활 아무것도 없어."

쏘야는 화가 나 있었다. 미숙은 혀를 차고는 벌떡 일어났다. 그녀는 허리를 짚고 돌아서서 한참을 서 있었다. 다시금 배웅 나온 일이 후회되었다.

쏘야는 옷이 담긴 트렁크를 열었다. 미숙은 자리에 더 있고 싶지 않아서 가까운 백화점 매장으로 갔다. 그녀는 지퍼 달린 검은 천가방을 사고 큰 비닐봉지를 구해왔다.

가방을 쏘야에게 건네며 미숙이 말했다.

"여기에다가 물건을 좀 담아서 갖고 타."

트렁크에서 낡은 옷가지 몇벌이 나와 있었다.

"언니, 이 옷 기억하세요?"

쏘야가 검은색 롱코트를 펼쳐 보였다. 그건 미숙이 입던 외투를 물려준 것이었다.

"아직도 그걸 가지고 계셨어?"

"몇번 안 입었어요."

"이제 버리고 가."

미숙이 손을 내밀었다. 쏘야는 손을 숨겼다. 그녀는 일어나서 외투를 걸쳤다. 좌우로 몸을 흔들어 보이며 간만에 활짝 웃었다. 버리기 전에 한번 해보는 짓이려니 생각하니 쏘야가 어린애처럼 순박해 보이고 짠했다.

"그나저나 밥은 언제 먹니? 난 쏘야 밥 사주러 왔단 말이야."

"언니, 나 배 하나도 안 고파요."

"그래도 그냥 가서는 섭섭해서 안돼. 좀 서둘러보자."

쏘야가 고개를 끄덕였다. 종이상자 하나가 줄었다. 버릴 물건들은 빈 상자에 담고, 세제 같은 건 비닐봉지에 담아 미숙이 챙겼다. 이제 남은 것은 한편에 관처럼 널브러진 범퍼였다.

"저건 어떻게 한다니?"

미숙이 한숨을 내쉬며 말했다. 쏘야는 의자 쪽을 손으로 가리켰다. 아까 짐을 지켜주던 한국인 젊은이가 신문을 읽고 앉아 있었다.

"저 사람이 대신 가져가요."

"참 능력 좋다. 그새 일을 꾸며놨어?"

미숙이 어이없어서 콧방귀를 뀌었다.

짐이 정리되자 세사람은 탑승수속 카운터로 갔다. 한국인 젊은이를 앞에 세웠다. 선교단체의 대학생이라고 했다.

카운터에서 범퍼는 퇴짜를 맞았다. 중량이 문제가 아니라 파손 우려가 있어서 수화물로 실을 수 없다는 것이었다. 미숙이 나섰다.

"파손돼도 괜찮으니까 실어주세요."

직원이 말했다.

"파손 위험뿐 아니라 규격이 없는 물품이라서 규정상 실을 수 없습니다. 이층 우체국으로 가서 국제화물로 따로 보내실 수 있어요."

쏘야가 손을 들어 빌면서 창구에 매달렸다.

"아저씨, 한번만 봐주세요. 우리 집 부하라예요. 타슈켄트까지 열시간 걸려요. 이것 찾으러 또 못 와요."

직원은 고개를 저었다.

다른 화물들은 무사히 부치고 범퍼는 다시 카트에 실어 카운터에서 물러났다.

"언니, 밥을 못 먹어서 미안해요."

출국장으로 발걸음을 옮기며 쏘야가 말했다. 쏘야는 아주 뚱뚱한 사람처럼 보였다. 외투를 걸친 채 땀을 흘리고 있었다. 외투 속으로 하나 더 껴입은 겨울점퍼 옷깃이 보였다. 쏘야의 속셈을 알아챈 미숙이 머리를 내저었다.

"쏘야, 옷 벗어야겠어. 이 더위에 무리야."

"괜찮아요. 우즈베키스탄 새벽은 추워요."

출국장 앞에서 쏘야는 숄더백을 열어 작은 선물을 내밀었다.

"실크 스카프예요. 우리 고향 특산품. 그리고 밥 못 먹어서 죄송해요. 이것 갈 때 먹어요."

쏘야는 검은 비닐봉지 하나를 안겼다. 플라스틱 반찬통 같았다.

"한국 생각나면 먹으려고 가져왔어요."

미숙은 되돌려주었다.

"쏘야 가다가 먹어."

쏘야는 손사래를 쳤다.

"우리 비행기 다섯시간 더 타요. 한국 올 때도 비행기에서 밥 두 번 줬어요."

미숙은 비닐봉지를 거두어들였다. 그녀는 핸드백에서 봉투를 꺼내 쏘야의 외투주머니에 넣어주었다.

"밥값 대신 넣었어. 면세점에서 애들 선물이나 사 가."

"언니!"

쏘야가 글썽한 눈으로 불렀다. 그녀는 제 가슴을 두드렸다.

"언니는 여기에 가져가요. 부하라 와요. 꼭 와요. 칼리아 탑에 서서 쏘야를 부르세요. 칼리아 그림자가 우리 마당에 넘어져요. 쏘야 불러요."

쏘야는 미숙의 팔을 붙잡고 흔들었다.

미숙은 뚱뚱하게 변한 쏘야를 꼭 껴안았다.

"나한테 섭섭한 것 있으면 가슴에 담아두지 마."

"없어요. 진짜 없어요. 내가 미안해요."

쏘야는 출국장으로 들어갔다. 미숙은 쏘야가 시야에서 사라질 때까지 손을 흔들었다.

그녀는 홀로 남았다. 주위를 두리번거렸다. 저녁식사를 어떻게 하나, 하는 생각이 들었고, 이내 범퍼 실은 카트가 제게 남겨진 사실을 깨달았다. 그리고 자신이 지금 전혀 식욕이 없다는 것도 알았다.

그녀는 범퍼 실은 카트를 밀고 여객 터미널 이층으로 내려가 청사를 빠져나왔다. 어두워져 있었다. 그녀는 C시로 가는 리무진버스 승강장을 찾아 서쪽으로 카트를 밀었다.

C시로 가는 버스가 정차해 있었다. 미숙은 버스 화물칸에 범퍼를 밀어넣었다. 승강장에서 물러나 담배를 물었다. 길게 숨을 뱉어도 가슴이 답답했다.

"버스 출발합니다."

미숙 곁에서 담배를 피우던 중년 사내가 서둘러 버스로 걸어갔다. 미숙은 몸을 움찔하고는 그대로 서 있었다. 망설이는 채로 그녀는 버스를 바라보았다.

이내 문이 닫히고 버스는 출발했다. 범퍼 실은 버스가 멀어지자 그녀는 마치 체념해서 홀가분해진 사람처럼 한숨을 내쉬었다.

"이제 다 끝났어."

그녀는 중얼거렸다. 그녀는 라이터를 핸드백에 넣다가 손에 함께 들린 비닐봉지를 발견했다. 봉지를 해작여보았다. 플라스틱 반찬통에 빨갛게 고추장을 입은 닭발들이 담겨 있었다.

"계집애. 끝까지……"

그녀는 코를 훌쩍였다. 영화 장면처럼 밤하늘을 나는 비행기가 보였다.

낚시하는 소녀

여자아이가 침대를 딛고 이층 창밖으로 낚싯대를 드리우고 있
다. 푸른 오동나무가 창을 가득 메웠다. 붉은 플라스틱 컵이 창턱에
놓여 있다. 비 끝에 난 햇살이 낚싯대에 날 서게 앉아 휘었다.

낚싯대 끝은 오동나무 속으로 숨어들어 있다. 여자아이는 낚싯
대에서 시선을 흩뜨리지 않는다. 오랫동안 낚아내지 못한 낚시꾼
처럼 입술은 삐죽하고 눈은 간잔지런하다.

이층으로 난 철제 계단을 딛는 발소리가 들린다. 여자아이는 고
개를 뺀다. 세탁소 사내가 양손에 세탁물을 들고 계단을 오른다. 가
오리 아가미를 꿰고 오는 어부 같다. 아이는 창밖으로 몸을 더 밀
어낸다. 창턱에 올려둔 컵을 건드리고 만다. 컵이 창 너머로 떨어진
다. 시멘트 마당에 우유가 흐른다.

이내 새시 문 두드리는 소리가 들린다. 아이는 미동도 않는다. 마당에 새끼 고양이 두마리가 나타나 엎질러진 우유를 할짝할짝 핥는다. 아이는 비긋이 웃는다. 다시 문 두드리는 소리가 들린다.

집 안 어디에선가 잠기 가득한 여자 목소리가 들려온다.

"세진아!"

아이는 낚싯대를 창턱에 가만히 올려놓고 침대에서 내려온다. 눈이 먼다. 미간을 찡그리며 눈을 감는다. 아이는 오른팔을 뻗어서 벽을 쓸듯이 하고는 달려간다.

식탁에는 붉은 핸드백이 놓여 있다. 아이는 핸드백을 열어 만원짜리 지폐를 꺼낸다. 현관문을 열 때 녹슨 경첩에서 마찰음이 날카롭다. 후텁지근한 공기에서 물비린내가 풍긴다. 세탁소 사내가 비닐에 싼 원피스 두벌을 건네고 아이는 돈을 셈한다. 사내의 얼굴이 검은 구멍처럼 보인다. 아이는 세탁물을 한껏 치켜들고 거실을 가로지른다. 닫힌 안방 문고리에 세탁물을 걸어놓는다.

세탁소 사내가 사라진 마당으로 여자아이가 나온다. 그새 새끼 고양이들이 사라지고 없다. 담과 건물 사이의 좁은 틈 어딘가에 네마리 새끼 고양이가 산다. 그 축축하고 어두운 곳이 궁금하다. 마법사가 찾아오지 않는 이상 아이는 도둑고양이들의 집을 영영 구경하지 못할 것이다. 아이는 시무룩해져서 붉은 컵을 집어 든다. 냅킨만 한 초여름 볕들이 울울한 오동잎 사이로 내려앉는다.

식탁에는 어머니와 여자아이가 함께 찍은 스티커사진들이 유리에 눌려 있다. 모녀는 동화 속 캐릭터처럼 노란 가발을 썼다. 탁자

구석에 놓인 나무그릇에는 약봉지 서너개가 쌓여 있고, 소염진통제 파스도 보인다. 공과금 고지서도 수북하다.

아이는 식탁 의자 하나를 현관으로 끌어간다. 다시 부엌으로 돌아와 싱크대 아래 찬장을 연다. 조미료들이 늘어서 있다. 아이는 올리브유 병을 꺼내든다.

아이는 현관문을 활짝 열고 슬리퍼로 고정한다. 벤자민고무나무 그림자가 거실 깊숙이 넘어진다. 열린 문으로 벤자민고무나무 화분 하나가, 그 배후로 녹음 짙은 오동나무 풍경이 펼쳐진다. 아이는 의자를 딛고 올라선다. 까치발로 서서 현관문 경첩에 올리브유를 붓는다. 의자에서 내려와서는 하단부의 경첩에도 기름을 두른다. 아이는 문을 닫아본다. 소리가 여전하다. 문을 몇차례 더 여닫는다. 문소리가 차츰 잦는다.

"어디 가니?"

안방에서 여자 목소리가 난다. 목소리는 이내 깊은 기침을 토해낸다. 기침소리가 잦아들기를 기다렸다가 아이는 풀죽어 대답한다.

"아니."

안방에 들릴까 싶게 자그맣다. 안방이 잠잠하다. 집 안은 다시 적요에 휩싸인다. 햇빛은 부유하는 먼지마저 새겨낸다. 아이는 현관을 나서서 계단 끝에 선다. 벤자민고무나무 화분은 이삿짐을 들여놓다가 깜박 잊어 밖에 둔 물건처럼 보인다. 나무는 도톰한 밑동줄기가 배배 꼬였다. 오줌 마려워 다리를 꼰 모습이 연상된다. 사타구니에 담뱃재가 묻어서 거뭇거뭇하다. 아이는 쪼그려 앉는다. 화분 뒤편으로 손을 넣어 낡은 어린이용 칫솔을 꺼낸다. 칫솔로 담뱃재를 털어낸다.

아이는 쫑긋하여 몸을 세운다. 오동나무에서 때까치 한마리가 총총거리고 나와서 두리번거리다가 날아간다. 비탈진 동네다. 다세대주택과 연립주택들이 다닥다닥 붙어 있다. 마치 누진 센베이가 쌓여 있는 것 같다. 전신주와 가로등과 현수막이 얽힌 비탈길에 주차된 차들은 구를 듯 위태롭다. 새는 비탈을 거슬러올라간다. '뉴타운 예정지 선정 환영' 현수막들이 눈에 띈다. '우암본동 주민여러분 뉴타운 결정을 축하합니다' '누구 좋은 뉴타운이냐!' '뉴타운 생떼 쓰는 구청은 자폭하라!' 비탈길 끝에 숲이 얼핏 보인다. 근린공원과 약수터가 있는 숲이다.

아이는 새가 날아간 부신 하늘을 바라보다가 뭔가를 깜박한 듯 현관으로 뛰어든다. 집 안 공기가 술렁인다. 제 방 침대로 뛰어오른 아이는 낚싯대를 조심스레 끌어당긴다.

오동나무 우듬지에서 낚싯대 끝이 나온다. 엠피스리가 끝에 묶여 낭창거린다. 아이는 엠피스리를 낚싯대에서 풀어내고 헤드셋잭에 연결한다. 기대감 가득한 표정으로 아이는 미색 헤드셋을 머리에 올린다. 커다란 귀마개를 착용한 것 같다.

굿, 굿, 키치, 키치, 키, 키, 키……

새끼 새들이 지저귀는 소리가 들린다. 아이는 나무로 눈길을 돌린다. 오동나무 속을 꿰뚫듯 바라본다. 새끼 새는 모두 세마리 같다. 새끼 새들이 가장 소란스러울 때는 어미 새가 나타날 때다. 그러나 어미 새는 모를 것이다. 키, 키, 키…… 어미 새가 없을 때도 새끼 새들은 곧잘 논다.

"야, 미친년아! 너 어디야?"

새소리를 밀어내고 날 선 여자 목소리가 끼어든다. 깜짝 놀라 아이는 헤드셋을 귀에서 뗀다. 엠피스리에서 흘러나온 목소리가 맞다. 옆집 고등학생 언니의 목소리다. 옆집은 여관이고 낚싯대는 가끔 옥상에서 전화통화를 하는 언니의 목소리를 낚아온다. 그 언니가 분홍색 낡은 추리닝을 입고 터덜터덜 약수터를 다녀오는 모습을 아이는 몇번 보았다.

"나는 수술비 구해보려고 별짓을 다하는데 넌 참 태평하구나. 졸라…… 왜 별안간 질질 짜고 지랄이야. 그 새끼는 왜 찾아가? 그니까 왜 그만 놈한테 가랑이를 벌리느냐고…… 기다려봐. 나올지 안 나올지는 모르지만…… 그래, 화내서 미안해. 병원은 알아봤어?"

"졸라……"

아이는 중얼거려놓고 킥킥 웃는다.

거실 벽시계가 오후 세시 사십분을 가리키고 있다. 아이는 재킷을 걸치고 피아노학원 가방을 챙겨서 집을 나선다. 계단 중간쯤 내려와 아이는 오동나무를 한참 들여다본다. 오동나무 아래 마당에는 희고 검은 물감 같은 새똥이 점점이 떨어져 있다.

아이가 사라진 거실로 몸이 비대한 여자가 나온다. 얼굴이 부스스하다. 여자는 문고리에 걸린 원피스를 거두어서 안방 침대에 올려놓는다. 여자는 거실을 가로질러 아이 방을 들여다본다. 창턱에 낚싯대가 걸쳐 있다.

그녀는 식탁에서 약봉지를 뒤적여 봉지마다 약을 꺼낸다. 액상 위산제를 먼저 먹고, 가루약을 털어 물을 넘긴다. 마지막으로 조그맣고 흰 약통에서 알약을 꺼내 다시 물과 함께 삼킨다. 숨소리가 거칠다. 공과금 고지서 위에 아이가 학교에서 갖다놓은 가정통신문이 눈에 띈다. 롯데월드로 봄소풍을 간다는 안내장이다. 삼만원이나 하는 소풍값을 보고는 한숨을 흘린다.

그녀는 냉장고에서 냉동피자를 꺼내 전자레인지에 덥힌다. 그사이 아이가 남긴 스낵을 입에 털어넣는다.

그녀는 화장실로 들어가 씻는다. 밤새 눈 밑이 더 거무스레해진 것 같다. 양치를 할 때는 구역질이 올라온다. 구역질은 그치지 않는다. 눈물이 맺힌다. 그녀는 바닥에 쪼그려 앉아 뒷물을 한다. 배와 가슴이 눌려서 얼굴이 붉어진다.

여자는 거실 창가에 앉는다. 젖은 머리에서 물이 든다. 여자는 발톱에 검은 매니큐어를 바른다. 볕이 발등에 오른다. 그녀는 발을 말리는 기분으로 가만히 들여다본다. 짐승의 눈알들이 박힌 것 같다. 살지고 거친 발은 동물의 사체처럼 낯설고 이물스럽다. 새끼발

가락의 발톱은 바깥이 눌리고 닳아서 형체를 알아볼 수 없다. 여자
는 비로소 자신이 아주 오래 산 느낌이 든다.

*

　모텔 샹그릴라. 모텔이란 말이 무색하게 낡고 추레한 여관이다.
한때 큰 제과공장이 있을 때는 일대가 꽤 번화했다지만 공장이 떠
나고 구도심 변두리가 된 지금에는 그 시절이 짐작도 되지 않는다.
　카운터 방에 주인여자와 고등학생 딸이 앉아 있다. 주인여자는
산더미 같은 수건을 개고 딸은 상을 펴놓고 문제집을 푼다.
　"방 많이 놔두고 왜 독서실을 얻어 나가겠다는 거야?"
　"면학 분위기가 돼?"
　안경을 벗으며 딸은 되통스럽게 쏘아붙인다.
　"새삼스럽게……"
　그러나 어미는 딸의 눈치를 살핀다.
　"달방 광고 내는 거 좀 몇장 더 뽑아다줘. 장마에 다 못쓰게 됐
지 뭐니. 독서실 끊는 데 얼마라고? 뭐가 그렇게 비싸대니? 우리도
이참에 깨끗이 고시원으로 바꿀까? ……에고, 그도 목돈이 있어야
지."
　휴대폰 알림음이 울린다. 딸은 전화기를 들고 슬그머니 밖으로
나간다.
　"어디 가지 마. 엄마 머리하러 가야 해."

딸은 슬리퍼를 신고 계단을 오른다.

여관은 삼층 건물이다. 딸은 옥상에 오른다. 이웃집 마당에서 자라는 오동나무가 우듬지를 옥상에 펼쳐놓고 있다. 여학생은 휴대폰 단축키를 누른다. 전화가 연결되자 그녀는 대뜸 소리친다.

"야, 미친년아! 너 어디야?"

*

"오늘은 일찍 자야 해."

여자는 침대 끝에 앉아서 말한다. 아이는 잠옷으로 갈아입고 침대에 엎드려 그림을 그리고 있다. 둥글고 자줏빛 나는 불꽃 같은 나무에 큼지막한 새집이 있고, 새끼 새 세마리가 노란 부리를 한껏 벌린 그림이다. 아이는 그림을 대충 마무리하고 하단에 '노래나무'라 적어넣는다. 침대 옆 벽에는 크레파스로 그린 그림이 몇장 걸려 있다. 여자, 고양이, 새를 그린 그림들이다. 여자는 아이가 그림을 정리하는 동안 인내심을 갖고 기다린다.

"오늘은 일찍 자야 해."

그제야 아이가 불만스럽게 고개를 든다.

"벌써?"

"열시야. 오늘은 조금 일찍 나가봐야 하거든."

아이가 스케치북을 덮는다. 여자는 크레파스 정리를 도와준다. 여자는 미안스럽다는 듯 딸을 꼭 끌어안는다. 서로 으스러지게 끌어안아서 포옹은 장난스럽다.

"참, 엄마!"

아이가 숨 막힌 듯 밀어낸다.

"우리 집 가훈이 뭐야?"

"가훈?"

"우리 학교 교문에 써진 말 있잖아. 그것처럼 집집마다 그런 말
이 있대. 우리 건 뭐야?"

"숙제니? 그런 거 없는데…… 교문에 뭐라고 씌어 있었지?"

"어……"

아이가 또박또박 글자를 짚듯이 허공에다가 검지를 댄다.

"글,로,벌,인,재,를,육,성,하,겠,습,니,다."

손가락을 따라 아이는 몸을 오른쪽으로 반바퀴나 돌린다. 여자
는 아이 몸을 바로 돌려놓는다.

"우리 집도 그걸로 할까?"

아이가 머리를 흔든다.

"에이, 안돼. 그건 학교 거고."

"언제까지 해오래?"

"내일."

"엄마가 일하면서 생각해 올게. 너도 생각해봐. 어서 자."

아이는 이불 속으로 든다. 여자는 전등을 끄고, 어두운 거실로 나
온다.

그녀는 불을 켜지 않은 채 어둠에서 움직인다. 가스밸브를 잠그

고, 거실 창문이 닫혔는지 확인한다. 그녀는 신발장 위에 놓은 열쇠꾸러미를 챙겨 들고 한동안 어둠 속에 잠긴 거실을 둘러본다. 늘 뭔가를 빠뜨린 느낌이 든다.

문득 생각난 듯 여자는 오른쪽 어깨로 손을 넘긴다. 얼굴을 일그러뜨리며 원피스를 들추고 파스를 떼어낸다. 핸드백에서 향수를 꺼내 어깨에 뿌린다. 그런데도 파스 냄새가 가시지 않은 것 같다. 그녀는 어깨에 코를 드밀고 쿵쿵거린다.

새시 문을 조심스레 민다. 고개를 갸웃한다. 여자는 문을 한번 더 여닫아본다. 역시 문소리가 작다. 장마로 축축해져서 그런가. 여자는 암전된 무대를 떠나는 배우처럼 숨죽여 현관을 나선다. 열쇠 돌아가는 소리가 집 안으로 울린다.

문소리는 지난해 이사했을 때부터 났다. 짐정리를 하면서 식용유를 둘렀는데 그때만 잠시뿐 소음은 잡히지 않았다. 겨울 나고는 문소리가 부쩍 심해졌다. 집에 하자가 있는 걸 무시하고 세를 얻은 것처럼 드나들 때마다 마음에 걸렸다.

여자가 집을 나서자 아이는 침대에서 일어난다. 창문을 살짝 밀고 밖을 내다본다. 엄마는 여느 날처럼 계단 끝에서 담배를 물고 있다. 담 너머 골목에 선 가로등도 마당을 넘본다. 담배연기는 가로등 불빛 농밀한 밤하늘로 풀리며 흩어진다. 엄마는 출정하는 군인처럼 천천히 깊게 담배연기를 마신다. 스스로 풍선처럼 빵빵해져서 하늘로 날아갈 준비를 하는 것 같다. 그대로 떠나서 돌아오지 않을까 아이는 조바심이 난다.

오동나무 그림자가 계단을 배회한다. 여자는 담배를 귓전에 올리고 오도카니 도시의 불빛을 바라본다. 그녀는 벤자민고무나무 화분에 담뱃불을 눌러 끄고 계단을 내려간다. 그런 그녀가 문득 멈춰 고개를 쳐든다. 아이는 깜짝 놀라서 창문에서 몸을 뗀다. 다시 아이는 살그머니 밖을 내다본다. 엄마가 그새 사라지고 없다. 아마 엄마는 창문을 본 게 아니라 오동나무를 올려보았는지 모른다. 엄마는 그림자를 저만치 키워버린 오동나무를 문득 깨달았을 것이다.

엄마는 결코 무딘 사람이 아니다. 그런데도 요즘 부쩍 덤벙덤벙한다. 정신을 쏙 빼놓고 사는 사람 같다. 잠자는 시간도 길어졌다. 아이가 점심 급식을 먹고 집으로 돌아올 때까지 일어나지 못할 때도 있다. 도대체 엄마는 밤마다 얼마나 멀리 외출을 하는 것일까?

정말 노래나무가 얼마나 빨리 이파리를 키우는지 엄마는 모른다. 노래나무는 주먹 쥔 손을 활짝 펴듯 이파리를 벌린다. 때까치가 앙상한 노래나무 잔가지에 둥지를 지을 때 아이는 조마조마한 마음으로 지켜보았다. 저번 학교에서 남자애들이 운동장 가 히말라야시다에 지은 박새 둥지를 털어서 털도 나지 않은 새끼 새 여섯마리를 운동장에 버린 일이 있었다. 그때 아이는 짝과 함께 나무 밑에 묻어주었더랬다.

바보 새. 저렇게 훤한 곳에 둥지를 짓다니…… 아이는 창에 매달려 안타까웠다. 새는 낡은 노끈과 나뭇가지 따위를 입에 물어다가 둥지를 틀었다. 그러나 이내 때까치 둥지는 무성한 이파리들 속으로 숨었다. 노래나무 이파리들은 신비롭게도 새 둥지를 감춰주려고 손을 쫙쫙 폈다. 새 둥지가 흔적도 없이 숨었을 때 아이는 박수를 쳤다. 머잖아 그 속이 수런수런했다. 어미 새가 벌레를 물고 숨은 둥지로 드나들었다.

아이는 세상에서 이파리가 가장 큰 게 오동잎이라고 말했던 짝을 떠올린다. 시골에서 전학 온, 거짓말을 잘하는 아이다. 제가 자란 곳에서는 아이들이 오동잎을 우산처럼 쓰기도 하고 팬티처럼 앞을 가리기도 한다고 했다. 그리고 선악과를 따먹은 이브가 아랫도리를 가린 이파리도 오동잎이라고 우겼다. 아이는 그게 무화과나무 잎이라는 걸 알지만 무화과나무 잎을 본 적이 없다. 이브가 오동나무 이파리로 아랫도리를 가렸대도 전혀 이상하지 않을 것 같다. 도시 하나는 너끈히 가릴 수 있을 만큼 오동나무 이파리들은 큼지막하다. 오동나무 너머에는 이 세상과는 아주 다른 세상이 숨어 있을 것만 같다.

아이는 잠이 오지 않는다. 엄마가 외출하고 나면 모든 소리들이 잠든다. 혼자 남게 되는 밤이 익숙해지지 않는다. 아이는 부스럭거리며 일어나 거실로 나간다. 텔레비전 받침대에서 붉은 빛 한점이 깜박인다. 낚싯대에 걸었던 엠피스리다. 아이는 헤드셋을 머리에 쓰고 침대에 눕는다.

낮의 소리들이 깨어난다. 텔레비전 소리, 문 여닫는 소리, 드라이어 소리가 다시 살아난다. 저 짓눌린 짐승소리는 무엇일까? 아이는 소리를 되돌린다. 구역질 소리다. 듣고 싶지 않다. 아이는 재생버튼을 빨리 돌린다. 이내 소리는 식탁으로 옮겨간다. 아이는 저녁 식탁에 오른 계란찜을 떠올린다. 엄마는 계란찜을 한 숟가락 떠서 밥 위에 올려준다. 식사를 하면서 둘이 도란도란 얘기를 나누었지만 잘 들리지 않는다. 소풍 얘기를 나누었던가? 엄마는 롯데월드로 소풍을 가서 좋겠다고 얘기했다. 아이는 엄마가 제 소풍 소식을 아는 게 기쁘다.

아이는 개수대 물소리와 그릇 부딪는 소리를 좋아한다. 아침이면 언제나 엄마는 돌아와 있고, 그리고 아주 멀리 여행한 사람처럼 깊은 잠에 빠진다. 아이는 베란다로 난 거실 문이 열리는 소리를 기다린다. 뭔가를 기다리면 오줌이 찔끔 나와 팬티를 적신다. 이윽고 베란다 쪽으로 실내화를 끄는 소리가 들린다. 엄마는 베란다에서 빨래를 거두어들인다. 텔레비전을 켜놓고 빨래를 갠다. 엄마는 소파에서도 발을 올려 책상다리로 앉는다. 세탁물을 탁탁 터는 소리도 참 좋다. 그때는 아이도 엄마 무릎을 베고 누워 「1박 2일」 재방송을 보곤 한다.

집 밖에서 흘러든 소리들도 있다. 채소장수 트럭에서 틀어놓은 호객소리도 들리고, 개 짖는 소리도 들리고, 남자애들이 내뱉는 욕지거리도 섞여 들린다. 소리들은 서로 몸을 섞지 않는다. 멀고 가깝고, 높고 낮고 간에 소리들은 저마다 고유하다. 붉은 물감에 노란 물감을 섞으면 주황이 되고, 파란 물감을 섞으면 보라가 되지만 소리는 섞여도 다른 소리가 되지 않는다. 지저귀는 새소리는 고양이 울음소리와 섞이지 않는다. 텔레비전에서 나는 웃음소리는 엄마가 웃는 소리와 섞이지 않는다. 여러 소리가 동시에 일어도 소리들은 양파처럼 겹을 이룬 채 제 모양을 흩뜨리지 않는다. 아이가 느끼기에 모든 소리들은 표정과 감정을 갖고 있다. 엄마가 웃을 때 손가락을 물어뜯거나 가슴을 치고 있을 때도 있다. 때까치도 속삭일 때는 굿, 굿, 굿 하고 지저귀지만 무서우면 키욧, 키욧 하고, 엄마가 오면 키치, 키치 하고 반긴다. 싱싱한 생선이 왔어요, 하는 호객소리가 들리는 순간에도 생선장수 아저씨는 트럭 차창에 매달려 쭈쭈바를 빨면서 궁벽한 산동네를 맥맥하게 바라본다.

아이는 마음이 편안해진다. 엄마가 곁에 있으니까. 아이는 귓가에 전해지는 소리들에 실려 잠이 든다.

*

여관은 국철역과 떨어진 곳에 있다. 역 쪽에 여관을 영업장으로 잡아놓고 장사하는 여관바리가 생기면서 일거리가 많이 줄었다. 이 구역은 다행히 아직 여관바리가 많지는 않다. 여관에서 연락이 오면 아가씨들이 출장 가는 보도방이 많다. 손님은 대개 투숙객이다. 여자는 한번도 녹록한 손님을 치러본 기억이 없다. 세번에 두번은 퇴짜를 맞는다.

여관방으로 들어섰더니 청년 하나가 침대에 앉은 채 기다리고 있다. 청년은 술에 취한 것 같지 않다. 가방 같은 소지품도 따로 보이지 않는다. 투숙객이라기보다 여자를 사러온 짧은 밤 손님 같다. 침대며 가운이 흐트러지지 않고 그대로다. 희롱하는 기색 없이 바

짝 긴장한 손님의 모습에서는 비감마저 느껴진다. 애인과 헤어졌
거나 자신을 망치고 싶을 만큼 피폐한 심리로 찾은 손님인지 모른
다. 여자는 가장 까다로운 유형의 손님이라는 걸 직감한다.

청년은 말이 없다. 옷도 벗지 않고 침대 끝에 가만히 앉아서 눈
에 띄지 않게 여자를 훔쳐본다. 여자는 기색을 살피며 묻는다.

"처음이야?"

청년이 입을 꾹 다물고 고개를 가로젓는다. 십중팔구 처음일 것
이다.

"씻었어? 그냥 할래?"

그래도 청년은 미동이 없다.

여자가 원피스 밑으로 팬티를 벗자 비로소 청년이 입을 뗀다.

"있잖아요…… 물릴 수 있죠?"

"다른 아가씨로 바꿔달라는 소리?"

청년이 눈길을 피한 채 고개를 끄덕인다. 여자는 자존심이 상하
지만 더러 겪어본 일이라 내색하지 않는다.

"이 지역에 젊은 아가씨는 없어. 다른 사람 부르면 오래 걸릴걸."

청년이 여자를 유심히 바라본다.

"잘해줄게."

여자가 마저 옷을 벗자 청년이 결심하듯 일어선다.

"미안해요."

그러더니 그는 도망치듯 방을 나간다.

여자는 청년의 온기가 남은 침대에 우두커니 앉아 담배를 문다.

한두번 겪은 일도 아닌데 버려진 기분이다.

승합차를 대기해놓고 기다리던 조 실장은 툴툴거린다.

"한코 뛰는데 이것저것 따지는 새끼들이 제일 진상이더라."

그는 몸을 훑듯이 둘러본다.

"좀 잘해보지 그랬어?"

그래놓고 뒷말을 삼킨다. 나이와 얼굴이 안되면 다른 기술이라도 부리라는 소리겠지. 그는 닳고 닳은 늙은 꽃들을 데리고 영업하는 자신의 처지에 화가 났는지 모른다.

여자는 담배를 문다.

"에이, 차에서는 좀 피지 마."

조 실장은 창문을 연다. 그의 휴대폰이 울린다.

여관에서 아가씨를 찾는 전화다. 전화를 마친 조 실장이 여자를 돌아보며 말한다.

"헛걸음 안 해서 다행이네. 언니, 샹그릴라 알지? 한번 뛰고 가자. 퇴짜 맞지 말고 잘해봐. 써비스 있잖아, 써비스, 응?"

여자는 꺼림칙하다. 샹그릴라는 집 곁이다. 그냥 곁이 아니라 담을 사이에 둔 이웃이다.

샹그릴라 주인여자는 놀다 갈 손님이라고 말한다. 여관에는 엘리베이터도 없다. 여자는 침침한 계단을 오른다. 이층 계단 중간에 흰 침대보와 베갯잇이 뭉쳐 있다. 삼층 올라오는데도 다리가 파근하다. 여자는 손님방에 노크를 하고 들어간다. 그녀는 문고리를 잡은 채 무르춤하여 굳는다. 얼마 전 남도장에서 만난 그 청년이 침대에 앉아 있다. 청년도 놀라서 벌떡 일어난다.

"에이, 참!"

청년은 고통스럽게 머리를 쥐어뜯는다.

"미안해요."

여자가 돌아선다. 등 뒤에서 청년이 말한다.

"……그냥 해요."

청년은 표정 없이 주섬주섬 옷을 벗는다. 여자가 다시 말한다.

"미안해, 오빠."

*

여자는 거실 소파에 앉아 빨래를 개고 아이는 무릎을 베고 누워 텔레비전을 본다. 모녀가 함께 지내는 시간은 늘 이렇다. 그래도 아이가 밝아서 모녀는 수다를 많이 떠는 편이다.

"엄마, 나도 1박 2일 갔으면 좋겠다."

"어디로?"

"아무데나, 저기처럼 산도 있고 강도 있는 데루."

여자가 대답 없이 텔레비전을 본다.

"엄마, 샹그릴라가 뭔 뜻이야?"

"숙제니?"

"아니. 그냥 궁금해서."

여자는 이웃 여관 이름인 줄은 알아도 무슨 뜻인지 모른다. 그녀는 대수롭지 않게 대답한다.

"글쎄, 뭘까? 네가 공부 많이 해서 알아보면 안 될까?"

아이는 다시 텔레비전으로 눈길을 박는다.

"엄마!"

하고 아이는 벌떡 일어나 앉는다.

"밤탱이가 집 나갔어."

아이는 울상을 짓는다. 여자는 덤덤하게 아이를 바라본다.

"도둑고양이 한마리가 만날 찾아오더니 꾀서 데려갔나봐."

"언제?"

"한두밤 됐나."

"고양이가 원래 그렇지 뭐. 그리고 걔도 원래 도둑고양이잖아?"

"왜 밤탱이가 도둑고양이야? 우리 집이 걔네 집이지."

"암튼 요전에도 내가 말했지만 엄마는 고양이 싫어."

"왜?"

"싫은 데 다 이유가 있어? 넌 콩을 싫어하잖아."

"글쎄, 세진이는 왜 콩을 싫어할까?"

다시 아이는 엄마 무릎을 베고 눕는다. 아이는 잠잠해지고, 여자는 베갯잇을 탁탁 턴다. 아이는 텔레비전 볼륨을 낮춘다.

*

여자는 샹그릴라 카운터 반달창으로 고개를 드민다. 방 가운데에 상이 놓여 있고, 『하이라이트 자율학습 영어 2』와 연습장이 펼쳐져 있다. 연습장 위에는 날렵하게 생긴 붉은 테 안경과 샤프펜슬이 놓여 있다. 종종 어른들을 대신해 카운터 방에 앉아 있곤 하던 여관 딸이 기억난다. 여자애가 몸만 빠져나간 듯 얇은 담요가 양초 밑동처럼 뭉쳐 있다. 내실 안쪽으로 방문이 하나 더 나 있다. 아마 살림집과 연결된 문일 것이다.

"저기요!"

여자는 문 너머로 들리게 목청을 높인다. 여자 목소리가 멀리서 들려온다.

"아람아! 아람이 없니?"

대답이 없자,

"잠깐 기다려요."

하는 목소리가 이어진다.

그러나 주인은 금세 나타나지 않는다. 여자는 비디오테이프들이 비치된 진열장을 건성으로 훑어본다. 이내 흥미를 잃는다. 그녀는 벽거울에 대고 눈화장을 매만진다. 거무스레한 다크서클이 거슬린다. 내실 문이 열리고 파마 캡을 둘러쓴 중년 여자가 나타난다.

"아니, 얘는 카운터 좀 잠깐 봐달랬더니 그새 못 참고 어디로 샌 거야?"

여자는 반달창으로 여자를 훑어본다. 썩 반기는 표정이 아니다. 뭔가 트집이라도 잡을 눈치다.

"이제 오면 어떡해?"

주인은 벽시계를 올려다본다.

"손님한테는 늦을 거라고 말해두었지만, 너무 늦었네. 맘 돌렸을
라…… 한번 올라가봐. 302호야."

여자는 301호를 지나 302호 앞에 선다. 복도로 피자상자가 나와
있다. 노크를 하려는데 문이 찌긋이 열리고 추리닝을 입은 웬 여자
애가 바깥을 살피며 나온다. 여자는 놀라서 물러난다. 어린 여자애
가 복도로 나온다. 여관집 딸이다. 여자아이는 상기된 얼굴에 안경
을 낀다. 부끄럽거나 무안한 기색이라고는 없고 얼핏 꼬였다는 표
정이다. 만만한 담임한테 불려온 아이처럼 고개를 꼬아 발뺌하듯
이 말한다.

"언니가 너무 늦었잖아요?"

여자는 여학생을 물끄러미 쳐다본다.

"새치기는 좀 지나치지 않니?"

"흥, 그런 거 아니란 말예요. 취소한다고 전화했다구요. 안 받아
서 그렇지."

아마 조 실장에게 전화했다는 소리인 모양이다.

"네 엄마는 아시니?"

여학생이 고개를 돌려 쏘아본다. 웬 협박이냐는 투다. 여학생은
한숨을 쉬고 추리닝 바지주머니를 더듬는다. 지폐를 꺼내 삼만원
을 셈하더니 여자의 손을 끌어다가 딱 쥐여준다.

"됐죠?"

여학생은 슬리퍼를 끌고 계단을 내려간다. 여자는 쫓듯이 여학

생을 따른다. 여학생은 툭툭 발을 내던지듯 계단을 밟는다. 이층 계단을 반이나 내려왔을 때 로비에서 텔레비전 소리가 올라온다. 여학생은 잇새에 뭐라도 끼었는지 손가락으로 더듬어서 뱉어낸다.

"변태 새끼……"

여자는 그런 아이의 어깨를 잡아 돌려세운다. 여학생의 눈에 설핏하니 눈물이 어렸다. 여자는 여학생의 바지주머니를 틀어쥔다.

"이것 먹고 떨어지라고?"

둘은 좁은 계단에서 숨죽인 채 엉긴다. 객실 손님 한쌍이 계단을 내려온다. 두사람은 엉긴 몸을 떼어낸다. 여학생이 씩씩거리며 쏘아본다.

여학생은 주머니에서 돈을 꺼내 계단에 집어던진다.

여자가 돈과 여학생을 번갈아 바라본다. 두사람은 침침한 계단에 가만히 서 있다. 서로 날 서고 소란했던 분위기가 점차 가라앉는다. 그 틈으로 왠지 서먹서먹한 분위기마저 끼어든다.

"너 피임이나 제대로 하는 거야?"

물론 걱정을 해서 한 말은 아니다. 이런 일을 아르바이트쯤으로 생각하는 애에게 확실히 이 세계를 환기시켜주고 싶다. 여학생은 대답이 없다. 표정에 두려움이 비끼며 눈길이 흔들린다.

"좀 있다가 내려와요."

여학생이 몸을 휙 돌리더니 계단을 총총 내려간다. 홀로 남은 여자는 담배를 빼문다. 계단에는 누군가 재떨이로 사용한 종이컵이 놓여 있다. 그녀는 계단에 흩어진 지폐를 줍는다. 모두 일곱장이다.

왠지 참담하다. 로비에서 주인 모녀의 목소리가 올라온다.

"카운터 좀 맡겼더니 비우면 어떡해?"

"아, 머리가 터지려고 해서 옥상에 좀 올랐다구."

"너 혹시 담배 하는 거야?"

"엄만!"

"미장원 문 닫기 전에 얼른 머리 풀고 올게."

잇따라 현관에서 방울소리가 울린다.

여자는 계단을 내려간다. 카운터 너머로 여학생이 휴대폰을 귀에 대고 있다. 여학생은 여자를 보고는 몸을 틀고 앉는다.

"자꾸 질질 짜지 말라니까. 짜증나게. …… 내가 구해본다고 했잖아. 그래. 아직 좀 부족해. 내일 아침에 스타벅스 앞에서 봐."

여자는 안내실 앞으로 다가간다. 반달창으로 사만원을 던져놓고 여관을 나선다.

*

새벽 다섯시. 여자는 지쳐서 집으로 돌아온다. 먼저 아이 방부터 열어본다. 늘 그렇듯 아이는 깊이 잠들어 있다. 아이가 깨려면 두시간은 더 있어야 한다. 그사이 여자는 아침을 짓고 아이 등교 준비를 한다.

여자는 안방으로 건너와 옷을 갈아입는다. 오른쪽 어깨가 결린다. 왼팔을 올려 어깨를 두드려보지만 통증은 가시지 않는다. 부쩍 어깨 통증이 심해졌다. 몸이 피곤하면 어김없이 어깨가 걸리고 새벽이면 더 심해진다. 요새는 손가락까지 저려와 라이터 켤 힘이 없을 때가 많다. 이럴 때는 어깨 부위를 도려내고 싶다. 참다 참다 안되면 벽 모서리 같은 데 등을 대고 찧어댄다. 그렇게 푸닥거리처럼 하고 나면 통증이 조금 가신다. 여자는 윗옷을 벗고 어깨 너머로 파스를 힘겹게 붙인다.

여자는 다시 아이 방문을 연다. 아이가 침대 끝으로 몰린 채 헤드셋을 끼고 잠들어 있다. 잠투정이 심한 아이다. 아이를 굴리듯 바로 눕힌다. 아이 얼굴을 쓸어주고 헤드셋을 가만히 벗겨낸다. 여자는 헤드셋을 창턱에 올리려다가 귀에 대본다. 아이는 곧잘 피아노학원이나 전파사를 이용해 음악파일을 다운받아왔다. 전파사 사내는 딸 둘을 기르는 홀아비다. 지난겨울 여관에서 몸으로 안았을 때 전달되던 궁기와 외로움이 생생하다. 딱 한번인데도 그 느낌은 오래 남았다. 창녀와 손님. 얄궂은 비밀을 안은 채 골목에서 마주치면 부끄럽기보다 쓸쓸하다. 날콩을 씹은 기분이다. 사내는 이 골목에서 유일하게 그녀와 같은 얼굴을 한 인생 같다. 여자는 이 뻔뻔하고 적나라한 제 생이 더는 낯설지도 불편하지도 않다.

전파사 사내는 아이에게 잘했다. 중고 엠피스리도 선물하고 헤드셋도 들려 보냈다. 낡은 낚싯대도 그에게서 얻었다. 전파사 사내의 행동에 무슨 다른 뜻이 있는 게 아니라는 걸 여자도 잘 알아서 그냥 두고 지낸다. 그도 어쩌면 여자를 대하는 마음이 자신과 비슷한 심정일지 모른다. 그저 가늠할 수 없는 진창 같은 제 삶을 연민스럽게 응시하고 있을 것이다.

헤드셋에서는 음악은 들리지 않고 웬 소음이 흘러나온다. 무슨 소리인지 도통 알아들을 수가 없다. 녹음이 잘못 된 모양이다. 정체불명의 소음이 계속된다. 엠피스리를 더듬거려 빠른재생 버튼을 누른다. 낯익은 목소리가 흘러나온다. 여자는 미간을 접고 집중한다.

— 난 일찍 나가기가 좀 그런데…… 가깝기는 하지만…… 그리고 지금 준비해 나가도 한참 걸릴 텐데…… 그래? 그럼 할 수 없네. 응. 샹그릴라라고 그랬지?……

여자는 맥없이 헤드셋을 벗는다. 잠든 아이 얼굴을 뚫어지게 바라본다. 생에 허방이 있다면 이런 순간을 이를 것이다.

여자는 식탁에 앉아 안주도 없이 소주를 마신다. 새벽 미명이 창가로 번져 있다. 여자는 가슴에 얹힌 뭔가를 내리듯 소주를 거푸두 잔 비워낸다. 엠피스리에서 들리던 제 목소리가 귀에서 쟁쟁하다. 그녀는 거칠게 숨을 토해낸다. 어깨가 절로 부르르 떨린다. 돌연 생이 너무나 부끄럽다. 그녀는 주먹으로 가슴을 누르고 억눌린 울음을 토해낸다.

*

아이는 침대에서 눈을 뜬다. 창밖이 훤하다. 부엌에서 아무 소리도 들리지 않는다. 아이는 불길한 예감에 사로잡힌다. 부엌으로 달려간다. 탁자에 소주병이 놓여 있다. 엄마는 보이지 않는다. 낯익은 공포가 밀려온다.

아이는 안방으로 달려간다. 엄마는 침대 이불 위에 엎드려 있다. 앓는 소리를 낸다.

"엄마! 술 마셨어?"

아이가 상심한 목소리로, 그러나 반가움도 실어서 묻는다. 엄마는 기척이 없다.

아이는 바짝 굳어서 침대로 다가선다. 발길에 미끈한 게 밟힌다. 아이는 침대로 달려들어 여자의 머리를 젖힌다. 입가와 뺨에 피가 묻어 있다. 얼굴이 묻힌 이불에도 피가 얼룩져 있다.

"엄마! 엄마!"

아이는 사색이 되어 여자를 흔든다. 이내 거실로 나온 아이는 탁자에 놓인 엄마의 핸드백에서 휴대폰을 찾아든다.

"이모, 빨리 와요. 엄마가 또…… 빨리요……"

*

아이는 소파에 앉아 빨래를 개고, 여자는 드러누워 있다. 여자는 얼굴이 파리하다. 아이는 빨래를 곧잘 갠다. 아이의 표정에서는 소꿉놀이하는 아이처럼 꾸며진 조숙함이 느껴진다.

"참, 가훈이랬지? 그거 숙제 못했네. 어떡하니? 선생님한테 혼났어?"

"내가 그냥 써냈어."

아이는 심드렁하게 대답한다. 손길은 빨래에 눈길은 텔레비전에
가 있다.

"미안하다. 깜박 잊어먹었어. 뭐라고 썼니?"

"그냥 썼어."

"그냥 뭐라고 썼는데?"

아이는 여전히 심드렁하다.

"가까이, 더 가까이."

"뭐라고?"

아이가 귀찮은 얼굴로, 눈앞에 손가락을 세우고 말한다.

"가, 까, 이, 더, 가, 까, 이."

여자는 눈을 치켜뜨고 잠시 생각한다.

"오, 멋있다. 어떻게 그런 걸 생각했어?"

"남자 화장실에서 봤어."

여자는 대번에 얼굴이 굳는다.

"니가 왜 남자 화장실에 들어가?"

"학원 여자 화장실은 만날 고장이라고 문 잠가논단 말이야."

*

아이는 침대 위 창가로 가 앉는다. 엠피스리에 작은 마이크를 연
결하고 녹음 버튼을 누른다.

"안녕. 엄마 새, 그리고 아기 새 원, 투, 스리…… 내 말 잘 들리

지? 음…… 나는 멀리 갈 거야. 언젠가 내가 바다에 가고 싶다고 했지? 드디어 바다로 가기로 했어. 엄마가 많이 아픈 건 너희도 알지? 엄마는 바다가 보고 싶은가봐. 나는 이 집이 참 맘에 들지만 떠나야 해. 엄마가 건강해져야 하거든. 그동안 나를 즐겁게 해줘서 고마워. 아기 새 원, 투, 스리! 너희들 날게 되면 나한테 꼭 놀러 와야 해. 오늘은 「뻐꾸기 왈츠」를 들려주고 싶어. 아, 너무 많이 들었나? 그럼, 베토벤의 「전원」은 어때? 피아노학원 선생님이 시골로 전학 간다고 선물한 거야. 네 친구들이 많이 나올 거야. 안녕. 또 만나."

마이크를 내려뜨리는 아이 눈에는 설핏 눈물이 고인다. 아이는 낚싯대를 오동나무에 드리운다.

밥그릇

사흘 전 뿌린 비로 만산홍엽도 씻겨내려 산색은 녹슨 듯 칙칙했다. 날이 기울어 산그늘이 도로까지 내려왔다.

　일 톤 트럭은 산간도로를 밟듯이 천천히 굴러갔다. 짐칸은 쇠창살 우리로 꾸며져 있었다. 통통한 중년 사내가 운전대를 잡고 있었고, 조수석에는 몸피 마른 늙은이가 앉아 있었다. 그 사이에 큰 개가 한마리 웅크리고 잠들었는데 프랑스산 그레이트 피레니즈 종 암컷이었다. 서늘한 응달 길이었는데도 그들은 창문을 열어서 바깥바람에 낯을 씻었다. 하늘은 부유스름하니 청잣빛이었다.

　"날도 좋고 일진도 좋고."

　졸듯이 앉았던 늙은이가 잠기를 털고 입을 열었다.

　"진 사장, 오늘 제대로 한건 해보자고."

하며 기합 같은 소리도 달았다. 차가 저수지를 끼고 돌았다. 벌써 쇠오리니 기러기니 하는 겨울 철새들이 찾아들어 있었다. 바깥 풍경에서 눈을 거두며 영감이 말했다.

"말이 나와서 그런데, 꿈 얘기를 해도 되는지 모르겠네."

진 사장이라는 운전자가 힐끔 돌아보았다.

"해가 중천을 넘었는데 못할 게 뭐 있어요."

"간밤에 꿈을 꿨거든. 참 요상해. 웬일로 빈 유모차를 몰고 들판으로 나갔지 뭐야. 길을 가는데 웬 강아지들이 길가에서 나타나서 꼬리를 살랑살랑 흔들어대잖아. 흰둥이도 있고 검둥이도 있고 점박이도 있고. 그래 그것들을 모조리 유모차에 태웠지. 이상하기도 하지. 태몽일 리 없으니 필시 오늘 출장에 대한 암시라."

"거 좋네. 저한테 파세요."

진 사장은 휘파람이라도 불듯 볼을 부풀렸다.

영감은 만족스럽게 웃으며 진 사장을 바라보았다. 레저용 조끼와 낡은 모자로 꾸며 입은 사내의 입성은 깔축없는 개장수였다. 진 사장은 주머니에서 만원 한장을 꺼내 영감에게 내밀었다. 영감은 "안 받으면 효험이 없다니까……" 하고 능청을 떨며 돈을 받았다. 진 사장이 손장단을 맞추듯 운전대를 두드리며 말했다.

"그 물건이 오늘 제대로 주인을 만난 거야."

영감이 거들어 말했다.

"왕년에 꽃을대 들고 등산 다닐 때 큰 거 캐는 날은 꼭 꿈을 꾸었지."

모처럼 나선 바람잡이를 제대로 하고 싶은 눈치였다.

도로에는 차 한대 지나지 않았다. 산맥 자락이라 골골에 자연부락과 전답이 들앉아 있었다. 영감은 중얼거리는 중에도 어떤 직업적 본능으로 지나가는 풍경을 훔쳐냈다.

"자네하고 나하고 만난 게 어언 삼십년이라……"

"영감님은 그때도 영감님이셨죠."

"자네가 운산에서 물건을 가져오던 날이 눈에 선하네. 머리가 파릇한 스님이셨지."

"열아홉이었으니까. 그때 영감님이 날 돌려보내며 하시던 말씀이 생각나네. 스님, 나무가 너무 크면 못 법니다, 하셨지. 절에서 도망 나온 행자한테 돌아가라니 기가 막히데."

"그러게 가져온 게 웬만했어야지. 그때는 나도 간땡이가 요만 해서 국보급은 쳐다보지도 못했어. 그것도 부처님 복장(腹藏)이라, 어휴."

영감은 과장되게 진저리를 쳤다. 그때 돌려보냈으나 행자가 절로 돌아가지 않고 청계천으로 올라가는 바람에 서로 인연이 엮이게 되었다. 진 사장 말대로 불법(佛法)에 뜻을 둔 행자는 아니었다. 시주 받으러 다니던 승려가 부모 앗긴 어린애를 부처님 자손으로 거둔 내력이 있었다. 제 발로 든 산문이 아니니 언제든 떠날 수 있는 벌거벗은 아이였다.

"그때 두바퀴를 돌았지?"

"두바퀴를 다 못 채웠죠, 영감이 보석금을 대서."

진 사장이 그렇게 말해줘서 영감은 문득 가슴이 뜨거웠다. 아직 말을 못하고 있으나 그 보석금은 노스님한테서 나온 돈이었다. 스님은 행자의 출감을 며칠 앞두고 입적했다. 당시 스님의 당부가 있기는 하였으나 생이 갈린 마당에 사정을 못 밝힐 이유가 없었는데도 그는 입때껏 입을 다물었다. 비록 퇴물이 돼서 바람잡이나 하는 신세가 되었을망정 이 판에도 은혜 입은 정은 있을 터, 그 역시 처자식 없는 입장에서 노구 의탁할 데는 두고 싶었다.

"하여간 그 배포는 인정하지 않을 수 없었지. 내 평생 사람한테 욕심을 내본 건 첨이었네. 원망일랑 말게나."

"후회 없어요. 철드니까 가끔 스님 생각도 나는데, 참 잔소리가 많으셨지. 다 까먹었는데, 이 한마디는 생생해요. 종도야, 나무가 지팡이 되는 것이지 지팡이가 나무 되는 게 아니란다. 뭐, 제 분수껏 살라는 소리였겠죠. 내 감옥 나와서 영감님 밑에 들어가 나까마로 크면서 원칙 하나는 갖고 살았어요. 장물은 손대지 말자. 내 지금껏 도둑질은 안 했네."

영감은 큼, 하고 기침을 놓으며 가만히 낯을 쓸었다. 저로서는 깨끗하게 살았다고 자부하는 말일 테지만 영감 입장에서는 들으라고 하는 욕으로 들렸다. 영감은 도굴꾼부터 시작해 골동품 언저리에서 평생을 지냈다. 그는 십여년 전까지만 해도 골동품 시장에서 그런대로 활개깨나 치던 수집상이었다. 그러던 중 큰것을 만졌다가 옥살이를 조금 길게 하고 나온 뒤로는 예전만 못해졌다. 중국 시장이 열리고 나서는 잔챙이들 손 밑에서 물건 모으고 밀반출하는 일을 거들었다. 밀반출하는 데는 장난감 뽑기 기계를 이용했다. 한국에서 중고 기계를 컨테이너로 모아서 중국으로 수출한 뒤 문화재 모조품 틈바구니에 진품을 섞어넣는 수법으로 다시 한국으로 반입했다. 서류상 중국으로 내보낼 때는 중고 기계 수출, 한국으로 되들일 때는 폐업 후 철수였다. 한동안 시절이 좋았는데 중국 쪽 단속이 심해져서 오래가지는 못했다.

그뒤로는 감방에서 만난 동무를 따라 몽골까지 가서 한 철을 보내기도 했다. 몽골에서는 약장사를 했다. 한국에서 몇백원 하는 강장제를 컨테이너로 갖고 갔다. 사무실을 내고 현지인들을 모아 교육시키고 물건을 대주는 도매업이었다. 강장제 한병을 만병통치약으로 속여 장복하라고 교육시킬 때는 스스로도 비웃음이 비어져나왔다. 일테면 박카스를 뚜껑에 따라 하루에 한번씩 먹으라는 식인데, 평생 사짜 놀음을 했지만 먹는 걸로 장난을 치니 그 정도면 인생이 막갔다고 봐야 했다. 그로서는 인생이 참 쓸쓸하게 되었다는 자괴감을 떨칠 수 없었다. 약이 귀한 몽골에서 강장제는 불티나게 팔려나갔다. 도시는 물론이고 초원까지 휩쓸었다고 볼 수 있었다. 석달 만에 컨테이너 두개가 동났다.

"누구 말마따나 개 타고 말 장사 한 격이네요."

진 사장이 웃었다.

"뭐, 호시절이었지. 내 말년에 그렇게 큰 나라들을 주유할 줄 어떻게 알았겠나."

그는 입맛을 다셨다. 진 사장이 푸념조로 말했다.

"골동품도 우리 것은 더 나올 게 없고 거의 중국 물건이 깔리는데 그쪽도 이젠 쓸 만한 게 드물어요."

"그러게. 작년에는 진품 도용(陶俑)이 두점 들어왔다고 해서 장안평 박 사장하고 나까마들 서넛이 소문 없게 입찰을 봤다는데 아무도 못 써냈다더군. 못 믿겠다대. 눈깔 박기까지 한 건지 흠집마저도 너무 그럴싸해서 외려 더 의심이 가더라는 거야. 아마 그렇게 굴러다니는 물건들만 모아도 진시황릉 몇개는 더 쓸걸. 중국 사람들만큼 뭘 만들어내는 데 소질 있는 사람들이 세상에 또 있을까. 계란을 만들지 않나, 버린 구두로 만두를 빚는 사람들 아닌가. 먹고사는 일이 무서운 게야. 먹고살려니 그런 요지경이지."

진 사장이 킁킁하고 콧바람 소리를 냈다. 그런 그를 건너다보며 영감은 조심스럽게 물었다.

"요새는 서해안 물건이 좀 안 도나?"

"왜요, 돈 되는 건 그것밖에 없는데. 아무리 단속해도 돈 되는 일은 막을 수 없어요. 나야 장물이니 손 안 대지만."

영감은 진 사장이 북한 물건들을 거래하느라 가끔 룽징(龍井)이나 투먼(圖們)으로 드나드는 걸 알고 있었다. 아마 윗선을 세워서 거래만 놓아줄 뿐 제가 직접 소장하는 눈치는 아니었다. 그는 어쨌든 외관상 번듯한 조선백자 수집가에 그쪽으로는 권위자였다. 여주에 가게 겸 전시장을 열어놓고, 사설연구소 소장 직함까지 갖고 있었다. 국보급 소장가로 알려진 모 기업 회장이 뒷주머니라는 소문도 꽤 묵은 얘기였다.

"내 중국을 겪어보며 느낀 거지만 기름계란이라든가 구두고기 만두라는 게 돈이 만들어낸 것이지만서도 다 땅덩이가 넓어서 가능한 게야. 땅이 그리 벌렸으니 별별 기담들이 다 생기고 통하게 돼. 그렇지 않겠어? 가보지 못한 세상 어느 귀퉁이에서는 별일도 다 있겠지. 중국에는 백년이 걸려 해 뜨는 곳을 찾아갔다는 옛날이야기도 있잖은가. 참 아득한 땅이지."

산그늘을 벗어나 제법 번번한 들이 펼쳐졌다. 빈 들에는 거대한 개미가 슬어놓은 알 같은 볏짚 곤포 싸일리지가 하얗게 던져져 있을 뿐 인적 없이 휑했다. 철로 제방이 그어놓은 들판 한쪽으로 큰 마을이 걸려 있었다. 영감에게는 초행이었고, 진 사장은 지난주에 답사를 다녀온 길이었다.

"면 소재지예요. 저기서 금방이죠."

목적지에 가까웠으나 그들은 서두를 마음이 없었다. 중요한 흥정일수록 기운 해에 붙이랬다. 그들은 느긋하게 움직일 생각이었다. 지금껏 일을 그르쳐본 적이 없는 진 사장은 곧 자신이 안게 될 횡재를 위해서, 그리고 그 기쁨을 즐기기 위해서 얼마든지 인내할 마음이 있었다.

두 사람 사이에서 개가 끙끙거렸다. 트럭이 멈췄다.

"파뜨라슈!"

진 사장이 손짓하자 개가 트럭에서 훌쩍 뛰어내렸다. 진 사장은 개를 길가에 세우고 오줌을 뉘었다. 영감도 길가 도랑에다 대고 바지춤을 풀었다.

개가 영감에게 다가와 머리를 정강이에 비볐다. 갈색 섞인 흰색이 잘생긴 녀석이었다. 중학교 다니는 진 사장 딸이 '파뜨라슈'라고 불러서 이름이 되었다는 녀석은 혈통 족보까지 갖추고 있었다. 강아지 때 삼백을 들여 구입했다고 하였다. 영감은 허리를 굽혀 개를 쓰다듬었다. 녀석은 손을 할짝할짝 핥았다. 사람 손길을 너무 잘타는 것 같아 영감은 은근히 한대 쥐어박고 싶었다. 그는 집짐승을 별로 가까이하지 않았다.

"새끼는 안 받나?"

"웬걸요. 요새 발정기라 이틀거리로 농장으로 데리고 다니는걸요."

영감은 풍성한 개꼬리를 들어보았다. 개가 컹, 하고 위협했다. 영감은 엉덩방아를 찧으며 절로 발이 나갔다.

"네놈도 늙은이는 싫다는 게지."

진 사장이 끌끌 웃으며 개 목덜미를 쓰다듬어 진정시켰다. 영감은 엉덩이를 털고 일어났다.

"만배지?"

"잘생긴 수컷을 붙여주는데 맘에 안 드나 봐요. 번번이 실패하네요."

"처음이라 그럴 거야. 새끼 낳으면 값 좀 하겠구만."

"뭐 돈 보고 기르나요. 은퇴하면 시골 가서 개나 기를까 싶어요. 먼지 긴 물건 만지는 것보다 훨씬 재미가 나은 것 같아요."

"좀 둘러보고 갈까?"

영감이 산자락의 언덕을 바라보며 말했다. 개울 건너가 옥수숫단을 세운 자드락밭이고, 언덕배기에 붉은 까치밥을 우듬지에 매단 감나무 한그루가 서 있었다. 감나무 근처로 인가 따위는 보이지 않았다. 그러나 감나무로 미루어 옛 집터인 것만은 분명했다.

진 사장은 개를 트럭에 몰아넣고 쏘시지를 던져주었다.

두사람은 목장갑을 나누어 끼고 도랑을 건넜다. 밭으로 올라서서 언덕으로 곧장 거슬러 올라갔다.

언덕 너머로는 지형이 옴팡하게 꺼져 있었고, 숨은 듯 사철나무에 둘러싸인 암회색 슬레이트 지붕이 보였다. 집은 길을 등지고 앉아 있었다. 감나무가 선 자리는 뒤뜰 언덕바지였다. 길에서 보던 것보다는 훨씬 우람했다. 사철나무 가지가 솟구친 울이라든가 마른 풀이 오른 지붕은 한눈에도 오랫동안 방치된 폐농가 같았다. 간혹 저런 집에 들어 맷돌이라든가 다듬잇돌, 독이나 절구통 따위를 주울 때가 있었다. 그나 그도 예전 같지가 않았다. 고물이나 골동품을 수집하는 사람들이 워낙 많아서 이제는 손 안 탄 집이 드물었다. 요새는 인테리어에 쓴다고 마룻장에 두리기둥까지 뽑아가는 시절이었다.

그들은 칡덩굴이 엉킨 풀밭을 헤치며 농가로 더듬어 내려갔다. 끊어진 길을 다시 놓는 기분이 들었다. 농가 앞에 이르렀을 때는 둘다 바지 끝에 도깨비바늘이 슬었는데 떼어낼 엄두가 나지 않았다.

마당 역시 풀밭이나 다름없어 발 들이기가 겁이 났다. 방과 부엌을 한칸씩 겨우 들인 외딴 오두막이었다. 툇마루가 뜯기고 문짝도 없어진 걸 보면 이미 사람 손을 탄 것 같았다. 영감이 부엌으로 들어가고, 진 사장은 방으로 발을 들여놓았다. 방은 쥐똥 한점 없이 낡아 있었다. 천장은 상량과 서까래가 그대로 드러난 채였고, 맨방바닥은 구들이 꺼져 있었다. 벽은 초벌도배처럼 신문을 발랐는데 누런 신문 한귀에 박정희 대통령이 권농일을 맞아 모내기하는 사진이 실려 있었다. 진 사장은 후, 하고 숨을 뱉어냈다.

그는 문턱을 밟고 쪼그려 앉았다. 문턱을 밟지 말라는 금기가 떠올랐지만 등산화 발을 문턱에 올려놓았다. 남향집인데도 벌써 산 그늘에 덮여 있었다. 그는 시계를 들여다보았다. 세시가 막 넘고 있었다. 해가 짧아진 탓도 있지만 집터 자체가 너무 응달진 데에 자리하고 있었다. 자연 이런 데 집을 짓고 산 사람이 궁금하고 그들의 빈한한 살림이 떠올랐다. 시간과 기억이 묻힌 집. 어쩔 수 없이 그는 맥맥한 기분에 사로잡혔다. 그에게는 동자승이 되기 전 고향이나 집에 대한 기억이 없었다. 혹시 자신도 이런 집에서 나고 자랐을까. 왠지 공허하고 그리운 마음이 차올랐다. 자신이 묵은 물건들에 빠진 건 가질 수 없는 시간과 기억에 대한 그리움이 아닐까 생각했다.

뒤뜰에서 영감이 돌아 나오자 그는 토방으로 내려섰다. 영감은 흰 종지 하나와 기왓장처럼 구운 둥글넓적한 돌을 들고 있었다.

"쓸 만한 게 하나도 없어. 요건 조왕 종지지. 뒤뜰 감나무 밑에서 주웠네. 이건……"

하고 영감이 돌을 들어 보였다. 거무스레한 돌 가운데에 흐릿하게 연꽃무늬가 놓인 불돌이었다.

"참 오랜만에 만나는군. 아궁이에서 긁어냈네."

두사람은 마당을 나왔다.

자드락밭으로 내려서며 영감이 말했다.

"이짓이 맨 보물찾기와 한가지라. 총각 때 내 선생으로 모시던 우체국장 양반이 있었는데 함께 안성에 갔다가 빈집에 든 적이 있지. 한때는 전답을 제법 부쳤을 성싶은 기와집이더란 말이지. 안방 벽장을 열었다가 일정 때 쓰던 고등수리 같은 교과서랑 세창서관 판 딱지본을 여러권 얻었네. 근데 벽장 도배지가 호랭이를 그린 민화야. 옛집들은 그랬다고. 아마 이조 말 어름에 돌던 민화 같은데 그거 수습할 연장이 없어서 이튿날 오기로 했어. 근데 다음날 선생하고 다시 갔더니 벽장이 널짝째 뜯기고 없더라고. 하, 귀신 곡할 노릇이지. 하룻밤 새에 말이야. 선생이 딱 의심스러운데 잡아떼니 별 수 있나. 이 세계가 그래. 뒤를 도모해서는 안되지."

진 사장은 여러번 들은 소리였다. 영감도 별 수 없이 늙어가고 있었다. 영감이 발걸음을 세웠다. 한쪽 운동화 끈이 풀려 있었다. 진 사장이 가만히 쪼그리고는 신발 끈을 묶어주었다. 앉은 정수리가 제법 듬성듬성했다.

"내 자네 얼굴을 봐서 말 안 했네만 오늘 찾으러 가는 물건도 말이야, 눈에 띄었을 때 챙겼어야 해."

"개가 보통 사나워야지요. 게다가 그 집 며느리까지 딱 버티던 걸요."

"그 월남 처자?"

진 사장은 머리를 끄덕였다. 영감이 일어섰다.

"그러니까 더 아쉽다는 거지. 그 며느리가 무슨 물정을 알겠나. 꼬이면 금방 넘어오지."

"말이 통해야 꾀든 말든 하지요. 뭘 제대로 묻지도 못했어요."

자신이 물건을 훔쳐내는 일은 안 했다는 걸 강변하는 것만 같았다.

"그까짓것 개밥그릇 없어졌다고 수선을 피우겠나."

진 사장은 아무 대꾸가 없었다.

그들은 차를 세워둔 도로로 내려갔다.

"예전에는 개밥그릇으로 쓰는 막사발이나 푼주를 많이 주웠어. 시골내기들이 뭘 아나. 담뱃값 안겨주고 들고 오고 그랬지. 일본 사람들이 환장을 했잖아. 골동품 수집상이 활개를 친 것도 다 일본 사람들 덕이라고. 한번은 양구 방산에서 민가 측간에 들었다가 아, 소매구덕을 본 거야. 그게 누렇게 오줌버캐가 올랐어도 백자 달항아리더라고. 장에 가서 고무다라이 하나를 갖다가 안기고 주워 왔지."

지난주에 진 사장이 서울로 올라왔다. 서울을 제집처럼 드나들면서도 영감한테는 발걸음이 뜸했던 사람이라 여간 반갑지 않았다. 그는 영감이 일 거드는 골동품 가게는 두고 전화를 해서 찻집으로 불러냈다.

진 사장이 가방에서 도록을 꺼내 펼쳐놓았다.

"이거 국보 아니야?"

영감은 진 사장을 심상하게 건너다보았다. 골동품 만지는 사람들이야 모르는 사람이 없는 백자 사발이었다. 조선 전기에 광주(廣州) 지방 관영 사기장(沙器場)에서 만들어 궁중에 납품했다. 유약에서 막 건져낸 듯 문양 한점 없이 쪽 빠진 담백한 빛깔이 백자로서 세련된 멋과 기품을 자랑했다. 더구나 사발마다 굽바닥에 대칼로 유약을 긁어 天·地·玄·黃이라 명(銘)을 넣었는데 그것으로 한벌을 이루니 희소성이 높았다. 천지현황 한벌을 다 갖춘 물건은 국보로 지정된 게 유일했다. 더러 박물관이나 개인 소장가가 한두기(器)를 갖고는 있으나 한벌을 못 맞춘 것으로 알려져 있었다.

진 사장이 백지에 프린트한 사진 한장을 도록 위에 올려놓았다. 때 전 그릇을 엎어서 굽이 보이게 찍은 사진이었다. 진 사장이 볼펜으로 굽바닥의 흐릿한 윤곽을 따라 선을 그었다. '玄'자가 그려졌다.

"세번째 백자발이구만. 이걸 주운 건가?"

영감은 입을 벌리고 허리를 폈다.

"박물관까지 가서 보고 오는 길인데 확실해요. 아직 잡지는 못했어요."

그러면서 진 사장이 영감한테 부탁한 것은 윗선을 잡아달라는 거였다. 그는 꽤 알고 온 듯싶었다. 골동품 수집가로 알려진 모 회장을 들먹였다.

"회장한테 물건 대는 나까마가 박 사장이라던데 영감님이 잘 아시죠?"

"박 사장이야 잘 알지."

"아무튼 그 회장이라는 양반이 이것 짝 하나를 못 맞춰서 몇년째 잃고 있다는 소문이 있어요. 빠진 게 뭔지 알아봐주실 수 있겠어요? 출처는 당분간 비밀에 부쳐주시고."

영감이 박 사장을 만나 이리저리 떠보았으나 그는 쉬 내색하지 않았다. 냄새를 맡고 무슨 글자냐고 외려 묻기만 했다. 속셈이 빤했다. 뒤에 가격을 후리는 데 유리하게 끌려는 속셈이었다. 이미 있는 것과 빈 것은 가치가 다를 거였다. 영감이 정보를 흘려주지 않자 박 사장이 일단 물건부터 보자고 토를 달았다.

그쪽 말을 전해 듣고 진 사장은 비슷이 웃음을 흘렸다.

"무조건 살 거예요. 한벌 맞추는 데만 만족할 양반이 아니죠. 파기(破器)도 서슴지 않는다는 소문이 파다해요."

"그걸 왜 깨뜨려?"

"세상에 세벌, 네벌 돌아다니는 꼴은 못 보겠다는 심보죠."

"이 판이 그리 됐나? 참 무섭군."

영감이 머리를 절레절레 흔들었다.

진 사장이 그 집에 든 것은 집 곁 우사에서 절구통을 보고서였다. 물구유 용도로 내놓았다가 이제는 사료 포대나 쟁여두는 받침으로 쓰고 있었다. 절구통을 가진 집은 많았으되 다들 쓰는 물건이라고 내놓지를 않았다. 그 집 것은 말 잘하면 내놓을 것도 같았다. 그날은 사십여호 되는 마을을 돌고도 쓸 만한 물건이라고는 오석

다듬잇돌 하나와 나무구유를 구한 게 전부였다. 그래도 오석 다듬
잇돌은 충청도 서해로나 가야 구경하는 흔치 않은 물건이라 발품
값은 한 셈이었다.

우사에는 송아지까지 한우 세마리가 오후 햇살에 늘어져 있었
다. 인기척은 없었다. 우사 곁에 찌긋이 열린 나무대문 집이 보였
다. 블록 담 밑으로 맨드라미가 붉었다. 마당으로 발을 들여놓으니
감나무 밑에 매어둔 누렁이가 덤빌 듯이 짖어댔다. 행랑 문이 열리
고 젊은 여자가 경계하는 눈빛으로 나왔다. 그는 난감했다. 여자가
외국사람 같았던 것이다. 여자는 슬리퍼를 끌고 나와서는 대문을
더 젖히며 "인간 없어요" 하고 어눌하게 말했다. 서로 민망하고 불
편했다. 더구나 누렁이까지 발악을 해댔다. 진 사장은 돌아 나와야
하나 생각했다. 그래도 여자가 우리말을 떠듬거리는 것 같아서 우
사를 가리켰다.

"절구통 좀 파시라고요."

그러자 여자가 잠시 말귀를 더듬다가 이내 손을 내저었다.

"남편 소 안 해요."

진 사장은 쩝 입맛을 다셨다. 더 머물래야 머물 수가 없을 것 같
았다. 누렁이가 얄밉도록 드셌다. 목줄에 쓸려 밥그릇이 엎어졌
다. 저러다 목줄이라도 벗겨지면 정강이라도 물리리라 싶었다. 그
런 마음을 먹고 있을 때 여자가 개한테 다가가 배를 톡 걸어차면서
"잡아묵을 텨" 하고 겁박했다. 순간 진 사장은 터지는 웃음을 깨물
었다. 아마도 집안 어른 하나가 개 구슬릴 때 쓰는 말본새를 배운

모양이었다. 여자가 엎어진 개밥그릇을 발끝으로 조금 멀찍이 밀어두고 돌아섰다.

진 사장은 홀린 듯 개집 쪽으로 성큼 다가섰다. 누렁이도 슬금슬금 뒷걸음질을 치더니 제 집에 들어서 으르렁거렸다. 그는 고개를 기웃이 내밀어 개밥그릇을 들여다보았다. 아가리가 넓게 벌어진 도톰한 대접이었다. 개밥그릇이 흔히 그렇듯 겉은 때가 더께로 앉았어도 안은 혓바닥으로 설거지를 해놔서 말끔했다. 그는 어떤 직감으로 개밥그릇을 건드려서 넘어뜨렸다. 굽 안이 개흙이라도 박힌 듯 시커멨다. 그는 굽 안을 목장갑으로 닦아냈다. 진흙 같은 기름때가 밀리면서 긁힌 자국이 드러났다. 굽 가장자리까지 더 닦아냈다. 글자가 흐릿하게 드러났다.

진 사장은 반쯤 얼이 빠져서 물러났다. 여자가 뚱한 얼굴로 서 있었다.

"저한테 개 파세요."

여자는 빤히 바라보고 서 있었다. 진 사장은 개를 가리키며 또박또박 소리쳤다.

"돈을 많이 줄 테니까 파시라고요."

여자가 머리를 흔들었다.

"우리 엄마……"

무슨 말인가 목에 걸리는데 안 나온다는 듯 여자는 답답한 표정을 지어 보였다. 그러더니 그녀가 툇마루로 총총히 달려가 공책과 연필을 가져왔다. 초등학생들이 쓰는 네모 칸이 쳐진 공책을 펼쳐

여자는 또박또박 글씨를 써서 내밀었다.

'우리 엄마 개 마니마니 사랑해요.'

진 사장이 고개를 들자 여자가 고개를 끄덕이며 손사래를 쳤다. 그는 공책을 돌려주며 물었다.

"어머니는 어디 가셨어요?"

여자가 한숨을 포옥 내쉬며 다시 연필을 쥐었다. 성가신 받아쓰기에 내몰린 어린애처럼 여자는 한동안 연필로 머리를 긁적이더니 가까스로 낱말을 써냈다.

'낚시'

그는 낚싯대를 당기는 몸짓을 해보였다. 여자가 고개를 끄덕이고는 방긋이 웃었다. 할머니가 낚시를 갔다는 소리인데, 그는 여자가 말을 잘못 이해했거나 전달했으리라 믿었다. 그는 허리를 세우고 물었다.

"어느 나라에서 왔어요?"

여자는 이번에는 금방 대답했다.

"비에뜨남."

"아, 베트남?"

그는 차로 돌아가 디지털 카메라를 가져왔다. 그는 개를 찍으면서 눈치껏 개밥그릇도 카메라에 담았다.

"자, 이제 고개 하나만 넘으면 됩니다."

진 사장은 트럭을 몰아 면 소재지를 빠르게 지나갔다. 사거리에서 북쪽으로 꺾은 뒤 작은 고개 하나를 넘었다. 작은 마을이 나왔다. 진 사장은 트럭을 세웠다. 그는 자신의 애견을 짐칸 우리에 넣었다. 파뜨라슈는 쇠창살에 발을 올리고 불안스럽게 짖어댔다. 진 사장은 트럭 스피커를 켰다.

'개 팔아요. 개 삽니다. 큰 개, 작은 개 삽니다. 개 팔아요. 개 삽니다……'

"개가 너무 튀지 않아?"

영감이 말했다.

"요즘 개장수들은 푸들, 치와와까지 싣고 다녀요."

둘은 실없이 웃었다.

트럭은 이내 한 농가 앞에 멈춰섰다. 진 사장과 영감은 트럭에서 내렸다. 여러집에서 개가 짖었다.

역시나 대문이 반쯤 열려 있었다.

"계십니까? 계세요?"

마당에 서서 진 사장은 소리쳤다. 예의 그 누렁이만 숨넘어가게 짖어댈 뿐, 집 안에서는 인기척이 없었다.

진 사장은 우선 개한테 쏘시지를 던져주었다. 스피커 소리가 크게 들려왔다.

"스피커는 끄세."

영감이 말했다. 진 사장이 대문을 나섰다.

누렁이가 쏘시지를 물고 개집으로 들자 영감이 지게작대기로 개밥그릇을 한쪽으로 끌어냈다. 누렁이가 금세 쏘시지를 삼키고 나와 꼬리를 쳤다. 영감은 지게작대기로 개를 후려서 개집에 묶어두었다.

진 사장이 가방을 들고 돌아왔다. 그새 개밥그릇을 뒤집어본 영감이 고개를 끄덕였다. 그들은 다시 눈짓을 주고받았다. 진 사장이 가방을 땅바닥에 내려놓았을 때 대문 밖에서 인기척이 들렸다.

"어이, 명화네. 여기 개장수 왔어?"

여자 목소리가 들려왔다. 진 사장과 영감은 깜짝 놀라 고개를 틀었다. 영감은 개밥그릇을 개집 앞에 내려놓고 날래게 물러났다.

이윽고 대문으로 지팡이가 들어오고, 사람이 넘어왔다. 물음표로 허리가 꺾인 노파가 지팡이 중동을 그러쥔 채 숨을 헐떡거리며 두 사람을 쳐다보았다.

"개 산다는 소리만 내던져놓고 내빼면 어떡해?"

노파가 숨을 몰아쉬며 나무라듯이 말했다. 그래도 차를 안 놓쳤다는 안도감이 어린애처럼 표정에 어려 있었다.

진 사장과 영감은 난감한 얼굴로 마주보았다.

"근데 이 집도 판대? 저거 한해 먹여서 팔 때가 됐지."

노파가 집 안을 기웃거리며 말했다. 영감이 나섰다.

"주인이 없네요."

"없어? 어디 갔을까. 아들 내외는 비행기 타고 처갓집 간다고 갔고, 할멈이 있을 텐데. 아이, 명화네야!"

할멈이 한발 더 다가서며 마당에 쪼그려 앉았다.

"그럼 우리 집 것부터 봐. 도사견인데 근수 좀 나갈 거여."

"왜 안 기르고 파시려고요, 개금이 없는 철인데?"

영감이 물었다.

"벌써 금 깎으려 드네. 섣달 되면 딸내미네 가서 인저 봄에나 올 텐데 누가 멕여. 팔아버려야지."

"댁이 어디쇼?"

영감이 물었다.

"숨넘어가는 거 안 보여? 근데 개금이 얼마래?"

"아이고, 갯값이에요."

"하여튼 가보더라고."

노파는 지팡이를 짚고 힘겹게 일어났다. 두사람은 할 수 없이 노파를 따라나섰다. 골목으로 나와 트럭 앞에 섰을 때 노파가 지팡이를 들어 집을 가리켰다. 두집 건너 가까운 농가였다. 셋은 나란히 걸어갔다.

수컷 도사견 잡종이었다. 개장수라면 탐낼 만큼 몸집이 실했다. 진 사장은 오만원을 불렀다.

"애개, 해먹인 값도 안 쳐줘? 내가 입맛이 없어도 저놈 안 굶기느라고 꼬박꼬박 밥을 지었다고. 똑 섭섭해 죽겠구만."

진 사장은 이만원을 더 얹어주었다. 혹 떼는 게 급해서 흥정할 여유가 없었다.

"어디 가서 말씀하지 마세요. 진짜 많이 쳐드린 거니까."

개를 끌어오려는데 번대었다. 노파가 목줄을 달래서 앞서자 개가 순순히 따랐다.

"망할 것아, 빨리 와. 핼미가 삼동내 삼척 가 있어야 하는데 누가

네 밥을 챙기냔 말여."

노파는 정말 손주라도 보내는 사람처럼 눈구석을 훔쳐냈다.

트럭 앞에 이르러 그들은 다시 노파 하나와 마주쳤다. 허리가 꼿꼿한 노파는 낚싯대에 양동이를 들고 서 있었다. 낚싯대 든 모습이 사뭇 괴이쩍을 뿐 노파의 입성은 여느 시골 할머니와 다를 바 없었다. 호미 대신에 낚싯대를 들었다고 보면 되었다.

"개 팔았어?"

낚시꾼 노인은 기다리고 섰다가 개 끌고 오는 노파에게 물었다.

"어디 갔다 와?"

"개금이 좀 되나?"

낚시꾼은 진 사장과 영감을 번갈아 바라보았다. 또 혹이 하나가 붙을까 싶어 두사람은 입을 다물었다. 개 판 노파가 두사람을 향해 눈을 찡긋해 보였다.

"명화네는 대문도 안 걸고 어디를 갔데?"

개 주인이 물었고, 진 사장과 영감은 쫑긋해서 낚시꾼을 바라보았다. 노파가 찾던 집주인인 모양이었다. 진 사장은 낚시꾼에게 다가갔다.

그러나 두 노파는 개장수에게는 관심이 없고 우물에서 만난 여자들처럼 저희들끼리 말을 주고받았다.

"근데 대문도 안 걸고 어디를 갔다 온데?"

"왜 문을 안 걸어?"

"어저께도 그러고 오늘도 그러고 훤히 열렸던데?"

"우리 집 대문은 문 못 닫는 사람이 열면 그랴."

"며느리도 없는데 뭔 일이 바빠?"

두 노파가 얼려서 골목으로 걸어갔다. 이웃 노파가 몸을 돌려서 소리쳤다.

"이 집 개 산다며?"

진 사장은 난감해서 서 있었다. 도사견을 자신의 애견이 있는 우리에 넣을 수는 없는 일이었다. 이러지도 저러지도 못하고 서 있는 동안, 영감이 노파들을 따라나섰다.

"뭐해? 얼른 끝내고 오자고."

진 사장은 도사견을 트럭 우리에 끌어넣었다. 자신의 애견을 믿을 수밖에 없었다. 농장에서 번번이 수컷들을 물어뜯어놓는 놈이었다. 당장 도사견을 향해 으르렁거리는 게 걱정할 필요가 없을 것 같았다.

"애먼 짓 마."

그래놓고 진 사장은 도사견 잡종을 위협해서 우리 구석으로 몰았다.

"팔아치우면 당장 우리 며느리가 서운해할 텐데."

"개야 또 사시면 되지요, 뭐."

영감이 껄껄 웃으며 말했다. 진 사장이 나타나자 조금 수굿해졌던 개가 다시 짖어댔다. 노파가 고무신을 벗어 던지는 시늉을 하며 "잡아묵을텨" 하고 으름장을 놓았다. 개가 주둥이를 당기며 제집으로 기어들어갔다.

노파는 한숨을 폭 내쉬었다.

"먼데서 시집 와서 그나마 정 붙인 게 저놈인데 좀 그렇구만."

"근데 웬 낚시랴?"

이웃 노파가 또 주책없이 끼어들었다.

"우리 며느리가 친정에서 낚시를 좀 했대. 친정이 강에서 오리 치고 살았다잖아. 암튼 그 나라는 물 위에다가 집도 지어놓고 살 정도로 강이 크대. 올여름에 나랑 둘이 몇번 봇도랑에 나갔는데 요 것이 재미가 좋더라고."

한번 말머리가 돌아가니 또 우물가였다. 노파는 며느리하고 친해지려고 낚시질을 다닌다는 둥, 말 못하는 것들끼리 앉아서 속정 드는 건 낚시질만 한 게 없다는 둥, 지난주에는 친정 나들이에 얼굴 탄다고 애를 못 나오게 했더니 그것도 동무 놀음이라고 혼자 심심했다는 둥 이야기가 길어졌다.

"저 누렁이한테 붕어 지져서 먹인 게 몇 양동이는 될 거라."

노파가 개에게 눈길을 던지자 영감은 잽싸게 말머리를 잡아 틀었다.

"금 잘 쳐드릴 테니 파쇼."

"얼마나 쳐줄라고 이렇게 성가실까?"

"칠만원 드릴게. 여기 할머니네 것도 그렇게 쳐드렸으니 적지는 않아요."

노파는 피, 하고 입방귀를 뀌었다. 진 사장은 마당에 놓인 개밥그 릇에 애가 달아서 입속이 탔다. 그는 토방에서 내려서며 말했다.

"영감님, 더 드려요. 해 떨어지는데 우리도 가야죠."

"좋다. 십만원 드리리다."

그러자 옆에 앉았던 이웃 노파가 굽은 허리를 발딱 세웠다.

"애개, 우리는? 근수도 두배는 더 나갈 거구만. 다시 내줘. 데려 갈텨."

"아이고 참, 할머니도 십만원에 해드릴게. 암튼 요샌 시골 양반 들이 흥정하는 데는 더 도가 트셨어."

영감이 바람을 잡아놓자 진 사장이 아갈잡이할 셈으로 돈을 셈 했다. 이웃 노파는 삼만원을 한장씩 세서 아까 받은 것하고 합해서 괴춤에 쑤셔넣었고, 집주인은 뭐가 못마땅한지 그대로 쥐고 서 있 었다.

"아무래도 안되겠어, 며느리가 밟혀서. 개 돌아오면 다시 봅시다 그래."

노파가 다시 돈을 내밀었다. 진 사장은 뒤로 물러났다. 영감이 손 사래를 치며 나섰다.

"에이, 내일이라도 당장 예쁜 강아지 한마리 사다 두세요. 좋다, 인심 써서 강아지값도 얹어드리리다."

두 노파에게 오만원씩을 더 안기고 마침내 흥정이 끝났다.

"아이고, 내 정신 좀 봐. 정금이네도 개 판다고 개장수를 기다리 던데. 내 얼른 데려올게."

이웃 노파가 지팡이를 짚고 일어났다.

"오늘은 파장이에요, 할머니."

영감이 소리쳤으나 노파는 귀머거리처럼 대문으로 사라졌다.

개 주인이 줄을 풀어주자 진 사장이 받아쥐었다. 영감이 급한 마음에 헛기침을 놓고 노파에게 말했다.

"저기, 오늘 개밥그릇을 깜박 못 챙겨왔는데 어떻게 안 될라나."

노파가 말귀를 못 알아들었는지 귀를 세워 고개를 디밀었다. 개줄을 잡고 선 진 사장은 손아귀에 땀이 고였다. 영감이 개밥그릇을 흘끔 바라보며,

"개밥그릇을 저희가 가져갔으면 해서요."

했더니 노파가 머리를 흔들었다.

"무슨 개 파는 데 밥그릇까지 끼워달래."

"먼 길 가야 돼서 그래요."

"그럼 밥 멕여서 데려가구랴. 정금이네도 올 테니까."

영감이 혀로 입술을 한바퀴 훔쳤다.

"쩝, 고집 대단하시네. 저까짓 개밥그릇 하나 갖고 너무 그러신다."

"저까짓 개밥그릇? 저것 덕분에 내가 해마다 개를 얼마나 좋은 금에 넘기는 줄 아우? 저녁 자시고 가구랴. 내 얼른 월남식 붕어찜 해줄게."

노파는 개밥그릇과 양동이를 챙겨서 부엌으로 들어갔다.

두사람은 물벼락이라도 맞은 듯 황망했다. 대문 밖에서 죽어가는 소리로 파뜨라슈가 울부짖었다. 진 사장은 이내 알아듣고 혼겁을 해서 트럭으로 내달렸다. 그 틈에 목줄 놓인 그 집 누렁이는 부엌 앞으로 달려가서는 꼬리를 쳤다.

영접迎接

"솔직히 말해봐요, 계장님." 오양숙이 커피를 건네며 물었다. "계장님은 누가 오실지 알고 계시죠?"

"누가 그려?" 양 계장은 받은 찻잔을 앞에 앉은 박송이에게 넘기고, 한잔을 더 받았다. 박송이가 "고맙습니다" 하고 접이의자 모서리로 엉덩이를 옮기며 오양숙이 앉을 자리를 내주었다. 오양숙은 박송이와 좁은 의자 하나에 엉덩이를 나란히 붙이고 엉거주춤 앉았다. 양 계장은 여자들이란 참 빨리 친해지는 족속이라고 생각했다. 그는 두 여자를 내려다보듯이 책상에 걸터앉아 있었다. 그는 이쑤시개 버릴 데를 찾아 두리번거리다가 대걸레 꽂힌 고무물통을 발견하고는 그곳에 던져넣었다. 군청 강당 탕비실이었다.

"보안사항인가봐요."

박송이가 조금 긴장된 얼굴로, 그러나 생긴 대로 얌전히 말했다. 10급 별정직 공무원 박송이는 관할 면사무소에서 차출된 스물한살의 처녀였고, 그들과는 겨우 어제 얼굴을 익힌 사이였다.

"딱 보니까 도지사님이야. 초도순시 철이잖아. 그렇죠, 계장님?"

"그거 아는 계장님이 여기 어디 계신다고 오 주임은 자꾸 물어싸?"

"오전에 대책회의에 다녀오셨잖아요? 의전 담당이 모르면 대체 누가 알게요."

"당신네 군수님도 그냥 극비라고만 하시고, 회의란 것도 부서장들을 따로따로 불러서 준비상황 보고 받고 지시사항 하달하고 있다니께. 그 계장님한테는 잘 되고 있느냐고 물으시고 말더라고."

양 계장은 남의 얘기하듯 하는 말투에 재미가 들린 듯했으나, 오양숙은 슬그머니 짜증이 났다. 아직 분위기 파악이 안되는 박송이는 가만히 듣고 있었다. 오양숙이 말했다.

"그래서 그분은 대체 뭐라고 보고하셨대요?"

"글쎄, 네, 하고 말았겠지. 어제도 그렇고 오늘도 그렇고 줄창 현장대기 중이니께."

양 계장이 예의 그 느릿한 말투로 우물거렸다. 그는 7급 주사보로 군청 축산계장이었고, 호봉으로 치자면 계장들 중에 가장 선임이었다. 그는 자신이 어쩌다 이러한 중차대한 초도순시에 티도 안나는 손님 접대 업무를 맡게 되었는지 내심 그 저의가 의심스러웠다. 군수 이하 조직이 은근히 자신을 뒤로 내돌리는 건 아닌가 하고 비위가 상했다. 한편으로 골치가 그나마 덜 아픈 업무를 맡게 되어 다행스럽다는 생각도 없지 않았다. 현황 파악, 브리핑 차트 작성, 상황실 운영, 도로변 정비, 행사 홍보 같은 일을 맡은 치들은 당장 야근에 드는 분위기였다. 그에 비해 자신은 말 그대로 이 두 여자만 잘 관리하면 되었다.

그러자니 그는 영접 요원으로 선발된 두여자의 면면을 찬찬히 뜯어보지 않을 수 없었다. 면단위까지 수소문해 뽑아온 박송이는 그렇다 치고 오양숙 같은 따따부따는 어떻게 요원으로 선발되었는지 영문을 알 수 없었다. 눈치 빠르고 손놀림 잰 것은 알지만 인물로 치자면 그만한 꽃들은 수두룩했다. 여직원회 총무간사인 오양숙은 결혼하고 오년이 지나도록 아직 애가 들어서지 않아 고민이 많았다. 그 점이 왠지 오양숙을 하자 있는 여자로 보이게끔 했다. 그는 자신뿐 아니라 다른 남자 직원들의 생각도 마찬가지일 거라고 생각했다. 오늘 박송이하고 나란히 앉아 있으니 지난해 도청에 연수교육 갔다가 본 영화 「장남」에 나오는, 남자 마음 몰라주는 그 목소리 크고 짜증 많은 며느리를 보는 것 같았다. 그 여배우 이름이 뭐였더라.

"여튼 도지사님 아니면 기껏 내무부 국장 나으리나 뜰 텐데 너무 수선 떠는 거 아냐?"

오양숙이 말해놓고 커피를 홀짝 마셨다.

"그래도 나는 좋다. 만날 창구에서 수입인지나 붙이고 앉았다가 요리 빠지니까 휴가 받은 것 같네. 이거 조금 쓰다. 자기는 괜찮아?"

오양숙이 박송이의 커피잔을 건너다보며 얼굴을 찡그렸다.

"전 모르겠어요."

박송이가 부끄럼 타는 얼굴로 대답했다.

"자기는 원래 커피 잘 안 마신다고 그랬지? 근데 어떡하니, 이제 중뿔나게 커피만 탈 텐데."

"근데 언니," 하고 박송이가 말했다. "위에서는 언제쯤 오시나요?"

"석달 뒤. 그죠, 계장님?"

양 계장이 고개를 끄덕였다.

"어머, 그렇게나 남았어요?"

"그러니까 벌써부터 웬 수선이냐는 거지."

박송이가 금방 울상이 되었다. 양 계장의 눈에는 그도 새침하니 귀여워 보였다. 세사람은 조용히 커피를 마셨다. 복도를 통해 페인트 냄새가 풍겨왔다. 시설과에서 강당 내부 도색을 하는 바람에 세 사람은 탕비실로 쫓겨나 있었다.

"그나저나 자기는 매일 버스 타기 괴롭겠다. 얼마나 걸려?"

"한시간쯤 걸려요. 그래도 집에서 나오고 터미널에서 군청까지 오는 시간까지 합하면 한시간 반은 족히 걸리는 것 같아요. 그나마도 지금은 방학이라 괜찮은데 파견이 길어져서 고등학생들이 개학이라도 하면 걱정이에요."

"그래, 걱정이네. 남고 애들이 보통 짓궂어야지. 북정리 쪽에서 통근하는 우리 부서 미스 하나가 있는데, 몇달 전에 울며 출근했어.

고삐리 하나가 가방에다가 가지를 집어넣었지 뭐야. 싸가지 없는 새끼, 대한민국 공무원을 우습게 봤어."

"어머! 그래 그냥 뒀어요?"

"남자 직원들은 혀나 차고 말지. 결국 여직원회에서 신고를 해서 잡았잖아. 아휴, 그 자식 생긴 게 딱 양아치더라고. 자기는 그냥 먹으라고 준 거고, 누나를 평소 좋은 사람으로 봐왔대. 더 기가 찬 건 경찰이야. 그놈 말을 곧이곧대로 옮기며 너무 과민한 게 아니냐는 거지. 그놈 그냥 나왔어. 얼마나 기가 막혔으면 여직원 엄마가 걔네 집 대문에다가 똥물 바가지를 끼얹고 돌아왔겠어."

오양숙이 걱정을 덜어주자고 거든 소리였겠지만 박송이는 외려 더 선뜩했다. 두 여자의 대화를 가만히 듣고 있던 양 계장이 느물스럽게 웃었다.

"그러니까 왜 용모는 그렇게들 단정하셔가지고 그런 고생을 하느냔 말여. 다 얼굴값 하니라고 그란갑다 셈 치라고."

칫, 오양숙이 콧방귀를 날리며 말꼬리를 잡았다.

"그럼 영접하고는 아무 상관이 없이 생기신 분은 어떻게 이 일을 맡게 되셨을까?"

"왜 상관이 없어? 이래 봬도 군대서 보직이 당번병이었다고."

"정말요?"

오양숙이 전혀 믿기지 않는다는 투로 되물었다.

"양 계장님, 당번병이 뭐예요? 학교에서 주전자로 물 떠 나르는 그런 당번 같은 거예요?"

박송이가 물었고, 오양숙이 박송이의 허리를 콕 찔렀다. 박송이는 입술을 쏙 말아넣었다. 박송이가 속없는 소리를 해서 찌른 게 아니었다. 어제 인사 시간에 양 계장님은 성씨 빼고 '계장님'으로만 부르라고 귀띔을 해주었건만 실수를 한 것이다. 27호봉 주사보를 바라보며, 오양숙은 생글거리며 말했다.

"그러니까 계장님이 어서 과장님으로 진급을 하셔야죠."

양 계장은 성끗 웃어주고, 숙맥 같아서 점점 더 귀여워지는 박송이에게 말했다.

"군대 당번병은 말여, 사제로 치면 비서여. 나는 대대장 당번병으로 차출된 거라."

"어머, 멋지다."

박송이가 손뼉 치는 시늉까지 하며 호들갑을 떨었다. 오양숙이 처녀를 힐끔했다. 얼마 전 실수를 만회하려는 짓이겠지만 보기보다 보통내기가 아니라는 눈빛이었다.

"뭐 그렇게 멋질 것까지는 없겠고…… 당번병 주 업무가 뭐냐. 대대장실 관리, 통신 연결과 문서 수발은 물론이고, 접견손님 맞이, 대대장 군복 챙기고 군화도 닦아주고 그러는 거라. 그렇지, 훈련 나가면 야전침대도 정리하고 세숫물도 떠다 대령허지. 말 그대로 총 대신 쟁반을 든 병사인 거라. 열외 병력이라고 만고땡 보직이라고 선망의 대상이고, 끗발도 좋지. 장교들이라고 함부로 타치 못해. 살살거리지. 우리도 군수님이 찾으믄 김양한테 군수님 용태부터 살피고 글잖여. 우리 같은 계장들이 뭐가 아쉬워서 말단 고용직한테

스타킹을 그렇게 사 나르겠어? 원래 측근 자리가 그런 거여. 그림자 같아도 그것이 자기 그림자가 아니라 모시는 사람 그림자란 말여."

여자들은 하품을 어금니에 문 표정이었다. 박송이는 식은 잔만 어루만지고 있었으며, 오양숙은 김양 얘기가 나왔을 때 잠깐 눈이 반짝였을까 그새 입에다가 손바닥을 올렸다.

"지루하믄 하지 마까? 여자들 군대 얘기 싫어하잖어."

두 여자는 동시에 손사래를 쳤다. 오양숙이 눈구석을 훔치며 말했다.

"점심 먹고 나니까 졸음이 몰려오네."

"군대 자랑 아니니께 들어봐. 군대시절 들먹이는 남자들이 보통 그러잖여. 어느 대목에서는 세상 고생 다 한 것처럼 말하다가도 마치 보직 특혜는 자기만 엄청 받은 것처럼 군단 말여. 난센스제. 근디 내 야그는 그런 게 아니여. 어차피 전쟁 상황이 아니믄 소총 든 놈이나 쟁반 든 놈이나 다를 게 없어. 뭐가 달러, 시간 때우는 건디. 시간이 감옥이제."

그래놓고 그는 담배를 붙여 들고, 말을 이었다.

"당번병도 밖에서 보는 것맹이로 만고땡은 아녀. 그도 애환이 있다 이거제. 자대 배치 받아서는 중대 교육계를 봤지. 그때는 펜대 좀 굴리는 병력이 별로 없을 때라. 그래도 내가 면서기로 있다가 갔응께 무조건 행정반으로 풀린 거여. 일병 달 때 당번병으로 뽑혔네. 당번실에서 제대 앞둔 선임한테 석달이나 구르며 업무를 익혔

어. 제일 애로사항이 뭔 중 알어? 차 끓여 내는 거라. 첫째, 당번병
은 그림자라 흔적도 없이 지나다녀야 혀. 차를 언제 갖다놨는지 모
르게 나르고 물러나야 쓴단 말이여. 글고 의전이라는 게 있어. 시방
우리가 준비하는 의전 말여. 같은 말똥이래도, 잉 대령 계급장을 이
르는 거여, 나란히 앉았어도 다 같은 말똥이 아니란 말여. 먼저 단
말똥이 있고, 뒤에 단 말똥이 있을 거 아녀. 그걸 굳은 말똥, 무른
말똥 그렇게 불러. 텔레비전 사극 볼짝시면 좌의정, 우의정 있제?
뭐가 높아? 맞어. 좌의정이 더 선임이라. 그래서 왼짝 맨 앞줄에 앉
은 양반이 높은 말똥이고, 맞은편 말똥이 그다음이여. 그다음은 워
디겠어? 글치, 다시 왼짝 두번째 말똥이여. 근디 숙지만으로는 택
도 없어. 일 닥치믄 그거 구분하고 있을 정신이 있간디. 몸에 배서
저절로다 즉각적으로다 나와야 혀. 그러니 얼매나 구르겄어. 인저
거기들도 해보믄 알겄제만 첨에는 손이 떨려서 찻잔이 접시에서
달달거려. 웃지 마. 그게 뭐 어렵냐고 하겄지만 친정엄마한테 차 내
가는 거랑 시어미 자리한테 내가는 거랑 같남? 그 이치라. 글고 군
대는 아무것도 아닌 것으로 괜히 심각한 디여. 나넌 고것이 바로
군기라고 봐. 여자들은 백날 설명해줘도 모를 거여. 암튼 사회에서
호텔 웨이터를 했더라도 당번병 시켜노믄 달달 떨게 돼 있어. 시방
도 나는 다방에 가면 레지들 차 내오는 솜씨를 보제. 이제 막 쟁반
잡은 레지라고 소개들을 한단 말여. 어딜 가나 그래. 근디 내가 속
나. 딱 보믄 알지. 달달 소리를 내는 레지가 진짜 아다라시라. 난 요
앞 진다방에서 거년에 딱 한번 봤네. 공보계 고 실장이 수리면 수

리다방에 아다라시가 나타났다고 해쌓서 내 부러 찾아가봤는디 아나, 아다라시. 술 묵고 수전증 앓는 애등마."

여자들이 상체를 디밀고 듣는 기척을 보였다. 양 계장 눈길이 박송이 가슴께에 자꾸 들러붙는 바람에 그녀는 허리를 세우고 블라우스 깃을 매만졌다.

"여튼, 쎄 빠지게 석달을 구른 다음에 인저 실전에 투입됐네. 대대장 혼자 업무를 보고 있는디 커피를 타서 들어간 거여. 문 열고 닫고, 왁스 칠한 바닥을 사뿐사뿐 지나서, 신문에 눈 박은 대대장헌티 찻잔을 싹 밀어놓았겄다. 달달거리는 소리? 안 났어. 임무를 완벽하게 수행한 거여. 대대장이 안경을 추어올리며 고개를 들등마. 내 얼굴 한번 보고 손 한번 보고 그랴. 인저 대대장이 하는 말이, 이놈아, 손 좀 씻어라, 그러는 거여. 허 참, 그때가 삼동인디 일병 손이 오죽했겄어."

여자들이 까르르 넘어갔다. 양 계장은 가슴이 뿌듯했다. 그는 더욱 의기양양해져서 입술에 침을 둘렀다. 그는 자신을 뭉개고 앉으면 타인을 매료할 수 있다는 사실을 알았다. 그는 그것이 자신의 매력이자 생존법이라고 여겼다.

"그래서 내 아침저녁으로 뜨거운 물에 손을 불려서 그릇 닦는 수세미로 빡빡 밀고, 휴가 가는 놈한테 크림도 구해달래서 바르고 별짓을 다 안 했겄어. 그래저래 겨우 적응을 했는디, 진지훈련을 나갔을 때라⋯⋯"

"계장님, 말씀 중에 죄송한데요⋯⋯"

오양숙이 가슴을 쓸며 일어섰다.

"점심때 먹은 짜장면이 얹혔는지 속이 메슥거려서 실례 좀 할게요."

오양숙이 서둘러 방을 나갔다. 박송이는 갑자기 긴장이 되어 움츠러들었다. 그래서 더 진지한 표정으로 양 계장을 쳐다보았다.

"어머, 또 무슨 재미난 일이 있었던 거예요?"

"이건 더 기가 맥혀."

양 계장은 식은 커피를 넘기고, 다시 담배를 빼물었다. 좁은 방이 담배연기로 자욱했다.

"사단 전체가 움직이는 훈련이었는디 난데없이 우리 대대 훈련장에서 사단 지휘관 회의가 열리게 됐지. 인근 부대에서 안전사고가 난 거라. 박양은 잘 모르지, 사단장이 얼마나 높은 양반인지? 투스타지. 아매 도지사님이라고 상상하면 될 거라. 이 양반이 뜬다고 하네. 그럼 사단 참모들 뜰 거고, 연대장에 휘하 대대장들 뜰 거란 말이지. 별 두개에 말똥이 몇개여? 완전 비상이라. 난리가 났지."

박송이가 "어머!" 하고 안타까운 소리를 내며 의자 깊숙이 물러나 앉았다. 그녀는 방문을 힐끔거렸다.

"우선 내가 죽겠는 거라. 사단 당번실에 무전 쳐서 사단장이 무슨 차를 좋아하며, 설탕은 얼마나 넣어야 하는지 파악해야 했제. 우리 당번병들은 그걸 '제원(諸元)'이라 했는디 사단장 제원은 무설탕 홍차라네. 그리고 집결 지휘관이 총 아홉명. 사단장이 홍차 마시는 자리에 아래 간부들 기호가 어딨어, 다 홍차제. 1호차 운전병

하고 주임상사가 후방 삼거리까지 달려가서 홍차를 구해오고 난리라. 대대장이 똥 못 눈 강아지처럼 끙끙대면서 나한테 그러더라고. 적당한 때 살펴서 착오 없이 지휘소 천막으로 차를 들여라. 명령이 아니라 부탁조야. 똥줄이 탄 거제. 각급 지휘관 지프가 속속 들이닥치고 사단장 헬기가 내리는디 얼매나 긴장이 되는지 몰러. 내 군대 생활에 그만치 긴장한 날도 없을 거구만. 난 버너에 물 올리고 컵 닦아 만전을 기하고 그놈의 적당한 때를 노렸제. 근디 천막 분위기가 심상치 않어. 사단장 호통치는 소리밖에 안 들려. 대대장 하나가 쪼인트 까이는지 비명 삼키는 소리가 다 들리고. 아이구나, 들어가지럴 못 하겠는 거라. 그러다가 좀 잠잠해지데. 조곤조곤 뭔 회의를 하는 것 같어. 이때다 싶등마. 얼른 찻잔에 쪼르르 물을 따렀제. 근디 천막 입구에 서니까 이거 또 갈등이 되는 거라. 뭔가 숙의를 하는 것 같은디 분위기 깨고 들어갈 엄두가 나야지. 와, 돌아불겄어. 그렇게 머뭇머뭇하는 새에 상황이 종료된 거라. 사단장이 휙 가뿔졌어. 하늘이 노래지등마. 쟁반 들고 멀뚱히 서 있자니 대대장이 쪼인트를 딱 까면서 왜 차 안 넣었어? 하는디 쟁반 안 엎을라고 뱃숨을 참고 발명을 했제. 긴한 말씀들을 나누셔서 못 들어갔습니다! 대대장이 픽 웃데. 긴한 얘기하고 니하고 뭔 상관인데? 하시는데 맞는 말이제. 안 그럴 거여? 당번병은 그림자라. 그걸 까묵은 거제."

"음, 너무 슬퍼요."

박송이가 문을 힐끔 쳐다보며 읊조렸다. 양 계장은 꽁초가 다 된 담배를 다시 걸레통에 던져넣었다.

"미스 박!"하고 양 계장이 박송이를 물끄러미 바라보았다. 그녀는 신병처럼 허리를 꼿꼿이 세웠다.

"내가 왜 점심 묵은 거 꺼지게 이리 긴 사설을 늘어놓는 것 같어? 여자들이 군대 야그라면 고개를 절레절레 흔드는 중 다 알거덩. 근디 나가 왜 미스 박한테 이러겄어?"

박송이는 긴장하여 대답을 못했다. 때마침 오양숙이 들어서며 호들갑스럽게 말했다.

"왜 강당 입구에 출입통제구역 입간판을 세우죠?"

그녀는 반응 없는 두사람을 뚱하게 바라보았다.

"오 주임!"

양 계장이 책상에서 내려서며 오양숙의 두손을 덥석 잡았다.

"오 주임도 귀담아 들어둬. 우리가 앞으로 수행할 임무가 보통 일이 아녀. 우리는 각별히 엄선된 정예요원들이여. 잘 들어. 극비보안이여."

그리고 그는 두사람의 어깨에 손을 올렸다. 주위를 살핀 후 그는 목소리를 낮춰 말했다.

"염병할, 각하께서 오신댜."

그래놓고 그는 목소리를 다시 높여 각오를 다지는 사람처럼 또박또박 말했다.

"작전명 그림자 작전. 디데이 맹년 2월 7일. 모두가 극비사항이여. 자 이건 내일 올 때까지 다 구비해와야 쓰겄어."

그는 행정봉투에서 서류와 메모를 꺼내어 내밀었다.

"신원진술서 세부, 반명함판 사진 석장, 최근 석달 안짝 걸로. 에 또, 요건 비밀취급인가 서약서여. 내일은 도에서 보안담당관이 나와서 보안교육이 있을 거여. 이상. 질문 있어?"

두여자는 얼떨떨한 표정으로 서류들을 바라보았다.

일주일 뒤 청와대 경호국이 지휘하고 도 경찰국장이 인솔하는 사전점검단이 미니버스 한대로 내려왔다. 폭발물 탐지요원까지 낀 점검단이 행사장은 물론 군청의 모든 부속건물, 초등학교 운동장에서 군청에 이르는 연도건물, 다리와 하수도 시설까지 점검했다. 군청 청사와 강당 출입구에는 검색대가 설치되고 군 경찰서에서 경계병력이 차출되어 배치되었다. 군청 수위실에는 사복경찰이 상주했다.

군청 직원들은 보안교육을 받고 비밀취급인가 서약서를 썼다. 대통령 초도순시와 관련된 거의 모든 사항이 대통령훈령 제46호에 따라 2급 비밀 이상으로 분류되었다. 영접팀에서는 인스턴트 커피 다섯통을 구입하고 그 영수증을 총무과 비밀영수철에 철해야 했다. 군청 직원들의 비상근무체계에도 약간의 변화가 따랐다. 신원조회 결과 신원특이자로 분류된 세명의 공무원이 도로정비 등 장외 근무조에 편성되었다. 총무과 7급 주사보 하나는 처가 쪽 할아버지가 해방공간에서 부역한 혐의로, 가족계획과 8급 서기 여직원은 오빠가 광주소요사태 연루자로, 그리고 환경과 소속 청소부는 대학생 아들의 시위 전과로 신원특이자로 분류되었다. 그들은 한

시적으로 군청 출입에 제한이 따랐는데, 비상근무가 끝나도 면사무소나 낙도 출장소로 전출될 거라는 소문이 파다했다.

행사 윤곽도 서서히 잡혀갔다. 군청 순시지만 브리핑 내용은 도 업무보고와 다름없었다. 따라서 군에서 준비할 내용은 대폭 줄어들었고, 대신 군청의 주 업무가 행사 준비와 의전에 비중이 쏠리게 되었다. 업무보고 외에 전시용 행사 하나가 더 마련되었는데, 도내 부녀회 대표자들이 참석하는 '농어촌 부녀자 복지 증진대회'였다. 이는 확정적이지는 않았지만 보도지침과 참가자 추천 공문이 하달된 것으로 미루어 치러질 공산이 컸다.

유사 이래 임금으로부터 대통령까지 어느 누구도 아직 이 지방을 방문한 선례가 없었다. 이 역사적 사건을 맞아 공무원들 사이에 이번 대통령 초도순시가 어떻게 이루어졌는지 그 내막에 관해 설왕설래했다. 여러 무성한 설 가운데 이 지방 출신이자 대통령과 함께 혁명에 참가한 장군이 간곡히 권유했다는 설이 그럴듯했다.

계장 이상 부서장급들은 내심 이번 행사를 통해 중앙행정부서로 영전을 꿈꾸는 축들이 없지 않았다. 그들은 없는 일까지 만들어 낼 정도로 열성적으로 행사 준비에 임했다. 말단 직원들은 죽을 맛이었다. 관할 지역의 소와 돼지, 심지어 가금류 따위의 가축 수까지 파악하느라 분주했으며, 도로정비 부서는 밭가에 부려놓은 계분 같은 거름더미를 치우라고 농부들을 닦달하러 다녀야 했다. 연도의 주택들은 군에서 페인트를 지원해준다는데도 지붕이나 담장 도색에 열의를 보이지 않아 애를 태웠다.

양 계장의 꿈은 소박했다. 그는 고향을 떠날 생각은 추호도 없었다. 다만 구년째 따라다니는 계장 딱지를 떼고 과장으로 승진했으면 하였다. 그는 당연히 그렇게 되리라 믿었다. 당장 영접팀이 의전 담당부로 격상된 점이 고무적이었다. 그렇다고 임무가 별반 달라진 것은 없었다.

양 계장은 의전 관련 공문을 기안해 도청을 통해 청와대 의전실로 보냈다. 의전상 핵심인 대통령의 음료 기호를 알려달라는 내용이었다. 그는 대통령이 어떤 차를 애음하는지, 만약 커피나 홍차를 즐긴다면 설탕 가미는 어느 정도 하는지 그 제원을 알고 싶었다. 그러나 그 공문을 접수시킨 지 한달이 지나가는데도 이렇다 할 통지문이 내려오지 않았다. 그는 날이 갈수록 신경이 곤두섰다. 그는 전에 없는 순발력으로 그 문제를 스스로 해결했다. 대통령이 연말에 방문한 부산과 울산까지 출장을 가서 제원을 확보했다. 정보를 손에 넣자 그는 비로소 이 일에 아주 깊이 개입한 핵심인물이 된 기분이었다. 그는 군수에게 은밀히 보고하였고, 군수는 크게 칭찬했다.

그러는 가운데 행사의 무산을 점치는 말들이 나돌았다. 그러나 양 계장이 판단하기에 그건 정보의 절대적인 부족에서 오는 기우와 도청에서 행사를 주관하는 데서 오는 혼선에 불과했다. 분명 일은 진행되고 있었다. 당장 도청에서 내려보낸 봉황 탁자가 강당에 덩그러니 놓여 있잖은가. 양 계장은 포목점에서 흰 천을 끊어다가 그 탁자를 덮어두었다.

디데이 삼십일을 남겨놓고 오양숙과 박송이는 실전에 준하는 그림자 작전에 돌입했다. 의상은 한복으로 결정되었으며, 색상 역시 순시자의 취향에 따라 분홍색 계열로 맞췄다. 메이크업은 오양숙의 단골 미용실 퀸살롱으로 지정되었다. 몇가지 영접 시나리오도 완성되었다. 박송이가 1호(그들은 대통령을 암호화했다)를 전담하고, 2호(장관급, 도지사) 3호(도 경찰청장, 사단장 등)는 오양숙 몫이었다. 외모와 인상, 나이에서 박송이가 1호를 담당하는 데 아무 하자가 없었다. 다만 박송이의 담력이 약하다는 게 흠이었다. 그 점은 오양숙과 바꿨으면 싶었다.

양 계장은 박송이의 뽀얀 손을 보면 한번 어루만져보고 싶었고, 귀밑의 보송한 솜털에 손끝을 대보고 싶었다. 때로는 그녀를 보고 있노라면 저 깊은 흉중으로부터 속절없는 한숨이 새어나왔다. 그러나 그는 모든 욕망을 행사 뒤로 미루었다. 그는 세상에 둘도 없는 상전으로 군림했다. 농담 한마디 건네지 않았다. 궁극적으로 그는 작전 기간 동안 박송이가 자신을 1호로 대하기를 바랐다.

양 계장은 강당에 가상 메인테이블을 쎄팅하고 나서 오양숙과 박송이를 불러 세웠다.

"수첩에 적더라고잉."

그는 주머니에서 메모지를 꺼냈다.

"1호는 제원이 인스탄트 커피."

"어머! 원두 내려 드시지 않고요?"

오양숙이 말했다. 양 계장은 무시했다.

"설탕 두스푼, 프림 세스푼."

"어머! 다방 입맛이시네."

"그분이 오랫동안 야전사령관을 지내셨단 말여. 자연히 입맛이 서민적으로 길들여진 거고."

"다음은 2호, 3호 제원이여. 오 주임이 역부러 메모 잘 하더라고."

"2호 중 내무 커피, 농수산 녹차, 경호 녹차, 도지사 홍차, 이상. 3호 중 도 경찰청장 원두커피, 무시하고 커피, 사단장 삼지구엽차, 무시하고 녹차. 이상. 3호 이하 커피로 통일, 질문 있어? 오 주임은 내일까지 이걸 석장 타이핑해줘."

오전에는 차 끓이는 훈련, 오후에는 쎄팅 훈련을 했다. 두여자는 하루에 커피를 오십잔씩 타고 백번도 넘게 날랐다. 커피를 탈 때마다 준비실에 걸린 달력에다가 '正'자 표시를 해서 셈했다. 오양숙은 훈련을 곧잘 소화하는 편이었는데 강당 나무마루 울리는 발소리가 귀에 거슬려 틈만 나면 걷는 연습에 집중했다. 또 그녀는 커피 냄새가 메스껍다며 입을 틀어막고 걸핏하면 화장실로 내달렸다.

"오 주임, 생긴 것 같지 않게 뭔 비위가 그리 약해. 정신 차려. 나같이 27호봉 주사보로 늙기 싫음 이번 기회를 꽉 물라고."

사실 문제는 박송이였다. 커피 타는 거야 제원대로 하면 되는 거지만, 행동이 민첩하지 못하고 달달 잔 부딪는 소리를 떨쳐내지 못했다. 양 계장이 1호 자리에 앉아 스톱워치를 들고 연습을 시켰는데 별로 진척이 없었다. 발걸음을 조금만 재촉해도 휘청거리고, 넘어지고, 흘렸다. 깨트린 잔도 부지기수였다.

"인저 한복 입으믄 제 옷자락을 밟고 다니겄구먼. 1호 양복에라도 쏟으면 어쩔려, 응?"

제가 상상해도 끔찍한지 그녀는 움찔움찔했다.

"미스 박, 집에서도 그랴? 면에서도 그러구?"

"……"

"다방 레지라믄 이쁘게 봐주겄지만, 이건 국가 차원으로다 전개되는 작전이란 말여. 집에서 연습햐? 곤하다고 냅다 엎어져 자는 거 아녀?"

"아뇨."

박송이가 잔뜩 주눅이 들어 머리를 저었다.

"대체 얼굴로 공무원 딴 거여, 빽으로 딴 거여? 면에서는 뭔 업무를 봤댜? 커피 한잔 지대로 배달 못하믄서 뭘 했겄어. 이런 건 여고 가사시간에 안 갈치나."

박송이가 눈물을 또르르 굴렸다. 오양숙이 보다 못해 끼어들었다.

"계장님, 좀 살살해요. 주눅 들어 어디 하겠어요?"

"호, 감싸고도는 기 마누라쟁이처럼 구는구먼. 여기는 엄연히 직장이여. 여자들이란 그저 공사가 없이 살살 웃음으로 반죽을 하려고 들어."

"애를 너무 무섭게 다그치니까 그러죠. 커피 하나 나르는 거 갖고 그렇게까지 말씀하실 필요 없잖아요."

"커피 하나 나르는 거? 시방 우리가 뭘 하는디? 우리 임무가 뭐냐고? 커피 하나? 하나를 보면 열을 안다잖여. 보라고 저 삭쟁이 같은 손목으로 면장실 빗자루질을 한번 했었어, 주임 책상을 한번 훔쳐줬겠어. 그저 반반한 제 얼굴이나 단속했겠제. 암튼 오 주임도 더 말하믄 항명이여."

"에이, 무슨 말씀이세요? 계장님이 좀 무섭게 다그치신다 싶어서 드리는 말씀이죠. 그렇잖아요, 여자들은 무서운 사람 옆에서는 평소 잘하던 것도 못해요."

"뭔 소리야. 1호 앞이면 이보다 덜할까. 1호가 나보다 만만하냐고?"

"제발 그만들 하세요. 저 그만두겠어요."

박송이는 낯을 감싸고 강당을 뛰쳐나갔다.

"오 그래. 이 길로 나가면 공무원도 끝인 줄 알어!"

"계장님이 참으세요. 어린애잖아요. 쟤가 홀아버지랑 할머니에 동생까지 부양하는 소녀가장이나 진배없다고요."

그건 처음 듣는 소리였다.

"제가 잘 구슬려 올 테니 좀 나긋나긋 대해주세요."

그 일이 있고 난 뒤에도 박송이는 별로 나아지지 않았다. 양 계장은 뭔가 특단의 조치를 취하지 않으면 안 될 것 같아 궁리에 궁리를 거듭했다. 이제는 사람을 바꿀 시간적 여유도 없었다. 그는 오양숙을 힐끔 쳐다보았다가 머리를 내저었다. 어째 이 일에 투입된 뒤로 뱃살이 더 불고 처진 것 같았다. 애도 안 낳은 여자가 몸매 관리도 못 하여 그나마 조금 남은 정나미마저 떨어졌다. 그는 냉정히 생각했고, 두여자가 이 정도면 제 능력을 벗어나는 일이라는 판단이 들었다.

오양숙과 박송이가 양 계장이 군수실에 올라간 틈을 타서 강당 준비실에서 잠시 쉬고 있을 때였다. 현관 경비를 서는 방위가 불러서 박송이가 현관으로 나갔다. 현관에 다방 아가씨 하나가 차보자기를 들고 껌을 질겅이면서 먼산바라기로 서 있었다. 송 경사가 실실 웃으며 박송이에게 물었다.

"강당에서 배달시켰어?"

"아뇨."

박송이는 눈을 똥그랗게 뜨고 머리를 저었다. 다방 아가씨가 박송이를 은근히 째려보았다.

"미스 강, 아까도 말했지만 비밀취급인가증이 있어야 출입을 한다니께."

박송이가 가슴을 폈다.

"오빠, 난 주산 4급이긴 한데 그것도 레지 이력에 쓰지 않았어. 세상천지에 그딴 자격증 가진 레지가 어딨냐고? 씨발, 마담 언니는 접수 하나 못 받냐. 그냥 갈까부다."

"여기까지 어려운 걸음 했는데…… 이봐, 거기들! 혹시 커피 시킨 사람 있어?"

송 경사가 후임 하나하고 방위병들을 둘러보며 다시 한번 소리쳤다. 다섯쯤 되는 사람들은 대꾸가 없었다.

"쓰발, 이상하더라니. 별 미친놈이 추운데 장난전화질이야."

"미스 강, 저쪽 그늘에서 석잔만 타봐."

송 경사가 정원 소나무 쪽으로 턱짓을 했다. 박송이는 발길을 돌려서 강당으로 돌아갔다. 미스 강은 껌으로 풍선을 불며 박송이가 들어간 쪽을 기웃거리며 말했다.

"쟤는 못 보던 앤데 어느 다방이야?"

"야, 그런 말 마. 특수공무 집행 중인 공무원이야. 여기 백날 서 기다려봤자 소용없고 저기다가 커피 석잔 내려놓고 가."

"직업상 그렇게는 안되지. 엄연히 난 두시간 티켓 끊고 온 길이 란 말야."

"그럼 얼른 돌아가. 우리도 슬슬 눈치 보인다야. 어떤 배때기 불 거진 공무원이 대낮에 관공서로 불렀겠냐."

그때 양 계장이 청사에서 건너오며 "어이, 미스 강!" 하며 손을 흔들었다.

"계장님이에요?" 미스 강이 물었고, "송 경사, 업무관계로 불렀 으니께 편의를 봐주더라고. 군수님한테도 보고가 돼았응께" 해놓 고 양 계장은 지체없이 미스 강을 강당으로 이끌었다.

미스 강이 또각또각 걸으며 물었다.

"근데 강당에서 뭔 살인이라도 난 거야?"

"이, 마침 잘 물었다. 니한테 소상히 알려주고 싶은디 말 못하는 사연이 있어야. 이따가 저 안에 들어가서도 알려고 하지 말어. 역부 러 부탁헌다이. 허가되지 않은 사람한테 전달, 또는 누설하는 때에 는 관계법규에 의거 처벌 받을 수도 있어서 그랴. 니 다치고 나 다

치고 하는 일 피하려고 그러니께 섭섭타 생각 말고."

"피, 또 그 2급 비밀 타령이에요? 나도 직업상 취득한 고객 정보는 절대 발설 안 하지."

"그래서 나가 널 모시지 않았겄냐."

양 계장은 미스 강의 엉덩이를 토닥였다.

"암튼 중요한 손님이 오시는데 우리 언니들한테 커피 내가는 것 좀 가르쳐준다, 그렇게 이해혀. 오빠가 담에 다 말해줄게."

메인테이블 앞에 커피 보자기가 올려지고, 양 계장과 미스 강이 섰다. 맞은편에 오양숙과 박송이가 교육생처럼 섰는데 두사람은 다방 아가씨가 출현한 이유를 짐작하고 있었으므로 썩 달갑지 않은 표정이었다. 양 계장이 입을 열었다.

"에, 이쪽을 소개하자믄 진다방의 강희라고 혀."

미스 강이 껌을 질겅이며 어색하게 고개를 까딱했다. 두여자는 고개를 빳빳이 들고 움직이지 않았다.

"배달로 치믄 우리 군내에서 기중 베테랑일 거여. 우리가 오늘 좀 배울 필요가 있겄다, 이래서 강사님으로 초빙한 거니께 눈여겨 배와보더라고."

소개에 대해 누구보다도 미스 강 자신이 콧방귀를 뀌었다.

"하다하다 내 이런 티켓은 첨이네."

"좀 진지하게 허자. 아까도 설명했지만서두 철저히 실습 위주로 다 보여주더라고."

양 계장이 헛기침을 하고 실습 준비에 들어갔다. 그는 1호 테이블에 앉았다. 미스 강이 보자기를 풀더니 컵과 보온병을 능숙하게 늘어놓았다. 요구르트 하나씩을 꺼내 오양숙과 박송이에게 내밀었다. 두사람은 멈칫거리며 마지못해 받아들었다. 그녀는 주위를 두리번거리더니 멀리 떨어진 의자 하나를 죽 끌어와 양 계장 옆에 천연덕스럽게 앉았다.

"아녀. 이러믄 안되고, 의자 원위치 시켜라. 커피는 저짝에서 타다가 나한테 공손히 갖다놓으면 돼야. 교장선생님이 오셨다고 생각해봐."

"핏, 교장선생님이라고 뭐 다른가. 요구르트 인심은 교장선생님들이 제일 나뻐."

"하여튼 조금 어려운 사람 대접한다 생각하고 하란 말여."

그녀는 발딱 일어났다.

"두시간 티켓 확실한 거죠?"

"공금으로 처리하니께 영수증 꼭 첨부햐."

미스 강이 저쪽 테이블로 또각또각 걸어갔다. 능숙하게 커피를 타서 잔을 쟁반에 올리는 모습을 본 후 양 계장이 손짓으로 다음 행동을 유도했다. 미스 강이 엉덩이를 씰룩거리며 사뿐사뿐 걸어왔다. 양 계장은 두여자를 향해 커피잔 쪽을 유심히 보라고 눈짓했다. 커피잔이 앞에 놓이자 양 계장은 두여자를 불러서 잔을 보게 했다.

"어디 한점이나 흘렸냐? 달달 소리 났어?"

두여자는 서로 얼굴을 훔쳐본 후 약속이나 한 듯이 큼, 하고 헛기침을 했다.

미스 강이 다시 한번 시연을 보인 후 박송이가 실습을 해 보였다. 조심스레 움직이는 티가 확연했다. 미세하게 달달거리는 소리가 났다. 특히나 테이블에 잔을 놓을 때 손이 더 심하게 떨렸다. 두 번을 더 되풀이하고, 세번째는 미스 강이 옆에서 보조를 맞춰줬는데도 마찬가지였다.

"미스 강, 왜 안 될까이?"

양 계장이 피곤한 얼굴을 쓸어내렸다.

"그걸 제가 어떻게 알아요. 저는 그냥 났는데……"

미스 강은 한심하다는 듯 박송이를 바라보았다. 박송이는 주눅이 들었다기보다 불만이 많은 얼굴로 뿌로통하게 서 있었다.

"양 계장님, 자리 좀 비켜주세요."

미스 강은 양 계장을 세우더니 자신이 1호석에 앉았다.

"뭐하는 짓이에요?"

박송이는 울상이 되어 움직이지 않았다. 양 계장이 호통을 쳤다.

"뭐 혀, 싸게 안 움직이고."

박송이가 다시 저쪽 테이블로 가서 커피잔 올린 쟁반을 들고 미스 강에게 다가갔다. 조금 거친 느낌이었지만 다른 때보다 한결 나았다. 커피가 약간 흔들렸을 뿐 예의 그 달달거리는 소리는 없었다.

"야, 됐다!"

오양숙이 지켜보고 섰다가 팔짝팔짝 뛰었다. 양 계장도 히죽 웃었다.

"역시 효과 직방이구마이. 미스 박, 그 느낌 잊지 말어."

그러나 미스 강은 턱을 괴고 앉아 생각이 깊었다. 뭔가 중요한 실마리가 떠오르는지 골똘해서 다들 입을 다물고 조용히 기다렸다. 드디어 미스 강이 테이블을 짚고 일어섰다.

"언니들!" 하고 그녀가 두여자를 바라보았다. 두여자는 쟁반을 안은 채 뭐? 하는 표정으로 미스 강을 쩨려보았다.

"나는 말예요, 차 나를 때 절대 손님을 사람으로 안 보거든요. 내 열아홉에 어쩌다가 쟁반을 들게 됐는데 그때 살고 싶은 마음 하나도 없었어요. 아, 씨발, 옛날 생각하니까 꿀꿀해지네. 뭐 지금도 역시 손님을 사람으로 안 봐요. 그런다고 돈으로 보느냐. 그것도 아니에요. 짐승으로도 안 봐요. 그냥 사람으로 안 볼 뿐이에요. 씨발, 뭐라고 그래야 될까. 암튼 그냥 나는 찻잔을 나르는 거거든요. 배달 많은 날은 하루에도 사백잔을 날라요. 뭔 맘이 있겠어요."

장내에 숙연해진 느낌마저 감돌았다. 미스 강이 1호석에 다시 털썩 주저앉았다.

"뭐야, 씨발. 이래서 난 공무원들이 제일 싫다니까."

"저기요, 언니!"

박송이가 손을 들었다.

"저 자세 좀 한번 더 봐줄래요?"

박송이는 커피잔을 쟁반에 올려 미스 강이 앉은 1호 테이블로 향했다. 양 계장만의 느낌은 아니었을 것이다. 그녀는 발걸음이 놀라울 만큼 가뻤하였고, 눈에서는 뭔가 몰입하는 힘마저 전해졌다. 그녀가 잔을 내려놓고 물러났을 때 미스 강이 비굿이 웃었다.

"언니는 이 길로 나가도 되겠네."

양 계장은 얼떨떨했지만 박수를 치지 않을 수 없었다. 참 알 수 없는 일이었다. 난데없이 오양숙이 입을 틀어막고 화장실로 내달렸다.

역시 복병은 또 찾아왔다. 이튿날 오양숙이 할 얘기가 있다고 양 계장을 복도로 불러냈다. 그녀는 한참 동안 쪼물거리다가 입을 열었다.

"저 임신했어요."

양 계장은 눈이 동그래져서 그녀의 배를 바라보았다. 이 상황을 어떻게 판단해야 할지 당혹스러웠다. 다른 때 같으면 백번 축하해 줄 일이지만, 때가 때인 만큼 미안하다는 소리쯤은 듣고 싶었다.

"을매나 됐어?"

"넉달째래요."

"아니, 그람 작전 시작되기 전이잖여. 고걸 몰랐단 말여?"

"생각도 못했어요. 살이 좀 찌나 싶었죠."

"그람 디데이에는 배가 많이 안 나오나?"

"조금 더 나오겠지요. 근데 저 괜찮거든요."

"그거야 그짝 사정이고⋯⋯"

"부탁인데, 계속하게 해주세요. 가능하면 군수님한테도 비밀로 해주시고요. 다행히 행사 당일에는 한복을 입으니까 티가 안 날 거예요."

"보안사항이 또 하나 늘었네이. 암튼 애 핑계로 준비에 소홀함이 없도록 햐."

그런 우여곡절 끝에 디데이가 임박했다. 청와대 경호원들이 서른명이나 내려와 상주했다. 경찰력이 증강되어 강당은 무슨 요새처럼 변했다. 강당 준비실에도 경호원이 지키고 앉아 스푼 하나까지 검사했다.

이틀을 남겨두고 행사장 쎄팅이 끝났다. 청와대 의전실 담당관이 입회한 가운데 마지막 총연습을 실시했다. 준비실 달력을 바라보며 박송이가 말했다.

"언니, 우리가 만 하고도 삼천오십잔째 커피를 내간다."

"그래?"

박송이는 화장으로 감추었는데도 기미가 비치는 오양숙의 얼굴을 가만히 쳐다보았다.

양 계장이 문을 열고 들어섰다.

"자, 인저 다 왔다이. 나넌 오늘부로 이 강당에 더 못 들어와야. 준비한 대로 잘햐."

그는 손바닥을 치켜들었다. 오양숙이 손바닥을 맞추며 파이팅을 외쳤다. 박송이는 쟁반을 들고 꿈쩍도 하지 않았다. 아주 냉연해서 양 계장은 슬그머니 손을 내려뜨렸다. 그는 왠지 자신의 존재가 작아지다가 희미해진 느낌이 들었다. 의전담당관이 봉황 테이블에 앉았다. 그뒤로 '농어촌 부녀자 복지 증진대회'라는 현수막이 올라 있었다. 주전자에서 물이 끓어 올랐다. 박송이가 양 계장을 살짝 밀어내고 커피잔을 쟁반에 차려 냈다.

로동신문

301동 경비원 나씨는 신문더미를 꾸리다 말고 노끈을 늦추었다. 신문 한장이 비어져나와 눈에 거슬렸다. 노끈 끝을 물고 나씨는 폐지를 쑤석거려 불거진 신문을 당겨넣었다.

"아, 대충 햐. 사돈집에 보낼 거여?"

종이상자를 정리하던 정문 경비실 천씨가 코끝에 땀방울을 달고서서 짜증스럽게 건너다보았다. 윗도리 단추 풀고 모자도 뒤통수로 넘긴 게 마음은 벌써 선풍기 밑으로라도 내뺀 모양새였다. 나씨는 노상 겪는 말본새라 천씨가 무슨 소래기를 퍼부어도 돌벼랑 미륵불처럼 웃고 말았다. 더군다나 오늘은 화요일이었다. 재활용품 분리수거 하는 날 근무조에 걸리면 천씨는 하루 내 부루퉁했다.

나씨는 묵묵히 폐지 모서리를 쳐서 귀를 맞추고 노끈을 당겼다.

아까 그놈이 도로 불거졌다. 네귀로 조금씩 남아도는 게 신문이 원래 너붓한 모양이었다. 요새는 신문들도 크기가 들쭉날쭉해서 꾸리기가 여간 성가시지 않았다. 그래도 칠팔년 만져온 손끝에 이런 신문은 처음이었다. 나씨는 신문을 뽑아 들었다. 한장이 반으로 접혔는데 구깃구깃하고 누리끼리했다.

"그 집에서 나왔나?"

107호에서 나오곤 하는 신문인가 싶어 중얼거린 말이었다. 주말 부부 집인데 남편이 다녀가면 서울 쪽에서만 돈다는 그 누름한 신문이 더러 나오곤 했다. 경비들 사이에서도 그 신문 때깔이 여러번 입에 오른 적이 있었다. 서울에서 살다 내려온 천씨가 알아봤다. 나씨는 오른손에서 목장갑을 벗겨냈다. 천씨가 수건으로 이마를 훔치며 눈을 흘겼다.

"그건 아녀. 그건 살굿빛이라고 하지 않더남. 딱 보니까 홀아비 빤스 같은 게 궂은 날 짜장면 그릇 씌웠다가 왔구먼. 뭘 펴보고 그랴?"

"어디 노조신문인가벼."

나씨는 1면을 펴들고 심상하게 말했다. 그런 그가 눈이 휘둥그레져서 신문을 탁 털어서 눈앞으로 당겼다.

"홀딱 벗은 배우라도 나왔남?"

나씨는 대꾸가 없었다.

"택배상자에 붙은 글씨도 가물가물한 눈으로 뭘 들여다봐싸."

이참에 아예 쉴 참으로 천씨는 담배를 빼물고는 빈 담뱃갑을 구겨서 쓰레기봉투에 던져넣었다.

"오늘은 빈병이랑 피티병이랑 거진 스무자루씩 나왔지? 야유회 뒤끝 같어. 휴가철인데도 이만치 나왔다면 너무하잖여. 뭘 그렇게 처먹어들 쌓는지, 원······"

그래놓고 그는 주위를 둘러보았다. 주민은 없었다. 천씨의 푸념처럼 음식물 쓰레기통 옆으로 빈병, 깡통, 플라스틱 따위를 담은 마대자루가 쌀가마니처럼 쌓여 있고, 그 옆으로는 철사 옷걸이를 펴서 꿴 스티로폼과 종이박스에 정리한 폐지가 또 한 산이었다. 점심 먹고 나서 둘이 작업해낸 것들이었다. 저녁나절에도 또 이만큼 나올 거였다. 천씨는 주위를 둘러보고 목소리를 한껏 낮춰서 말을 이었다.

"하긴 휴가철이래도, 있는 동네 얘기지. 열불 나는구먼. 왕년에 목동서 일할 때는 여름이 기중 편했어. 이걸 보고 누가 촌구석 임대아파트에서 나온 것들이라고 하겠냐고. 오늘은 냉장고하고 에어컨 박스만 해도 대여섯개여. 아 참, 전자대리점 놈들한테 배달하고 박스 좀 걷어가라고 말 안했어? 왜들 그랴? 동 초소에서 해야지 정문에서 단속할까. 암튼 탈북자인지 새터민인지 하는 입주자들이 철도 없이 들이닥치니 이러다간 우리가 꼭 수용소 지키는 간수 꼴 나겠어."

그러다 말고 신문에 박혀서 기척도 없는 나씨가 눈에 밟히자 버럭 소리쳤다.

"아, 아는 사람 부고라도 났어?"

나씨는 화들짝 놀란 낯으로 신문에서 눈을 뗐다.

"어이, 천씨, 나 좀 보더라고."

나씨가 노는 손을 까불었다.

"아, 볼일 있는 사람이 댕겨봐. 난 시방 쎗바닥에서도 땀이 나."

나씨는 펴든 신문을 들고 천씨에게 다가갔다. 그는 손가락으로 신문 상단을 짚어냈다. 수전증 걸린 사람처럼 손가락 끝이 바르르 활자를 쪼았다.

"이거 저쪽 거시기 아녀?"

나씨는 머리를 산 너머로 넘길 듯 고개를 까닥 젖혀 보였다. 천씨가 머리를 기웃이 디밀고 붓글씨로 흘려쓴 듯한 신문 이름을 평소 버릇대로 소리 내어 읽었다.

"로, 동, 신, 문…… 로동신문? 어디 조합 신문인가?"

"그 밑엘 보라니께. 거시기여. 조선로동당 기관지라고 박혀 있잖여. 요 옆탱이도 좀 보더라고."

"위대한 수령 김일성 동지…… 주체사상으로다 튼튼히 무장하자! 얼러리. 이쪽으로는, 선군의 위력으로 사회주의강성대국 건설에서 새로운 비약을 이룩하자! 오매, 살 떨려."

두 사람은 등에 총부리 닿은 사람들처럼 뻣뻣하게 허리를 세웠다. 찬바람이라도 쓸고 간 듯했다.

"참말로 살 떨리네. 어느 집에서 나왔을까?"

천씨가 아파트단지를 휘둘러보며 속삭였다. 오후 세시의 자글자글한 땡볕 속으로 매미소리만 듣그럽게 끓었다. 여전히 놀란 목소리로 그러나 반신반의하는 투로 나씨가 말했다.

"설마 진짜 아니겠제. 누가 장난으로 맹근 걸 거여, 잉?"

"장난할 것도 없네. 분명 어디 이삿짐에서 묻어 나왔을 거라."

"신고해야 쓰겄지?"

"신고? 이 반공영감이 오늘 또 열불 나게 하네. 제발 귀찮은 일 만들지 말고 도로 쑤셔넣어."

"안 봤으면 모를까 어떻게 보고도 거시기하남."

"육십 평생 살면서 사사건건 아는 체하고 참견하고 살았남? 그 랬어?"

"요것이 그럴 일이냐고. 이웃에 빤히 거시기가 사는 증거가 아니 더라고."

다시 한번 두사람은 깜짝 놀랐다. 잠시 말이 끊어졌다가 천씨가 짜증스럽게 침을 뱉었다.

"그걸 헷또라고 돌리고 하는 소리여? 나씨가 간첩이라고 쳐. 제 안방에서 버젓이 그 흉한 걸 침 발라 읽고 재활용하라고 내놓겠어? 그런 얼빠진 놈이 대명천지에 어디 있냐고. 같잖은 소리를 해야 지."

"저쪽에서는 뭐시냐, 잡혀들어간 간첩들을 사상교육시키느라고 다른 거시기를 감옥소로 남파한다잖여."

"그래서 사상교육하느라 신문까지 배달시켜 읽는다고?"

"그럼 대체 이게 왜 여기서 굴러댕기냔 말여?"

"이리 내봐."

천씨는 신문을 사납게 낚아챘다. 그 겨를에 신문이 반이나 찢어졌고 그것을 천씨는 나씨의 눈앞에 대고 흔들었다.

"아나, 간첩. 넘겨짚을 데를 넘겨짚어야지."

천씨는 신문을 구겨서 신문더미 속에다가 도로 쑤셔박고는 손을 탈탈 털고 돌아섰다.

"날도 찌는데 애먼 데 힘쓰지 말고, 대충 끝내고 난닝구 걷어붙이고 선풍기 바람 좀 쐬자고."

그래도 나씨는 그 자리에 박혀서 움직이지 않았다. 그는 안타깝게 말했다.

"천씨 말짝시나 대명천지에 왜 이런 것이 여기에 굴러다니겠어? 바람에 실려왔겄남?"

"왜 누가 옥류관에서 냉면이라도 시켜 먹은 모양이지. 우리 아파트가 오죽이나 별난 데여."

천씨는 노끈과 가위와 장갑을 묶다 만 상자 위에 던져놓고 철수할 채비를 했다. 등 뒤에 대고 나씨가 답답하다는 듯 말했다.

"그냥 넘길 일이 아니래두 그러네. 분명히 단지 내에 거시기 뭐냐, 잉, 그것이 사는 거여."

"이녁 말은 더듬어 듣기도 힘들어."

"있잖은가베, 고정간첩."

대번에 천씨가 혀를 털었다.

"이봐, 자네 성씨가 나대기 나씨인 줄은 아네만 정신 차려. 세상일 다 참견해도 국가안보까진 나서지 말라고. 냉장고에 수박 바쉬

놓은 거 있지?"

천씨가 301동과 302동 사이에 있는 경비실로 들어갔다.

나씨는 폐지더미에서 신문을 다시 뽑아냈다. 그것을 여러겹 접어 딱지만 해지자 바지 뒷주머니에 쑤셔넣었다.

그는 관리사무소 아래층 화장실로 갔다. 세면대에서 손을 씻고 낯도 훔쳐냈다. 찬물이 닿자 땀 쏟은 낯이 쓰렸다. 주머니에서 손수건을 꺼내 물기를 닦고 그는 화장실로 들어갔다. 깨끗하기는 하지만 좌변기 가장자리를 버릇대로 화장지로 훔쳐냈다. 앉았으려니 바지를 내려 걸친 오금팽이로 두툼하게 신문이 느껴졌다. 아래로 더듬어서 신문을 빼냈다. 아직도 가슴이 할랑할랑했다.

그는 신문을 무릎에 올려놓고 손바닥으로 문질러서 폈다. 염병할…… 찢어진 자리를 보고는 중요한 증거물이라도 훼손된 듯 속이 상했다. 신문은 2006년 신년호였다. 햇수로 삼년이나 묵은 것이라 노래질 만도 했다. 신문은 총 4면이었다. 마치 등사기로 민 것처럼 활자가 조악했다. 1면에는 위대한 수령 김일성 동지의 초상화에 꽃바구니를 증정하는 행사 사진과 '사회주의강성대국의 령마루를 향하여 더 높이 비약하자'라는 제목의 신년 공동사설이 실려 있었다. 그는 조심스럽게 신문을 두손으로 갈라 2면으로 넘겼다. 애들이 쓰는 노란 포스트잇 한장이 붙어 있었다. 거기에 볼펜글씨로 전화번호 같은 게 적혀 있었다. 557로 시작하는 게 이 도시의 전화번호 같았다. 신문 출처에 대한 중요한 단서 같은 예감이 들었다. 그는 포스트잇을 조심스럽게 떼어내어 경비복 앞주머니에 넣었다.

2면은 온통 구호로 도배되어 있었다. '올해에 들고나가야 할 전투적 구호'와 김정숙료양소로 교양학습을 나간 각급 당위원회의 사진이 실려 있었다. 3면도 마찬가지였다. '벌이 끓는다―사회주의협동벌에 울리는 경제선동의 북소리'며 '나라의 쌀독을 책임진 주인답게 농사일을 깐지게 하자'는 등 협동농장들 사진과 기사가 빽빽했다. 나씨는 가슴이 고동쳤다. 더러 텔레비전에서 본 인민군들이 행진하는 모습이 떠올랐다. 못 볼 걸 본 것 같아 그는 얼른 신문을 덮었다.

도대체 이 신문이 어떻게 이곳까지 오게 되었는지 그는 더욱 궁금해졌다. 생각을 열두번이나 뒤적거려봐도 이곳에서 발견될 신문이 아니었다. 애초부터 두드린 생각처럼 간첩 소행임이 틀림없었다. 그는 이 임대아파트에 입주해 있는 탈북자 가정들을 하나하나 되짚어보았다. 모두 열세가구가 입주해 있었다. 자신의 경비 관할인 301동과 302동에는 세가구가 살다가 한가구가 나가고 지난주에 두가구가 더 입주해서 모두 네가구가 살고 있었다. 재활용품 분리수거는 두동이 한군데에서 하므로 이 신문이 나왔다면 그 네집 중 한 집일 거라고 그는 단정했다.

301동 105호에는 오십대 후반의 여자가 혼자 살았다. 여자는 지난봄까지 식당에 다니다가 관절염이 심해져서 요즘에는 집에 들어앉았다. 딸 둘이 몇년 전에 중국으로 나온 모양인데 아직 한국에 들어오지는 못하고 있다. 큰딸은 조선족과 결혼해서 살림을 났다고 들은 것도 같다. 708호에는 사십대 부부가 중학생 아들과 함께 이년째 살고 있었다. 두 부부는 공장에 다닌다. 아들은 벙어리가 아닌데도 입 여는 모습을 본 적이 없다. 그 아이는 항상 외톨이처럼 혼자 다닌다. 그 옆의 709호에는 지난주에 사십대 사내가 혼자 들어왔다. 이북 말투가 억센, 깡마른 사내는 안성에 있다는 하나원에서 막 나온 모양이었다. 302동 808호에는 처녀 둘이 역시 지난주에 들어왔다. 언니동생 하지만 친자매 같지는 않다. 언니는 전자회사에 취직했다고 하고, 동생이라는 처녀는 대학을 가려고 공부한다고 했다.

꼭 집어서 의심이 갈 만큼 모진 사람은 없었다. 하긴 간첩이 어디 따로 생겼나, 이름표를 달고 다니는 놈들도 아니고…… 나씨는 한숨을 내쉬었다.

그는 화장실을 나오다가 관리사무소장과 마주쳤다. 이제 갓 마흔이 된 사내인데 올봄에 이곳으로 부임했다. 젊어서 그런지 융통성 없이 깐깐하기 이를 데 없었다. 융통성 없기로는 나씨 자신도 빠질 데가 없지만 그는 소장을 대면할 때마다 나이 차에도 불구하고 상전 모신 듯 마음이 편치 않았다. 그 앞에서 입에 붙은 '탈북자'라는 말은 꺼내지도 못했다. 조회시간마다 '북한이탈주민'이나 '새터민'이라는 말을 서너번 복창해야 했고, 그 말도 가급적이면 입에 올리지 말라고 입단속을 받았다. 소장 역시 정기적으로 탈북자관리 교육을 받고 오는 모양인데, 아무리 거느린 경비들이라지만 다들 노인네인데 이틀 상간으로 초등학생들처럼 복창을 시키니 경비원들 사이에서 원성이 높았다.

"천씨 아저씨 못 보셨어요?"

"일동 초소 앞에서 거시기 안 하남."

소장 표정이 뭔가 다그칠 기색이어서 나씨는 무슨 일이냐는 듯 쳐다보았다.

"경비 업무가 주업무고 재활용품 분리수거는 그다음 아닙니까? 정문 앞에 노점상들이 인도를 막고 진을 치고 있는데 전혀 단속이 안되잖아요."

"그려? 둘러봐야겠구면."

소장은 계단으로 오르다 말고 나씨를 재차 불러 세웠다.

"새로 입주한 가정에 태극기 있는지 체크하고 돌리셨어요?"

"마침 하려는 참인디."

"빨리 하세요. 내일이 광복절인데 여태 안하시면 어떡합니까?"

"지금 막 하려고 했구면."

"태극기 줄 때 새터민 가정에는 잘 안내해주세요. 어디에 게양하는지도 모를 테니까."

나씨는 가는 길에 정문으로 발길을 옮겼다. 노점상 단속 문제도 경비들 입장에서는 소장이 지나치다고 생각했다. 몇년째 아파트 앞에다가 전을 벌여 벌어먹는 뻥튀기장수나 이불장수, 과일 트럭, 푸성귀 파는 노파들을 저번 소장들은 적당히 눈감아주었다. 천씨가 노점상들에게 돈을 좀 모아서 소장에게 디밀어보라고 조언해준 모양인데, 소장에게 문전박대를 당했다고 한다. 아무튼 요즘 젊은 사람들은 배워서 공사가 분명한 건 있었다. 그래도 나씨는 사람살이가 어디 그런가 싶어 아쉽기도 했다.

105호 새터민 여자가 절뚝거리며 정문 쪽에서 걸어왔다. 이불 보따리가 한아름이었다. 나씨는 짐을 받아줄 요량으로 뛰어가는 시늉을 했다. 여자는 나씨를 보고 인사성 밝게 고개를 숙여왔다. 메마른 이마에 땀이 송골송골 맺혀 있었다.

"아니 또 사셨수?"

나씨는 빼앗듯이 이불을 받아들었다. 지난번에도 이불장수한테 사는 것을 봐서 묻는 말이었다.

"근무 서는 분한테 면목없습네다."

"원, 벨 말씀을…… 아 참, 어젯밤 김씨 근무 때 갖다논 거시기를 잘 나눠 먹고 있제요."

여자가 얼굴이 빨갛게 달아올랐다. 나씨는 제 주둥이를 손바닥으로 쳤다. 여자하고 처음으로 말을 트고 지낼 때 나씨가 입만 열면 여자가 낯을 달아 해서 그는 이상하게 생각했다. 은근히 나씨를 피하는 기색도 보였다. 그러다가 천씨 입으로 그 내막을 알게 되었다. 나씨가 입에 달고 사는 '거시기'가 문제였다. 나씨의 거시기야 혀가 안 돌아서 버벅대는 군말이지만 연변 쪽에서는 남자 아랫도리를 가리킨다는 걸 알게 되었다. 오늘도 수박을 말한다는 게 거시기로 실수를 했으니 도로 담재도 담을 길이 없었다.

여자가 서먹한 분위기를 풀면서 입을 열었다.

"수박 한쪽 먹고 싶어도 혼자래 해내기 겁나서 손이 가지 않습네다."

여자는 이북 억양이 제법 가신 목소리로 자분자분 말했다. 나씨는 여자와 보폭을 맞추느라 천천히 걸었다. 여자는 날이 갈수록 걸음걸이가 힘들어지는 것 같았다. 지난번에는 침 잘 놓는 한의원을 소개해줬는데 찾아다니는 것 같지는 않았다.

"중국 딸들한테 보내려고 샀나벼?"

"네. 큰아래 요전에 간나를 낳았는데 어미란 게 해줄 건 없고 다문 요거래도 좀 보내야갔습네다. 길거리 물건이래도 중국 거보다야 한결 낫지 않갔습네까."

나씨는 고개를 끄덕였다.

"또 모르잖소, 것도 중국 것인지. 모다 중국산투성이니께."

"그건 그래요."

여자가 느티나무 그늘을 지날 때 걸음을 세웠다. 나씨도 그새 몇 걸음이나 뗐다고 등줄기가 축축했다. 두사람은 그늘에 서서 땀을 들였다. 소문으로는 여자가 두 딸을 데리고 나오느라 북을 여러차례 드나들었고, 그사이 두번이나 잡혀서는 험한 일도 당했다고 했다. 여자가 손수건으로 이마를 찍어내며 말했다.

"령감님, 저번에 령정사진 찍어주는 사람이래 있다고 하셨디랬디요?"

"아, 그런 젊은이가 있제. 노인회에 봉사하러 다니는 사진사가 있제요."

한달 전, 시내에서 사진관을 한다는 젊은이가 아파트단지의 노인들에게 무료로 영정사진을 찍어주고 갔다. 열댓명 되는 노인들이 노인정에 모여서 찍었는데 나씨도 천씨의 손에 이끌려서 사진을 찍었다. 집에는 십오년 전 아내가 살았을 때 찍은 영정사진이 있었다. 그러나 이번에 막상 찍고 보니 집엣것은 너무 젊어 보여 잘했다는 생각도 들었다.

"그 사진사래 또 오갔디요?"

"글쎄 사진 갖다주자면 한번 들를라. 얼추 한달 가차이 되었는데 기별이 없네."

"다음에 오거들랑 저한테도 꼭 전통을 주시라요."

여자가 쑥스럽게 말했다.

"아직 거시기한디 벌써 고런 걸 찍으려고 하까. 너무 일찍 찍어 뒤도 꼴사납제. 적당할 때 준비하는 게 상책이라, 고것은."

"인저 저도 할망 아닙네까……"

여자는 수줍게 말해놓고 쓸쓸해진 표정으로 말을 이었다.

"막낭딸이 조국 나올 때 제 아바지래 사진이라구 가디구 나왔는데, 저는 고저 그런 경황도 없었더랬디요. 요참에 중국에서 오는 인편으로 그거래 받아갖구 들여다보구 앉았으려니 어찌나 새파란디 아이구나, 띠끔했시요. 내래 더 늙기 전에 박아놔야겠다."

여자는 쓸쓸하게 웃었다.

"사진사가 오믄 내 잊지 않고 기별하리다. 여튼 객지 나오믄 몸 성해야 돼야."

"그래야디요."

둘은 다시 걸었다. 나씨는 뒷주머니에 넣은 신문을 보이고 싶은 마음이 굴뚝같은데 참았다. 새터민 사람들은 관리 명목으로 집집마다 담당형사가 붙어서 괜한 사단이나 일으킬까 싶었다.

나씨가 경비실로 돌아왔을 때 천씨는 러닝셔츠 차림으로 책상에 다리를 올리고 의자에 묻힌 채 잠들어 있었다. 코까지 드르렁거리는 게 세상에 둘도 없는 상팔자처럼 보였다. 관리소장한테 복장 지적을 받은 게 한두번이 아닌데도 틈만 나면 윗도리를 벗어젖혔다. 군대에서 이등상사까지 달고 나온 사람이니 평생 관복을 걸친 셈인데 그 세월을 어떻게 지냈는지 궁금했다. 책상에는 수박껍질이 세쪽이나 쟁반째 나와 있고, 나씨 서랍에서 꺼낸 듯싶은 담배가 새로 뜯겨 있었다. 지저분하고 무람없는 짓을 밥 먹듯이 겪지만 그때마다 노여웠다.

"어이, 천씨."

그는 천씨의 어깨를 세차게 흔들었다.

"아, 왜?"

눈을 감은 채 자세를 다잡으며 천씨가 짜증스럽게 물었다.

"소장이 난리 났구먼."

천씨가 가까스로 눈을 떴다. 눈이 빨갰다.

"아니, 그놈이 또 왜?"

"뭐겠어. 노점상 거시기하라는 거제."

천씨는 기지개를 켜고 일어났다. 정신을 차리느라 그는 담배를 물었다.

"빨리 구월이 와야지 좀 살겠어. 새 소장 온 뒤로는 정문 초소가 아주 영창이야. 그런 감옥이 없어."

다음 달은 경비원 정기이동이 있다. 천씨는 후문 초소로, 나씨는 정문 경비실로 갈 차례였다. 그도 벌써 긴장이 되었다. 천씨가 경비복 상의를 입고 모자를 찾아 썼다. 경비실을 나서기 전에 그는 말했다.

"남은 폐품은 천상 나씨가 정리해야겠네. 대충대충 햐. 그리고 저녁은 어떻게 할 거여? 혼자 궁상맞게 라면 끓이지 말고 후문 초소로 와. 이씨가 된장찌개를 올린다니까 반주들 한잔 털고 와서 야간작업 매듭짓더라고."

천씨가 나가자 나씨는 책상에 어질러진 쟁반이며 재떨이를 치웠다. 적의 같은 게 치밀었다. 그는 윗옷자락을 벨트에 눌린 허리에서 빼냈다. 그리고 뒷주머니에서 신문을 꺼내 책상에 펼쳤다. 선풍기 바람에 신문이 들썩였다. 그는 선풍기를 껐다. 신문을 활짝 펼쳐놓고 보니 아까 찢어진 데 말고도 네귀 어름에 어디 모서리 같은 데 찍힌 흠이 있었다. 그리고 벽에라도 붙였다가 뗐는지 테이프 흔적이 있고 그 부분에는 활자가 뜯겨나가고 없었다. 음침한 방 한쪽 벽에다가, 어쩌면 옷장 같은 데다가 사진처럼 붙여놓고 지냈는지 모른다. 그는 찢긴 곳을 쎌로판테이프로 붙였다. 신문이 온전히 살아났다. 신문을 잘 접어서 책상서랍에 넣었다.

그는 캐비닛에서 태극기를 꺼냈다. 태극기는 청색 플라스틱 자루에 들어 있었다. 정부가 바뀌면서 국경일마다 유난히 국기 게양을 챙겼다. 국경일이면 봉사활동 점수가 필요한 아이들을 모집해서 집집마다 돌며 국기 게양을 독려하고, 또 며칠간은 태극기를 거두어달라는 주민방송이 시끄러웠다. 지난 삼일절에는 봉사활동 나간 중학생 여자아이 하나를 울려서 보낸 집이 있었다. 학원강사를 하는 사십대 사내였는데 이게 무슨 교육이냐고, 애들을 동원해내는 짓거리가 마음에 안 든다고 핏대를 세웠다. 사내는 자신은 양심적 국기 게양 거부자라고 무슨 귀신 씨나락 까먹는 소리까지 해댔다. 부녀회장과 아이 엄마가 얽혀서 대한민국이 싫으면 떠나라, 아직도 국민동원이냐, 삿대질하는 말싸움으로 번지고 말았다. 나씨는 사내가 평소 인사성 밝은 사람이라 좋게 봤는데 왜 이런 별일아닌 일에 유난을 떠는지 실망스러웠다. 어쩌면 그 사내라면 빨간 신문을 가지고 있지 말란 법도 없겠다는 생각이 들었지만 이내 나씨는 머리를 흔들었다. 그날 사내가 그렇게까지 벗나간 것은 아침잠 깨우는 극성에 울뚝밸이 나서 그랬으리라. 지난 제헌절에 보니 그 집에서는 국기를 내걸어놓고 있었다.

유월과 칠월에 입주한 가구는 301동에 세 가구, 302동에 다섯가구였다. 그는 태극기자루 여덟개를 들고 302동부터 돌았다. 세집이나 사람이 없어서 문손잡이에 걸어놓고 물러났다. 그가 마지막으로 배달할 집은 301동 709호로 지난주에 입주한 새터민 사내의 집이었다. 나씨는 초인종을 눌렀다. 기척이 없었다. 문손잡이에 태극기를 걸려고 딸각일 때 안에서 잠금장치 푸는 소리가 들렸다. 조작이 서툰지 한참 걸렸다. 이윽고 머리가 부스스한 사내가 얼굴을 내밀었다. 그는 러닝셔츠에 반바지 차림이었는데 나씨한테서 눈을 떼지 않은 채 천천히 고개를 숙여 인사했다.

"태극기 전해주러 왔수."

사내가 팔을 뻗는 것을,

"어디에다가 거시기하는지 아남? 내 알려줄 거구만."

하고 나씨는 사내에게 어떤 동의도 받지 않고 성큼 현관으로 들어섰다. 14평 아파트지만 살림 없는 집은 휑해 보였다. 담배냄새가 꽉 찼는데도 창문은 닫혀 있었다. 나씨는 방을 통해 베란다로 나갔고 사내가 따라왔다. 나씨는 창문을 열고 뜨겁게 달구어진 난간을 짚었다.

"여기 구녕 보이제? 여다가 내일 아침에 거시기하더라고."

사내가 어깨 너머로 고개를 빼고 내다보았다. 그가 처음으로 입을 열어 물었다.

"내일이래 무시기 날입네까?"

"거시기 몰러?"

나씨는 겁 많은 듯 보이는 사내의 지친 눈을 들여다보았다.

"……아, 해방기념일 말입네까?"

"그쪽에서는 그리 불러?"

사내는 눈치 보는 표정으로 고개를 끄덕였다. 그들은 현관 쪽으로 나왔다.

"잠깐 보시갔습네까?"

사내가 신발을 꿰는 나씨를 불러 세웠다. 그는 부엌 천장을 손가락으로 가리켰다.

"혹시 저거래 감시카메라 아닙네까? 글티요?"

나씨는 무슨 말인가 싶어 천장을 한참 들여다보았다. 화재감지기를 두고 하는 말 같았다. 나씨가 피식 웃었다. 사내는 얼굴이 붉어졌다.

"거시기라. 불 나믄 저것이 거시기해. 물이 막 쏟아지지. 그니까 부엌 천장에 매단 거여. 이 집만 있는 기 아니고 우리나라 아파트에는 다 있어."

"아, 그렇습네까? 내래 이게 눈에 거슬려설라무네 숨도 제대로 못 쉬고 지냈습네다."

"뭐 거시기한 거 있으면 눈치 보지 말고 말햐."

"모르는 거야 천지디요. 차차 적응되갔지요. 고맙습네다, 아바이……"

다시금 그는 얼굴이 붉어졌다.

"태극기 거시기하지 말고 꼭 달어. 우리나라에서는 국기 안 다는 사람은 애국자가 아녀."

나씨는 성끗 웃어주고 문을 닫았다.

승강기가 일층에 닿았을 때 708호에 사는 중학생 아이가 승강기 앞에 서 있었다. 나씨와 마주치자 아이는 표정이 굳어서 옆으로 비켜섰다. 교복에 가방을 멘 모습이 하굣길인 모양이었다. 아이는 살짝 고개를 숙였다. 인사인지 눈을 피하는 건지 구분할 수 없었다. 손에는 영어단어장 같은 수첩을 들고 있었다.

"학교 댕게오남?"

"예."

아이는 승강기 충수를 누르고 안으로 물러났다.

"야야!"

문이 닫히기 전 나씨는 급하게 승강기 단추를 눌렀다.

"니 안 바쁘믄 나랑 경비실로 좀 갔으면 하는디."

아이가 멈칫멈칫 승강기에서 내렸다.

"나가 너한테 뭘 좀 물어볼 게 있어서 그랴."

아이는 말없이 잔뜩 주눅 든 아이처럼 따라왔다.

나씨는 냉장고에서 수박을 잘라 접시에 담았다. 아이에게 내밀었으나 선뜻 받지 않고 용건을 기다리는 얼굴로 나씨를 바라보았다. 나씨는 접시를 택배물품 수납대에 올려놓고 책상서랍을 열었다. 그는 신문을 아이에게 펼쳐 보였다.

"너 이거 본 적 있지야? 그짝 거이 확실한지 궁금해서 그런다. 기냥 그거이 궁금해서 그랴."

아이가 고개를 기웃이 디밀더니 놀라서 한걸음 물러났다.

"어째, 진짜냐? 웃동네 것이 맞어?"

아이는 눈이 동그래져서 나씨를 바라보았다. 나씨가 신문을 펴들고 아이에게 다가섰다. 그 순간 아이는 벽을 기대고 주저앉았고, 나씨가 놀라서 다가섰을 때는 벌떡 일어나서 도망치듯 뛰쳐나갔다.

"야야, 니 왜 그러냐?"

나씨가 쫓아나갔으나 아이는 사라지고 없었다.

나씨는 영문을 모르겠는 표정으로 그러나 몹시 당황한 얼굴로 경비실로 돌아왔다. 경비실 바닥에 아이가 떨어뜨리고 간 수첩이 있었다. 나씨는 주워들었다. 눈팅, 안습, 대략난감, 딸녀, 똘똘이, 뽕뽕, 무뇌충, 본좌…… 그런 말들이 씌어져 있었다. 뭔지 모르지만 나씨 눈에는 아이가 공부하는 단어장 같았다. 그는 아이에게 미안해서 접시에 남은 수박을 비닐봉지에 담았다.

708호 초인종을 눌렀으나 대답이 없었다. 나씨는 비닐봉지에 수첩을 넣었다. 그리고 문손잡이에 걸어두고 물러났다.

오후 내 나씨는 분리수거 작업을 했다. 주민들이 퇴근하면서 다시 재활용품들이 쏟아져나왔다. 일곱시쯤 분리수거대의 마대자루를 갈아주고 있을 무렵 휴대폰이 울렸다. 저녁 먹으러 오라는 천씨의 전화였다. 아직 날은 어둡지 않았다. 나씨는 관리사무소 화장실로 가서 손과 낯을 씻었다. 손수건을 더듬는 젖은 손길에 노란 포스트잇이 붙어나왔다. 그는 휴대폰에다가 포스트잇의 전화번호를 눌렀다. 신호음이 갔으나 받는 이가 없었다. 그는 고개를 갸웃하고는 포스트잇을 다시 주머니에 넣었다.

후문 초소에 들어서자 천씨와 이씨가 저녁 준비에 한창이었다. 휴대용 가스레인지에서는 삼겹살이 구워지고, 관리사무소 뒤편 텃밭에서 거둬온 상추와 풋고추가 쟁반에 수북했다. 분리수거 하는 날 저녁이면 그들은 목구멍에서 먼지 벗긴다며 삼겹살을 구워냈다.

나씨가 간이의자에 앉자 천씨가 헤헤거리며 책상으로 다가갔다.

"나씨, 사진 나왔어. 야, 인물이 새장가 들어도 되겠더라고."

천씨는 책상에 눕혀놓은 사진틀을 창에다가 기대어 세웠다. 아마 포장이 되었을 텐데 천씨 성미에 먼저 뜯어본 것이리라.

"워뗘? 누가 경비 서는 사람이라 하겠냐고. 영락없이 은퇴한 교장선생님이여. 봐, 내가 뭐랬남? 뿔테안경 걸치면 딴사람 같을 거라 안 했남."

낯설어 보였으나 천씨가 추켜서 그런지 몰라도 사진은 좋아 보였다. 그래도 영정사진이라 그는 마음 한편이 쓸쓸했다.

"저, 저 낯짝 좀 보게. 좋으면 좀 웃어."

그제야 나씨는 성끗 웃었다.

"사진사는 언제 댕겨갔디야?"

"아까 해거름 참에 온 걸 내가 받아서 가져온겨. 암튼 공짜라 별 기대 안했는데 사진틀까지 해서 가져왔드라고. 얼마나 보기 좋남."

고기가 오르고 소주잔이 채워졌다. 허기진 참이라 다들 술잔에는 입만 대놓고 고기부터 서너점 쌌다. 소주가 입에 닿기 시작할 무렵,

"아까 주웠다는 이북 신문 있잖아요……"

하고 이씨가 입을 열었다. 천씨가 이미 입방아를 놀려놓은 모양으로 나씨는 천씨와 이씨를 번갈아보며 말을 기다렸다.

"암만 생각해도 위험한 물건 아니오? 여기 당진 형님은 별것 아니라고 해쌓지만 제가 보기에는 뭔가 구리단 말예요."

아직 환갑이 두해나 남은 이씨는 두사람을 형님이라 불렀다. 그는 형님 의향은 어떠시냐는 듯 나씨를 바라보았다. 나씨는 쌈을 막

해넣느라 대답을 못했고 천씨가 입을 열었다.

"아, 그렇게 구리면 신고를 햐. 새터민 관리하느라고 드나드는 사람들 좀 많어."

입엣것을 넘긴 나씨가 말을 받았다.

"일차로다 소장한테…… 거시기하는 게 좋지 않었어?"

대번에 천씨가 고리눈을 떴다.

"얼마나 들들 볶이려고 거기에 보고를 해. 차라리 못 본 것으로 햐. 괜히 술맛 떨어지게 굴지 말라고."

이씨가 풋고추를 반으로 부러뜨려 하나를 천씨에게 내밀었다.

"그렇기는 한데 난 도통 탈북자들을 못 믿겠어요. 안할 말로다 북에서 사람을 죽이고 왔는지 도둑질을 하다가 왔는지 알 게 뭐야. 장흥 형님 말대로 탈북자로 위장한 간첩이 있는지도 모르고. 고추에 약이 올랐죠? 그런 신문이 어떻게 여기까지 와서 굴러다니는지, 원."

눈치만 보던 나씨가 입을 열었다.

"뭐 내 생각도 그러네. 배고파서 넘어온 거시기들 아녀. 사상적으로다 우리 거시기가 좋아서 왔다고 보기 애럽잖여. 헐 수 없이 온 사람들 아니더라고. 이웅평이네 김만철이네 하는 이들하고는 질적으로 다르질 않었어. 근디 정부에서 아파트 사줘, 직장 잡어줘, 도대체 퍼주는 게 얼매여? 나는 이날 이 평생 그런 호강 한번 못해봤네. 암튼 그거 줍고 나니께 입주민이고 뭐시고 거시기들이 모다 삐뚜름히 보인단 말시."

천씨가 두사람 잔에 술을 채워주었다.

"너무 그러지들 마. 그 사람들 피눈물 흘리면서 온 불쌍한 사람들이야."

"허이고, 누구는 왕년에 피눈물 안 흘려봤냐고? 나넌 마누라쟁이를 수술도 못 시키고 죽였어."

나씨가 몸을 틀고 앉았다.

"나씨, 또 시작할 거여? 제발 덕분에 그만햐. 왜 혀끝에 술만 묻히면 그랴? 나도 아까부터 곰곰이 생각해봤는데 말여, 혹시 이런 게 아닌가 몰러. 거기가 생지옥이었든 천당이었든 그이들한테는 어쨌든 고향 아닌가벼. 고향 그리울 때 볼짝시로 그거 한장 품고 왔을 수도 있잖여."

"아, 듣고 보니 그러네. 충분히 그럴 만하네."

천씨의 말에 이씨가 반색했다. 제 딴에는 불편해지는 자리를 설렁설렁 수습하는 눈치였다. 나씨는 숟가락을 놓았다.

"거기에 뭐가 박힌 줄 알고 고향타령이랴. 천씨 자네도 아까 살떨린다고 했지만서두 거시기에 어디 고향 소식 들려줄 나긋나긋한 글 한줄 있더남."

"아, 그럴 수도 있지만 까마귀도 고향 까마귀가 반갑다잖여. 암튼 우리 그만하자고. 우리 깜냥으로 뭘 알아내겠는가? 어차피 내버렸으니 인저 잊자고. 그것 하나 땜시 대한민국이 무너지겠어, 가라앉았어. 자, 한잔씩 들고 야간작업 가더라고."

천씨가 잔을 부딪쳐왔다. 나씨는 마지못해 잔을 갖다 댔다. 천씨가 얄미워 괜한 말씨름이 되어서 그렇지 천씨 말대로 무슨 대단한 음모가 깃든 신문이 아닐지도 몰랐다. 그는 하루 내 허황되게 속을 끓인 것 같았고 그러자 자조적인 웃음마저 나왔다. 그까짓것 버리면 그만이었다.

재활용품 분리수거 작업은 밤 열시가 조금 넘어서 끝났다. 마지막으로 빈병 모은 마대자루를 재활용품더미에 올릴 때 709호 사내가 나타났다. 그는 작은 보퉁이 하나를 들고 서 있었다.

"뭐여? 뭐 버릴 것 있어?" "헌옷가진데 말입네다."

나씨는 새삼스럽게 사내를 위아래로 훑어보았다.

"분리수거는 여덟시까지만 받는 걸 모르남? 글고 헌옷은 저기 따로 수거함이 있으니께 거기다 넣어."

사내가 무안해서 몸을 굽실거렸다. 그는 가로등 아래 늘어선 노란 수거함으로 발길을 돌렸다. 나씨는 미안했다.

"어이, 그거 이리 내놔. 옷가지라고 다 재활용하겠남."

사내가 보퉁이를 건네주었다. 보퉁이를 받고 나씨는 깜짝 놀랐다. 헌옷을 싼 보자기가 태극기였다.

"거시기를 이렇게 써?"

나씨가 나무라듯 소리쳤다.

"집 소제하는데 말입네다, 헌것이 나왔드랬어요. 아까 아바이 동무래 새것두 가져오고 해서리……"

변명하는 목소리가 꺼져들어갔다. 나씨는 사내를 세워놓고 옷가지는 쓰레기봉투에 던져놓고 태극기는 정성스럽게 개켰다.

"그짝에서도 거시기를 이리 막 내두르지는 않을 거 아니더라고. 가뜩이나 이웃들이 이걸 봤으면 뭐라겠어? 조심햐. 여기도 마냥 신간 편한 세상은 아녀."

사내는 풀죽어서 돌아섰다. 나씨는 혀를 찼다.

야간순찰까지 돌고 경비실로 돌아왔을 때는 밤 열한시였다. 그는 커피를 뜨겁게 타서 마셨다. 고단한 하루였다. 그는 책상에 놓은 사진을 들여다보았다. 안경을 씌워놓으니 정말 자신이 다른 인생을 살아온 것 같았다. 농사꾼도 경비원도 아니고, 천씨 말대로 교장 선생님 같았다. 장차 장례식을 찾을 조문객을 떠올리자 그는 비긋이 미소마저 떠올랐다. 그러다가 죽은 아내 사진 옆에 걸어놓을 생각을 하니 왠지 민망해졌다. 아내한테 미안하다고 할까. 105호 여자가 낮에 만나 늘어놓던 쓸쓸한 말들이 떠올랐다. 아무래도 이 사진은 아내 사진 옆에는 걸지 못하고 장롱에 넣어둬야 할 것 같았다.

그는 사진 담을 비닐봉지나 쇼핑백을 찾았다. 빵집에서 온 종이봉투가 있었으나 턱없이 작았다. 그는 경비실을 둘러보았다. 마땅한 게 눈에 띄지 않았다. 책상서랍을 열었다. 태극기와 로동신문이 나란히 접혀 있었다. 그는 잠깐 주저하다가 신문을 꺼냈다. 그것을 책상에다가 널찍이 폈다. 그 위에 사진틀을 뒤집어서 올렸다. 네귀를 접어서 쎌로판테이프를 붙여나가던 그는 멈칫하여 손을 뗐다. 뭔가 이상한 구석이 있었다. 쎌로판테이프 붙일 자리와 활자가 떨어져나간 자리가 공교롭게도 딱딱 맞아떨어졌다. 그는 신문지 왼쪽 상단 귀를 사진틀에 대보았다. 찢긴 구멍으로 사진틀 모서리가 박히듯 드러났다.

이튿날 아침 일곱시에 교대조인 김씨가 출근했다. 나씨가 근무 일지와 입주민이 간밤에 찾아가지 않은 택배 물건을 인계하고 있을 무렵 관리실에서 방송이 나왔다. 국기를 계양해주십사, 입주민들에게 독려하는 방송이었다.

나씨는 자전거 뒷자리에 사진과 도시락 가방을 묶고 아파트 후문 쪽으로 나왔다. 그는 돌아서서 아파트를 올려다보았다. 창문들이 활짝 열린 301동과 302동 베란다가 보였다. 드문드문 태극기가 나부끼고 있었다. 고층 어느 집 창가로는 제 엄마 품에 안긴 아이가 태극기를 꽂고 있었다. 그는 탈북자들이 입주한 아파트의 베란다를 하나하나 점검하듯이 짚어보았다. 제 눈대중이 틀림없다면 네가구 모두 태극기를 계양해놓고 있었다. 그는 조금은 흡족한 표정으로 고개를 끄덕였다.

나씨는 태극기 펄럭이는 아파트를 올려다보며 휴대폰을 꺼냈다. 통화가 되지 않는 미지의 번호로 전화를 걸었다. 신호음이 한참 갔다. 그는 아파트 어디에선가 전화벨 소리가 울리는 것 같아 전화기에서 귀를 뗐다. 전화벨 소리는 아주 희미해서 환청처럼 여겨지기도 했다. 고개를 갸웃거리고 그는 다시 전화기를 귀에 댄 채 아파트 창문들을 유심히 둘러보았다.

성묘
여름

병사가 물품 목록을 들고 진열대를 오가는 동안 박 노인은 계산대에 앉아 빠끔한 미닫이문으로 보이는 뒷방 텔레비전에서 눈을 떼지 못했다. 케이블채널의 재방송 드라마였는데, 처녀 때 낳은 딸을 남의 집에 버린 여자가 뒤늦게 어미 행세 하겠다고 나타나며 드라마는 끝났다. 썩을 년, 하고 뒷방에서 그런 신음쯤 나올 법한데 조용하고, 정작 욕지거리를 내뱉은 이는 박 노인 자신이었다. 욕을 해놓고도 노인은 예고편까지 지켜보았다.

병사가 계산대에 잡화를 부려놓았다.

몸 틀고 앉자 노인은 허구리가 뻐근했다. 가게 선반에 앉았던 텔레비전이 뒷방 문갑 위로 간 건 아내 심씨가 고추밭에서 허리를 삐끗하고 나서였다. 허릿병은 나잇병이라고 파스 붙이고 침도 맞고 해서 웬만해졌는데도 이레나 아랫목으로 버드러진 건 저게 심통이 나서 그러지 싶었다. 앓는 소리가 이 나이 되도록 농사 못 벗은 신세타령이고, 점방 할멈에 신물이 난다는 소리였다.

올해는 허리가 핑계지만 저 드러눕는 병은 바람 서늘해질 무렵이면 연례행사처럼 도지는 버릇이었다. 제 풀에 풀리지 않는 이상 불도저로 떠다밀어도 소용없으니, 박 노인은 가만두고 보았다. 군의관 강 중위는 꾀병도 엄연한 병증이라고 흰소리를 했다. 자기가 청평에서 근무할 때 그런 병사들을 여럿 침상에 받아보았다는 것이다. 영어로 병명을 뭐라 했는데 그게 일종의 꾀병이라고 했다. 꾀병인 줄 번히 알면서 어떻게 환자로 받아주느냐고 못미더워했더니 꾀병도 그럴 만한 심리적 문제가 있어서 그렇단다. 꾀병 부리는 사병들은 며칠 쉬게 했다가 원대 복귀를 시키거나 더러 전출을 보낸다는데 말이 나왔으니 말이지 마누라쟁이가 이번에도 정 성가시면 대전 딸아이에게 보내서 올겨울을 나볼까 하는 생각도 들었다. 밤 늦도록 텔레비전 켜놓고 뒤척이는 꼴도 보기 싫었다.

병사는 양담배 두보루를 더 주문했다. 박 노인은 로봇처럼 버티고 선 이등병을 돋보기안경 너머 거들뜬 눈으로 쳐다보았다. 공병대 김 중사가 보급대에 예초기를 수령하러 가면서 떨구고 간 신병이었다. 안경 낀 희멀건 얼굴에 군복이며 군화까지 새물내가 물씬하여 흔한 말로 자세가 나오지 않을 뿐더러 병영체험 온 학생처럼 앳되어 보였다. 하긴 가게를 드나드는 군인들이 막내동생 같았다가 아들 같았다가 이제는 손자처럼 여겨지는 세월을 그는 살아내고 있었다.

"자대배치는 언제 받았나?"

"2주차입니다."

물품 목록을 꼭 쥐고 병사가 대답했다. 군기가 바짝 들어서 농한마디 들어갈 틈도 없어 보였다. 짬밥이 그럴 때이기도 하지만 선임들에게서 승리상회 영감이 주임상사까지 지낸 군인 출신이라는 소리를 들었는지 모른다.

"그럼 자네 주특기가 야전공병인가?"

"운전병입니다."

아마 전역이 넉달 남은, 육공트럭 모는 이 병장의 후임인 모양이었다.

"이제 노상 보겠구먼."

병사는 대답을 않고 입술을 사리물었다. 설핏 눈자위가 붉어졌다.

박 노인은 위장크림과 썬크림 바코드를 찍었다. 일회용 면도기 묶음, 흰색 면양말 세켤레, 초코바, 카페인 음료, 훈제치킨, 자일리톨 껌에다가 양담배가 두보루였다.

"수선 맡겨놓은 거 있다고?"

노인은 돋보기안경을 걷어들고 병사에게 물었다. 아내가 드러눕고 나서 수선감을 받은 기억이 없었다. 병사는 물품 목록을 찬찬히 들여다보았다.

"수송부에서 맡긴 병장 전투모가 세개입니다."

노인은 뒷방에 대고 소리쳤다.

"어이, 공병대 오바로크 받았어?"

역시나 대답이 없었다. 노인은 재봉틀 작업대를 뒤적였다. 그는 세탁물처럼 쌓인 군복더미 옆에서 나란히 포개진 전투모를 찾아냈다. 세개가 맞았다. 손 한번 대지 않아 낡은 상병 계급장이 그대로 붙어 있었다. 노인은 대번에 고리눈이 되었다.

"일손을 거두었으면 주문을 받지나 말지, 이게 뭔 짓이야!"

해놓고 노인은 기계적으로 벽에 걸린 달력을 건너다보았다.

"올 추석에 휴가 나가는 애들 것 같은데……"

노인은 혀를 찼다. 읍내 세탁소에라도 맡겨서 해놓을 셈이었다. 노인은 병사에게 말했다.

"내일 저녁참까지는 해놓겠다고 전하게."

노인은 손끝에 쉬 잡히지 않는 비닐봉지 주둥이를 비벼서 탁 털었다. 오늘 공병대가 적군묘지 벌초 작업에 들어갔다. 덩달아 노인도 마음이 바빠졌다. 노인은 두달 전까지만 해도 적군묘지 옆댕이에 붙은 고추밭 주인이기도 했다. 이십년 넘게 그 밭에서 고추농사만 줄곧 지었다. 그 밭가로 적군묘지가 들어선 게 15년 전이었다. 노인도 밭 한귀퉁이를 묘지로 내놓았다. 적군묘지에는 전쟁 때 죽은 북한군과 중국군 유해는 물론 남파 공작원들 유해도 묻혔다. 북한군 묘역은 150여기(基)가 조성된 이래 늘지 않고 그대로였지만, 중국군 묘역은 전사자 유해 발굴사업이 진척되면서 해마다 수십기씩 늘고 있었다. 기왕에 조성한 묘역이 꽉 차서 노인은 올여름 밭을 완전히 내놓아야 했다. 고추를 다 거두고 나면 공병대에서 묘지

닭이에 들어갈 것이다.

그런 묘지를 끼고 농사를 짓다보니 성가신 일이 한두가지가 아니었다. 먼저 두더지가 많아졌다. 밭갈이해서 골라둔 땅이 하룻밤 새에도 들썽들썽했다. 묘지 구경 오는 사람들이 예사로 밭고랑을 타고 건너다니는 것도 문제였다. 외지인 발길 타는 밭둑이 성할 리 없고 더러는 작물도 손을 탔다. 근래에는 중국인 성묘객들이 부쩍 늘었다. 중국인들은 지전(紙錢)을 태우는 풍습이 있는데 화재예방 차원으로 군부대에서 그것을 막자 그들은 태우는 대신 무덤가에 뿌려두고만 돌아갔다. 그 지전이 밭으로 날아와 고춧대에서 종이 꽃을 피웠다. 공병대 부사관들은 돈 따는 고추밭이라고 입방정 놀리지만 가을걷이 끝내고 갈퀴로 긁어 태우자면 밭가 한구석이 무슨 낙엽 소각장 같았다. 하지만 그들의 풍습이 그렇고, 가게에 지전을 두고 파는 입장에서 욕할 수만은 없는 일이었다.

사실 그런 건 아무것도 아니었다. 무덤들이 주는 심리적 압박감이 굉장했다. 보통 원혼들인가. 젊어서 총과 포탄에 쓰러진 원혼들이었다. 고향 어름에도 못 가고 적지 북향에 묻혀 이름 없이, 찾는 발길 없이 세월에 깎이고 있었다. 그런 유해들을 옆에 끼고 날마다 농사를 지어야 하는 사람 심정은 겪어보지 않으면 몰랐다. 꺼림칙하고 무서웠다. 악몽에 시달렸다. 특히나 북한군 묘역에 서면 마음이 더없이 복잡하고 심란했다. 한때 세상을 뒤흔든 간첩사건의 주인공들이 제 이름을 한줄기 목비(木碑)에 새기고 낮은 땅에 누워 있었던 것이다. 목비 하나하나를 새겨볼 때마다 텔레비전으로 본 그

끔찍한 사건들이 어제 일처럼 떠올랐다. 사형수들의 무덤 앞에 서면 이런 마음이 들까? 그렇다고 군인들에게 매장만 하지 말고 천도재라도 지내서 원혼을 달래보라고 주문할 수는 없었다. 인도주의에 입각해 적군묘지를 조성했다지만 엄연히 적군인데 군인들에게 고개 조아려 추모하라고 할 수는 없었다.

그 일을 노인이 했다. 새로 무덤이 들어서면 이튿날이라도 소주 한잔씩 올렸다. 순전히 곁에서 밭 부쳐먹고 사는 농부의 심정으로 자기 마음 편하자고 한 일이었다. 죽은 자에게 사연도 묻지 말고 죄도 묻지 않기로 했다. 명절 때면 묘역 상석에 조촐하게 제수음식을 차려 성묘도 했다. 묘지기가 가을걷이하고 남 조상 시향(時享) 지내는 셈 쳤다. 그렇다고 남에게 알릴 일도 아니었다. 남모르게 몇 년 하다 보니 자연 관할부대 부사관 몇은 알게 되었다. 저희들도 특별한 묘지를 관리하다보니 늘 꺼림칙한 마음이 있었을 테다. 자기들 못하는 일을 노인이 대신한다 여기고 묵인해주었다. 그러다가 어느 해부터는 자기들끼리 봉투를 만들어서 제상 보는 데 보태라고 건네기도 했다. 넬모레 새, 부대가 벌초 작업을 마치면 노인은 마지막이 될지도 모르는 제상을 차릴 생각이었다.

비닐봉지 하나로는 부족했다. 노인은 봉지를 하나 더 끊어냈다. 병사는 노인 앞에 교육생처럼 지켜보고 서 있었다.

"자네는 뭐 필요한 물건이 없나?"

병사는 무슨 말인지 몰라 뚱한 표정으로 쳐다보았다.

"심부름 말고 자네 것 말일세."

"네. 없습니다."

노인은 재촉하듯 기다려주었다. 병사는 슬그머니 몸을 돌려 진열대로 걸어갔다. 병사는 콤팩트형 3색 위장크림 하나를 가져와 조심스럽게 내밀었다. 재고 많은 물건이 있어서 노인은 떠보았다.

"저기 꺼면 튜브형도 많이 쓰던데……"

"제가 피부가 지성이라서 피부 트러블이 있습니다."

병사는 제 몫의 위장크림을 따로 계산하고 군복 하의 주머니에 넣었다.

시절에 따라 병영에서도 유행하는 사제 물품들이 있게 마련인데 요즘 애들은 썬크림과 위장크림을 사제로 쓰려고 했다. 웬만한 물건은 인터넷으로 구매해서 장사가 전 같지는 않았다. 그나마 심씨가 사철 쉬지 않고 재봉틀을 돌려서 해내는 의복 수선과 이런 유행 사제품 판매가 매출을 냈다. 그리고 사월 한식 무렵과 시월 추석 무렵이면 중국인 성묘객들이 더러 찾아서 제수용품을 사갔다. 노인은 중국어를 전공했다는 병사를 수소문해서 '祭神用的供献'라고 쓴 안내문까지 유리문에 내붙였다.

뒷방에서는 텔레비전 소리만 막막하게 들려왔다. 종전 60주년을 맞아 방한한 영국군 노병들을 다룬 다큐멘터리가 재방송되고 있었다. 아내 심씨가 저런 프로그램을 들여다보고 있을 사람은 아닌데 조용한 걸 보니 잠귀신이 든 모양이었다.

팔순 노병들은 참전군인 특유의 자부심이 표정에 배었지만 군복은 남의 옷처럼 어색해 보였다. 박 노인도 장롱에 정복 한벌과 전

투복 한벌을 보관하고 있었다. 그는 죽을 때는 삼십년 걸친 군복을 입고 묻히고 싶었다.

비닐봉지 두개를 만들어놓고 그는 병사에게 물었다.

"컵라면 하나 먹겠나?"

병사는 당황해서 아닙니다, 하고 고개를 저었다.

"김 중사 돌아오려면 한참 남았는걸."

벽시계 바늘은 오후 네시로 오르고 있었다.

"먹고 싶은 걸로 하나 골라보게나."

이등병은 길거리를 내다보고 다시 몸을 돌렸다.

"괜찮습니다." 그러나 얼굴에는 어떤 기대감과 곤혹감이 가득했다.

"김 중사가 초코파이 하나도 입에 대지 말라고 엄포를 놓던가?"

병사는 속내를 들킨 사람처럼 당황해서 얼른 입을 떼지 못했다.

"아닙니다."

노인은 성끗 웃었다.

"그 사람이 늘 하는 장난이지. 자네한테 잠시나마 휴식을 주느라 심부름을 시켜놓고 간 거야. 생각해보게. 물품 구매야 쪽지를 던져놓고 가면 내 알아서 다 챙겨놓을 텐데 괜히 자네를 떨궈놓고 갔겠나. 그렇지 않아?"

병사는 눈동자가 흔들렸다. 그렇게 지칫거리며 섰다가 병사는 컵라면 진열대로 걸어갔다. 진열대 앞에서 마치 한번의 기회가 주어진 사람처럼 한참 망설이다가 그는 라면 하나를 골라왔다. 주머니를 뒤적거리는 걸 노인은 손사래를 쳤다.

"그냥 먹게. 이제 자주 볼 테니 내가 고객한테 사은품을 주는 셈이지."

병사는 시식대로 물러났다. 그는 라면이 붇기를 기다리며 가을 햇살 부신 창으로 몸을 맡기고 앉아 있었다. 기운 햇살이 강물에 반사되어 병사는 뒷모습이 실루엣으로나 보였다.

노인은 병사에게 김치 한보시기를 내놓았다. 병사는 자리에서 벌떡 일어났다가 앉았다.

마당과 도로에 걸쳐 깔아둔 비닐 멍석에서 고추가 말라가고 있었다. 첫물로 거둔 고추는 이미 투명한 암적색을 띠었고, 두물째 거둔 고추는 한숨 죽어 꾸덕꾸덕했다. 올 고추농사도 잘되었다. 노인은 두무더기로 갈라서 말린 고추를 골고루 뒤적여주었다. 더러 노인네 고추를 보고 빨갱이들 곁에서 자라서 때깔이 난다고 농치는 사람들도 없지 않았다.

병사가 가게 밖으로 나와 공중전화기를 들었다. 통화 연결이 안 되는지 이내 수화기를 내려놓았다. 병사는 다시 전화를 걸었다. 이내 잘 지낸다, 걱정 말라는 소리만 반복하다가 끊었다. 부모인 모양이었다. 그러나 병사는 정작 목소리를 듣고 싶은 사람과는 아직 통화를 못한 눈치였다. 전화번호를 눌렀다가 수화기를 내려놓기를 반복했다. 병사는 가게를 들락거리며 서너차례나 더 전화를 걸었다가 번번이 힘없이 돌아섰다. 마지막엔 수화기를 금방 내려놓았다. 노상 보는 풍경이지만 노인은 김 중사가 부탁한 일도 있고 해서 멍석에 엎디어 곁눈을 거두지 않았다.

병사가 물러난 마당으로 승합차 한대가 올라와 멈추었다. 조수석에서 캐주얼 차림을 한 젊은 사내가 내려서 노인에게 다가왔다.

"말씀 좀 여쭐게요."

노인은 고추 멍석에서 몸을 일으켰다. 사내는 가슴패기에 여행사 명찰을 달고 있었다.

"이 근방에 중국군 묘지가 있다던데요?"

노인은 승합차를 바라보았다. 노인과 조무래기들까지 포함하여 일가로 보이는 사람들 대여섯명이 이쪽을 바라보고 있었다. 중국인 성묘객들인 모양이었다.

"적군묘지를 찾는구먼?"

"아…… 네, 그렇지요. 중국군 묘지요."

노인은 손가락을 세워 옥수수밭과 소나무숲이 만나는 길가 언덕을 가리켰다. 그들이 이미 지나온 길이었다.

"길에서는 잘 안 보여. 숲 끼고 있는 작은 둔덕 있지? 아니, 그 건너편 말일세. 그렇지. 저길 넘으라고. 중공군들은 오른편에 있어."

노인에게 중국은 언제까지나 중공이었다.

"눈앞에다가 두고 빙빙 돌았네요. 내비 찍고 왔는데도 도통 찾을 수가 있어야죠."

"많이들 그래."

"그렇게 깊이 들었으면 뭔 표지판이라도 세워놓지, 원……"

사내는 몸을 돌려 승합차를 향해 중국말로 소리쳤다. 뒷좌석 차창으로 얼굴을 뺀 중국 노인이 두손을 맞잡아 들어보이며 반가워했다. 사내가 몸을 돌려서 노인에게 말했다.

"육이오 때 조선으로 간 형님이 돌아오지 않았답니다."

"다 이름 없이 묻혀 있는데 가본들 어디서 찾누? 괜히 맘만 더 상할걸."

"글쎄요. 일정에도 없는 곳을 데려다달라 해서 당황했지 뭐예요. 그나저나 동네 경치가 참 좋네요."

가이드 사내가 강과 산을 둘러보았다. 노인이 말했다.

"혹시 제수용품 필요한 거 없나 물어봐."

"향 있습니까?"

"지전도 있고 월병에 백주까지 있다네."

"이것저것 준비해 왔더라고요. 기다려보세요."

그래놓고 사내는 승합차에 대고 뭐라고 소리쳤다. 이번에는 아들로 보이는 중년 사내가 차창으로 고개를 빼서 대답했다. 두 사내 사이에 중국말이 오고간 끝에 가이드 사내가 돌아섰다.

"백주도 필요하다는데요. 애들 과자도 좀 사고요."

노인이 가게로 앞장섰다.

유리문에 붙은 중국어 광고지를 눈여겨본 가이드 사내가 물었다.

"많이들 오나 보죠?"

"조선족들이 좀 되고 한족들은 많지 않아. 어제 묘지를 둘러보니 추석 앞이라 제법 많이 다녀갔더라고."

"소문은 들었지만 직접 성묘객을 모셔보는 건 첨인데요."

"한번은 오지 두번은 안 오더라고. 하긴 그런 묘지라도 보고 가면 원이 좀 풀릴는지 모르지. 중공이 살 만해진 건 사실이야. 세상도 참 많이 변했고. 누가 중공군 성묘객을 맞을 줄 알았겠나."

노인은 비닐봉지를 사내에게 안겼다.

"담에 또 오자는 중국인들 있으면 이리 데려와. 괜히 서울에서 중국 제수용품 구하느라 애쓰지 말고. 연희동까지 가서 웬만한 건 다 갖다놨으니까."

노인은 가게 앞까지 사내를 따라나섰다.

"지전은 태우지 말라고 이르게. 불날까봐 군부대랑 군청에서 전전긍긍이야."

승합차가 멀어졌다. 노인은 승합차가 묘지 쪽에 닿는 모습을 지켜보고 나서 가게로 돌아섰다.

신병 아이는 시식대에서 턱을 괴고 앉아 졸고 있었다. 김 중사는 돌아올 시간을 넘겨 늦어지고 있었다.

노인은 뒷방을 기웃이 들여다보았다. 텔레비전이 저 혼자 놀고 있나 싶어서였다. 침침한 아랫목 이불더미에서 코고는 소리가 들렸다. 텔레비전 리모컨은 아내의 손끝에서 떨어져 방바닥에 굴러 있었다. 노인은 무릎걸음으로 문지방을 넘어가 리모컨을 당겨오다가 아내를 들여다보고는 그만 납작해졌다. 아내는 머리에 무슨 누런 천을 둘러써서 얼굴까지 싸매고 있었다. 마치 염을 끝낸 시신 같았다.

"뭐하는 짓거리야!"

심씨가 화들짝 놀라서 머리에 둘러쓴 걸 벗겨내는데 남정네들 입는 사각팬티였다. 심씨는 통통한 눈을 못 뜨고 잠꼬대처럼 물었다.

"왜요?"

"노망났어?"

심씨가 손에 쥔 팬티를 심상하게 보고는 옆으로 밀쳐놓았다. 투실한 허리에 느슨하게 두른 복대가 가슴까지 치올라서 눈꼴사나웠다. 그녀는 몸을 옆으로 굴려서 앓는 소리를 내며 손을 뻗어왔다. 박 노인은 손가락 하나 까딱하지 않았다. 심씨는 간신히 앉으며 복대를 당겨 맸다. 그녀는 째리는 눈길로 역정을 냈다.

"내 허리가 똑 부러져야 시원하겠소?"

"남우세스럽게 그걸 왜 둘러쓰고 자빠졌냐고?"

심씨는 시끄럽다는 듯 손사래를 쳤다.

"머리가 지끈지끈 패서 좀 둘렀소."

"젠장, 머리 아프면 약을 먹든가. 빤스 둘러써서 두통 잡았다는 소리는 내 살다 처음 듣네."

"이녁이야말로 첩질도 아니고 웬 신발을 끌고 방에 들었소? 드러워라."

그제야 노인은 몸을 뒤로 밀어서 신발을 털어 벗었다.

"더럽긴? 그것 둘러쓴 것보다 더할까. 상사 걸린 황진이 총각귀신이 씌었나, 그걸 왜 둘러쓰고 자빠졌냐고 그래? 망령 들었어?"

"넨장, 효과도 없구먼. 삼만원짜리 걸레감을 사왔네그려."

심씨는 팬티를 노인에게 툭 던져 안기고는 편두통 앓는 여자처럼 옆머리에 손을 올려 지끈 눌렀다. 노인은 날아온 걸 털어서 펴 보았다. 강보만 하게 컸지만 틀림없었다. 뒤집어 봐도 팬티였다. 그는 참을 수 없는 적의로 팬티를 움켜쥐었다.

"암만해도 병원에 가봐야겠네."

"참, 이 양반이…… 이걸 누가 시켰는데? 원, 방귀 뀌고 성을 내네."

"그럼 그걸 내가 시켰다는 소리야, 지금?"

"얼러리……"

심씨가 허리를 짚고 당겨 앉았다.

"작년 겨울에 읍내에 효도공연단 들어왔소, 안 왔소? 은나노 그런 것 입힌 사루마다라고 당신 손으로 사온 거 기억 안 나요? 치수를 백오호로 사와서 지청구를 했더니 당신 입으로 뭐라 했간? 유망한 중소기업 특허품이다, 전자파도 차단해준다, 은나노인가 뭣인가 나와서 머리에 둘러쓰고 자도 좋다, 자기 입으로 선전해놓고는 이제 와선 누굴 실성한 사람 취급하네."

듣고 보니 어렴풋한 소리였다. 공연 구경만 하고 앉았기에 염치 없고 남자들한테 좋다는 말에 솔깃해서 사온 것이지만 막상 남의 눈 피해서 열어보니 치수가 너무 컸다. 무안한 김에 사회자라는 놈이 읊은 말을 변명으로 둘러댔더랬다.

"넨장, 말이 그렇지…… 그걸 둘러쓰라고 만들었을까."

내외는 서로 반쯤 틀어 앉아서 한숨을 내쉬었다. 노인은 말문을 튼 이상 놓아주고 싶지 않았다.

"드러누워 있으니 성한 사람도 안 쑤시고 배겨? 나가서 바람도 쐬고 몸뚱어리를 움직여야 허리도 펴지, 원."

벽을 기댄 심씨가 한숨을 쉬며 꺼졌다.

"어쩌오, 생겨먹은 바탕이 약골인데."

"그 말본새는 평생 살아도 왜 적응이 안되는지 몰라."

"내 말이 그 말이요."

그래놓고 심씨는 드러누웠다.

"암튼 저녁참에는 읍내에 좀 나갔다 와야 하니까 가게 좀 봐."

"……"

"시향 준비하려고 그래. 올해는 돼지머리랑 떡도 맞추고 전역한 부사관들도 좀 부르려네."

"인제 땅도 내놨는데 그짓을 왜 해요?"

"그러니까 마지막으로다 좀 차려보겠다는 거지."

"훈장 받겠네."

"다 나 편하자고 하는 짓인가?"

심씨는 휘뚝 일어나 앉았다. 허릿병은 역시 아닌 모양이었다.

"자기 몸 편한 짓은 그렇게 재바르면서 왜 나한테는 그 모양이오? 삼십년을 자기 맘대로 이 골짝 저 골짝 끌고 다닌 양반이오, 당신이. 이 나라에 있는 삼거리라는 동네를 일곱군데나 살아본 년 있으면 나와보라고 해. 다방 레지들도 그렇게 안 살아봤을라. 이제 자식들 가까운 데로 나가 살면 좀 좋소. 안산 큰애도 옆으로 오라 하지, 대전 딸애도 세내준 아파트 내주겠다고 하지, 두 내외 몸만 쏙 빠져나가면 될 걸 이 골짜기에 뭘 묻어놨다고 말뚝질을 하느냔 말이오? 여기에 고향 선산이 있어, 부쳐먹을 전답이 남았어? 구멍가게도 그래요. 오늘 닫아도 아쉬워할 사람 하나 없는 판에 뭔 돈벼락을 맞겠다고 지키고 앉은 속을 통 모르겠네."

심씨는 받은 입에 침을 삼켰다.

"연금이 안 나와, 손 벌리는 자식이 있어? 내가 뭐가 아쉬워서 이 나이에 이 골짜기에서 낮에는 고추 고랑에서 개미한테 뜯겨, 밤에는 침침한 눈으로 미싱을 돌리냔 말이오. 뭔 이런 팔자가 있는지 몰라. 당신이 나를 사람 취급한다면 이리는 안 하지. 열여섯에 객지 가서 미싱 돌리다가 직업군인 신랑 만난 것도 원통해 죽겠는데, 이 나이까지 군부대 나팔에 깨고 자고 해야 쓰겠소? 입이 있어도 할 말이 없을라."

드디어 심씨는 눈이 벌게졌다. 무릎을 쓸며 울었다. 이건 노인이 예상치 못한 상황이었다.

"만날 하던 소리, 인저 지겹지도 않은가?"

노인은 헛기침을 놓으며 슬그머니 뒷방을 나왔다.

네시 반 군내버스가 들어왔다. 휴가와 공용출장에서 복귀하는 인근 부대의 병사들이 여남은명 내려서 가게로 몰려들었다. 조용한 가게가 이내 소란스러워졌다.

비닐봉지를 하나씩 꾸린 병사들이 썰물처럼 가게를 빠져나갔다.

노인은 병사들이 컵라면을 먹고 사라진 시식대를 치웠다. 그러고 보니 이등병이 보이지 않았다. 노인은 가게 마당으로 나서 보았

지만 흔적이 없었다. 맡은 아이를 잃은 사람처럼 노인은 더럭 겁이
났다.

얼마나 가게 주위를 서성거렸을까. 김 중사에게 알려야지 하고
가게로 들어설 때였다. 병사가 나타났다. 그는 강가 언덕으로 올라
왔다. 걸음이 태연했다. 노인은 호통을 치려다가 입을 다물었다. 물
로 낯을 씻었는지 얼굴이 젖어 있었다. 젖은 데가 얼굴만이 아니었
다. 눈자위가 붉었다. 노인은 모른 체했다.

병사는 시식대가 제자리인 듯 그곳에 도로 박혀 앉았다. 노인은
계산대에 앉아 물었다.

"대학 다니다 왔어?"

"네."

병사가 힘없이 대답했다.

"양친은 계시고?"

"네."

노인은 고개를 끄덕였다.

"시간이 언제 갈까 싶지? 그래도 가게 앞에 트럭 받쳐놓고 전역
하게 됐다고 인사하는 날이 금방 온다네."

병사는 성끗 웃었다.

노인은 졸음이 몰려왔고 의자에 깊숙이 몸을 부렸다. 병사도 몸
을 돌리고 앉았다.

김 중사는 다섯시가 넘어서 돌아왔다.

이등병은 비닐봉지를 챙겨서 육공트럭으로 달려갔다.

김 중사가 떠나지 않고 가게로 들어섰다. 그는 낡은 예초기 정비가 늦어졌고, 신형 예초기를 세대나 수령했다고 말했다.

"벌초 작업이 좀 당겨지겠네."

노인이 말했다.

"예. 한 이틀 뺑이치면 끝나겠어요. 근데 주임상사님!"

하고 김 중사는 노인을 불러놓고 목소리를 한껏 낮추었다.

"올해도 꽃이 올까요? 김 대위 말이에요."

북한군 묘역의 묘지 하나를 두고 이르는 말이었다. 김광식 대위는 1992년 서해 반잠수정 침투사건 때 사살된 여섯명의 무장 침투 공작원 중 하나였다. 중국군 묘역과 달리 북한군 묘역에는 성묘객이 없었다. 있을 리 없었다. 그런데 재작년과 작년 이맘때 김광식 묘지 앞에 국화다발이 놓이는 일이 벌어졌다.

처음 국화다발을 발견한 이는 벌초 작업을 지휘하던 김 중사였다. 김 중사가 시든 국화다발을 들고 노인의 고추밭으로 내려왔다. 밭일을 하며 성묘객들을 노상 지켜보는 노인이었으므로 김 중사는 뭘 아는지 탐문하느라 그랬겠지만 기분이 묘하다는 표정이었다. 노인도 마찬가지였다. 간첩 무덤에 놓인 국화라…… 그때는 서로 놀랐지만 어떤 철없는 관광객이 감상에 젖어 벌인 일이거니 추측하고 말았다. 연고자가 아니더라도 꽃다발을 놓을 수 있는 것이다.

그런데 작년에도 그 묘지 앞에 국화다발이 놓였다. 이번에는 박 노인이 식전에 밭을 둘러보다가 발견했다. 이남에 무덤 연고자가 있다는 의미였다. 노인은 미궁에 빠진 느낌이었다. 이를 어떻게 해

석해야 할지 노인과 김 중사는 심란해졌다.

"남파된 간첩의 소행이 아닐까요?"

"그건 너무 소모적이지 않나? 적지에서 죽은 공작원 무덤에 꽃다발을 갖다놓으라고 공작원을 보냈다는 소리인데, 정신 나간 소리지."

"아니, 군인은 반드시 고향으로 돌아와야 한다는 소리도 있잖아요. 그러니까 이 사람들은 그쪽에서 영웅일 테니 유해를 수습하려는 시도가 있을 수 있어요."

"뼈 도둑질을 한다는 소린가?"

"그렇죠."

"뼈 도둑질을 하면서 흔적은 왜 남겨? 국화 때문에 우리가 지금 이러고 있잖은가?"

"그건 그러네. 그럼 혹시 이런 가정은 어떤가요? 그때 남파된 공작원이 총 여섯이 아니라 더 있었다, 혹은 말이에요, 여섯이 다 사살된 게 아니다, 생포된 공작원이 있었다, 이제 자유의 몸이 된 전직 공작원은 죄책감에 시달리다가 동료의 무덤을 찾는다."

"영화 같은 소리네. 나는 말일세, 동료라기보다 가족이 아닐까 싶어. 요새 이쪽에 정착한 탈북자가 좀 많은가. 저 김 대위한테도 가족이 있었을 거란 말이지. 노모라든가, 형제라든가, 결혼을 했다면 아내라든가 말이야. 또 아는가, 남파될 때 어린 자식이 있었는데 그 아이가 커서 북을 탈출했는지?"

"그래도 저 사람 정도면 그 유족들을 북에서 어쨌든 돌보지 않았을까요? 넘어올 이유가 있겠느냐고요.”

“모르는 소리. 저 사람들이 왜 여기에 묻혀 있는데? 자기 공작원이라고 인정을 안 하니까 여기 버려져 있는 것 아니냐고. 우리 쪽에서도 북파공작원을 인정 안 해줘서 당사자들도 힘들게 사는데 그쪽이라고 다를까.”

끝도 없는 추론이 결론도 없이 한해를 넘기고 그맘때에 이르렀다.

“글쎄, 올해도 한번 지켜봐야지.”

가게 앞까지 따라나서며 노인이 말했다. 김 중사는 중얼거렸다.

“참 궁금하단 말이야. 대체 누가 성묘를 다녀가는 거야? 며칠 병력을 매복시켜볼까요?”

“거기에 꽃다발 바친다고 죄는 아니잖은가? 우리 호기심 채우자고 그런 일을 벌여?”

“궁금해서 그러죠.”

김 중사는 떠날 채비를 했다. 트럭에 오르기 전, 그는 봉투를 건넸다.

“올해는 관두지.”

“받으세요. 양 상사랑 형님들한테는 제가 전화를 드리려고요. 박 상사님도 오시겠다던데요.”

노인은 김 중사의 팔을 끌어 세웠다. 노인은 트럭에서 등을 돌리고 속삭이듯 말했다.

“현역들은 빠지는 게 어떨까? 괜히 오해받을까 걱정이네.”

“우리도 마음이 불편해서 그러죠, 뭐.”

"어이, 김 중사."

노인은 김 중사를 트럭에서 한발짝 끌어 세웠다. 그는 속삭이듯 말했다.

"저 녀석 말일세. 여자 문제가 있는 것 같아. 신경 써야겠어."

"그렇죠? 제 입으로 뭐라고 그래요?"

노인은 고개를 저었다.

"몇달 지나면 툴툴 털겠지만 티 내지 말고 다독여줘. 아무것도 안 보이는 때 아닌가."

"글쎄 말예요. 한번 살짝이 떠봐야겠어요. 한녀석이 또 있어요. 편모슬하에서 자란 아이인데 너무 말이 없어서 속을 알 수가 없네요."

"그래. 어서 가게나, 오늘 일직 선다면서."

트럭이 떠났다.

산그림자가 내리고 있었다. 노인은 고추 멍석을 거두었다.

가게 안팎으로 전등을 켜고 노인은 읍내 나갈 준비를 했다. 심씨는 어두워진 방에서 조용했다.

"죽 좀 사다줄까? 입맛 돌리는 데는 삼거리 족발도 괜찮을 듯싶고."

아랫목에서 끙, 돌아눕는 기척이 들렸다. 괜한 걸 물었는지 모른다. 제 집 식구한테는 왜 이리 서툰가, 노인은 열패감이 들었다. 노인은 오늘 아내가 제 속마음을 다 벌려 보여주었다고 여겼다. 그간 몰랐거나 새삼스러운 것도 없었지만 아내의 진심을 알게 된 것 같왔다. 이제 자신이 대답할 차례였다. 아내 말대로 여기를 떠날 수 있을까? 못 떠날 것도 없었다. 어차피 떠도는 인생이었다. 그러나 노인은 문득 두려움에 떠는 자신의 얼굴을 마주한 느낌도 들었다. 오열하는 아내를 지켜보며 자신이 몇 남지 않은 인생의 계단 하나를 툭 밟고 내려선 기분이 들었다.

노인은 가게를 나서며 오늘은 이만 문을 닫을까 궁리했다. 그러다가 이내 마음을 바꿨다. 어쨌든 아내가 일어나 문지방으로 넘어와야 했다. 집에서 나온 게 자신이 아니라 어떤 사나운 기운인 듯싶었다. 문득 남의 집에서 나와 여행길에 든 사람처럼 외로움이 몰려들었다.

골짜기 아래에서 버스가 올라왔다. 노인은 김 중사가 주고 간 봉투를 꺼내보았다. 십만원이 들어 있었다. 이런 일들, 적군의 묘지에 제물을 올리는 아주 생경하고 특이한 경험들에 대해 그는 생각했다. 군인으로서, 시민으로서 왠지 감당이 안되지만, 그러나 은밀하게 자연스럽게 행해지는 이 일들에 대해 생각했다. 이게 인간적인가? 그래서 나는 사람인가? 그는 이런 수수께끼 같은 질문에 거듭 시달렸다.

버스가 닿았다. 병사들이 내리고 노인은 올랐다. 병장 하나가 버스 계단에 서서 소리쳤다.

"가게에 할머니 계시죠?"

노인은 잠시 망연히 섰다가, 들어가보라고 손을 까불렀다. 병사들이 우르르 가게로 몰려갔다. 노인은 제 집이 보이지 않을 때까지 고개를 틀고 눈을 떼지 않았다. 그것은 참으로 거대한 산 밑에 앉은 작은 불빛이었다. 아무것도 아니었다. 그래서 그는 제 작은 집이 더 애틋해졌고, 제 인생에 남은 건 아내뿐이라는 생각이 들었다.

적군묘지 초입에서 버스가 멈추었다. 처녀 하나가 버스로 올라섰다. 인근에서는 못 보던 처녀였다. 흰 남방에 청바지 차림이었고 등에는 작은 배낭을 메고 있었다. 이런 평일에 애인을 찾아온 면회객일 리 없고, 이 골짜기로는 인가도 없었다. 처녀는 노인 맞은편에 앉았다. 군인을 애인으로 두기에는 조금 나이 들어 보이기도 했다. 노인은 어떤 직감에 몸이 경직되었다.

버스는 노인과 처녀만을 태운 채 강가를 달려갔다. 노인은 힐끔힐끔 훔쳐보았다. 처녀는 이어폰을 귀에 걸고 휴대폰에 고개를 박은 채 아무 곳에도 눈길을 던지지 않았다. 국화를 안고 묘지에 오르는 처녀를 그려보았다. 공연한 상상 같았다. 적군묘지는 누구든 한번쯤 구경해보고 싶은 곳일 수도 있었다. 서울에서 한나절 만에 다녀올 수 있는 관광지 같은 곳. 어떤 사연도 없이 외진 섬을 찾아갔다가 알 수 없는 인생을 보고 오는 젊은이들처럼 처녀도 그런 여행길로 찾을 수 있는 곳이었다. 그 나이는 제 그리움으로 채색된 엉뚱한 여행들을 하는 나이니까. 기억에는 오래 남지만 인생에는 아무런 영향도 없는 한나절의 여행을 처녀는 다녀오는지도 모른다.

올해도 김 대위 무덤 앞에 국화가 놓인다면, 그래서 내일 아침에라도 자신이 꽃을 발견한다면? 노인은 생각했다. 아까부터 드는 생각이지만 그 꽃을 남모르게 치워야 하지 않을까. 김 중사도 아마 그럴 테지. 누구도 국화를 목격하지 못할 테고, 그래서 누군가의 성 묫길은 계속될 수 있을 것이다. 그제야 노인은 처녀에게서 놓여나 편안하게 눈을 감았다.

망향의 집

컨테이너 하우스는 새로 놓인 해안도로가에 있었다. 길가라 해도 어항에서 떨어진 외진 곳인데다가 폐선과 그물, 부표 같은 어구들이며 버린 가재도구들이 쌓여 언뜻 컨테이너 하우스는 고물상같기도 하고, 토지를 형질변경하려 농지에 둔 가건물처럼 보이기도 했다.

그 집에는 '북면사무소(北面事務所)'라는 현판이 걸려 있었다. 외지인은 뜨악해서 다시 보게 되지만 틀림없이 면사무소였고, 이내북면이라는 곳이 이 고장에 존재하지 않는 행정구역이라는 사실도 알게 되었다. 북면은 분단으로 이북 땅이 된 강원 북부의 한 지방이었다. 따라서 이 볼품없는 컨테이너 하우스는 언젠가는 되찾을 영토라는 사실을 알리려고 상징적으로 설치한 관청인 셈이었다. 사무실 벽에는 복덕방처럼 분단 전 북면의 행정구역도가 붙어 있었다. 그 옆으로는 최근 항공촬영 한 금강산 사진도 걸려 있었다. 만물상을 위시한 금강산 봉우리들과 장전항 매립지가 선명하였으며, 지도 상단으로 눈을 돌려보면 통천 지나 함경도 원산이 지척이었다.

올해 여든 난 이무경 노인이 명예면장을 맡고 있었다. 그는 스무 살에 월남하여 이 지방에서 어부로 육십 평생을 지냈다. 그는 매일 아침 책상 하나 놓인 사무소로 출근해 오년째 면장 직을 그야말로 명예롭고 성실하게 수행했다. 면사무소는 그가 마흔살 나던 1970년경에 설치되었다. 이북5도청이 명예읍면장제를 실시할 무렵이었을 것이다. 그때도 그는 면민회 총무를 맡아 맹원으로 활동했다. 초기에는 사람들도 북적거렸고 일도 많았다. 면민들을 상담해서 통일되면 되찾을 토지대장을 만든다든가, 각종 관변집회에 면민들을 동원하여 참가했다. 면민들도 귀속감과 애향심이 남달랐고, 지역 주민들보다 외려 단결이 잘되었다.

그러나 세월이 지나며 이 집은 실향민 노인들이 모이는 사랑방 역할이나 근근이 하고 있었다. 딱히 북면 출신 노인이 아니더라도 북에 고향을 둔 이 지방 실향민들이 드나들었다. 전쟁 전 원산에서 수산전문학교를 다닌 노인도 있었고, 명사십리와 송도원에서 데이트를 했노라 자랑하는 이도 있었다. 여도니 알섬이니 하는 원산 앞 바다에서 치안대 대원으로, 혹은 미군 첩보부대인 켈로부대원으로 참전한 노인들도 있었다. 그래서 주민들 사이에서는 점차 면사무소보다는 '망향의 집'으로 불렸다.

이곳에 토지를 마련해 컨테이너 하우스를 설치한 것은 이무경 노인이 면장을 맡고 나서 한 일이었다. 그는 재원을 마련하여 이곳에 그럴듯한 '망향의 집'을 짓고 싶었다. 그러나 그 사업은 지지부진했다.

그새 고향에 대한 깊은 기억을 가진 노인들은 하나둘 세상을 등지고, 어린 나이에 어른 손잡고 내려와 이제 일흔에 이른 실향민 노인들이 대부분이었다. 지난해 연말 결산총회에는 열일곱명이 얼굴을 내밀었다. 그중 둘은 실향민 당사자가 아니라 부모를 대신해 참석한 자녀들이었다. 대처로 나갔어도 총회 행사에는 더러 얼굴을 내밀던 회원들도 몇년 새 발길이 점점 뜸해졌다. 설 쇠고 여는 정기총회도 올해는 면장 명의로 연하장 한장 띄우고 말았으니까. 한때 실향민이 이 어촌 일대 주민의 삼분지 일을 차지하고 가을이면 면민 체육대회까지 열던 것을 생각하면 격세지감을 느끼지 않을 수 없었다.

컨테이너 하우스 창가로 늙은 오동나무가 서 있었다. "저 나무 켜서 누우면 좋겠네" 하고 공연한 소리를 해보던 노인들도 더러 북망산으로 가고 없었다. 오동나무는 올해도 어김없이 보랏빛 꽃을 피우고 있었다. 면장은 오동나무 그늘을 피해 공지(空地) 한귀를 치우고 텃밭을 일궜다. 소일 삼아 시작한 일이지만 팔순 노인에게는 만만한 일거리가 아니었다. 텃밭은 매일 손길 닿는 땅답게 풀 한점 없이 정갈했다. 상추며 고추, 오이 따위가 화초처럼 자라고 있었다.

열시 넘겨 부면장을 맡은 김강숙 노인이 오토바이 타고 나타났
다. 면장 노인이 물뿌리개 들고 밭으로 드는 모습을 보고는 늘 하
던 말로 인사했다.

"오늘도 관전(館田) 사역이시네."

늘 듣던 흰소리라 면장 노인은 웃고 말았다. 김강숙이 속초로 나
가 오래 살다가 되돌아온 게 칠년 안짝 되었다. 초등학교 앞에다가
문방구 하나를 내고 지내는데 할멈한테 떠맡기고는 이곳에 출근
하다시피 했다. 그중 젊어서 부면장을 시켜놓았더니 제법 열성이
었다.

부면장 노인이 밭가에 쪼그려 앉아 담배를 물었다. 면장 노인은
상추 포기에 져내린 오동 꽃잎을 들어냈다. 그때는 천생 난이라도
치는 노인처럼 엄숙해서 보자니 절로 웃음이 났다. 그걸 아는지 모
르는지 면장 노인이 중얼거렸다.

"원, 가물어서 상추가 잎을 못 들고 시들시들해."

"날마다 불 끄듯이 하는데 왜 가물어요? 너무 싸고돌아서 그랴.
자식이고 작물이고 그저 내버려두는 게 상책이라."

"뱃놈이 농사를 알아?"

"무스게 소리, 천석지기 자제한테. 그나저나 양복 버리지 말고
어서 나와요."

"저 지지콜콜. 딱해 보이면 물걸레로 면사무소나 한번 훔치든
가."

머잖아 미수복 북면지부장 박 선장과 어항에 오징어배 세척을

가지고 있는 오 선주가 승용차로 올라왔다. 모두 면장 노인과 한두 살 터울 노인들이었고, 부면장 김강숙과는 네댓살 위였다. 승용차는 오 선주의 차인데 회원들이 멀리 출타할 일이 있으면 발이 되어 주었다. 그들 역시 말쑥하게 외출차림을 하고 있었다. 그들은 사무실을 둘러보고 손목시계를 들여다보았다.

"이강이 그 영감은 여태 안 왔어?"

"열한시에나 나서자고 했으니 금세 올 테요."

부면장이 사무실로 들며 대답했다.

그새 면장 노인은 밭에서 물러나 장화를 구두로 갈아 신었다. 그는 냉장고에서 차 담긴 병을 꺼내 소파에 앉은 손님들에게 찻잔을 돌렸다. 차는 붉고, 그 사이에 우무처럼 맑고 푸른 건더기가 떴다.

"오미잔가?"

모두 면장 노인을 쳐다보았다.

"순채차(蓴菜茶)야. 어제 거진에서 식당 한다는 부인네가 다녀가지 않았더라고."

"남정네가 올해 군의원에 출마했다는 부인네 말이지?"

"그래. 이것이 청간정(淸澗亭)에서 뜬은 귀한 거래."

"암, 귀하다마다……"

박 선장이 한모금 적시고 시린 이에 오만상을 찡그렸다. 그래도 기어이 감회 한마디를 보태었다.

"해방 전에 외가에서 순채국 얻어먹어보고 첨이네. 고향 생각 나는군."

함경도 문천이 고향인 그는 그곳 읍내에서 큰 방앗간을 하던 집 자손으로 지난 시절 자랑이 터지면 '노가리푼수'라는 별호답게 말이 많아졌다.

"그 집은 기생집을 했어? 못 먹어본 음식이 없네. 이것도 양반 음식이라 우리는 말로만 들었지 처음 구경일세."

오 선주가 말문을 막고 핀잔을 주었다. 그가 수협 모자를 벗자 흰머리가 납작 눌려 있었다. 골상이 뾰족한 게 성깔이 있어 보였다.

"그나저나 이거 먹여놓고 찍으라는 소리는 아니겠지?"

웃자고 흘린 말에 노인들이 무르춤했다. 그러나 이내 대화가 다시 오갔다.

노인들은 이번 지방선거가 시작될 무렵 비상총회를 열었다. 맨이 얼굴들에 한두명 더 앉은 회의였는데 안건이라는 게 선거 때마다 나오는 소리로 북면의 숙원사업인 망향의 집 건축비 조달과 면민 공동묘역 조성 문제였다. 노상 그렇지만 출마한 정치인들은 힘쓰겠다고 약속만 하고 어느 누구 하나 해결해준 이가 없었다. 하다못해 공약집에 한줄 넣는 데도 인색했다. 그만큼 별 볼 일 없는 표밭으로 전락했다는 얘기였다.

컨테이너 하우스 주변에 고물이 가득 쌓인 것도 사연이 있었다. 재선에 도전한 기초단체장이 면민회에서 경비를 조달할 부대사업을 벌여놓으면 거기에 지원하는 방식으로 민원을 해결해보자고 제안을 해와서 부랴부랴 어촌계 끼고 폐기물처리장을 열었던 것이다. 그런데 그 정치인이 재선되고 한해 만에 정치자금법 위반으로 떨려나서 저런 흉물만 남게 된 것이다. 그들에게는 고물 치울 만한 재원도 없었거니와 명색이 시위의 일환이었다. 배 째라는 식으로 여직 방치하고 있었다. 그러자니 밤으로 냉장고랑 옷장 같은 걸 내다버리는 얌체들이 생겨서 고물은 배로 늘어났고, 군청에서는 환경법 위반으로 벌금을 때리니 마니 시끄러웠다.

올해 비상총회 결과도 전과 마찬가지였다. 정치인들 누구 하나 기대를 걸 만한 사람이 없다는 결론이었다. 당선이 유력한 후보는 적극 검토하겠다는 소리만 되풀이하고, 확실히 보장하겠다고 달려드는 후보는 당선권과는 먼 인사들이었다. 더구나 지역경제가 말이 아니어서 숙원사업이나 들먹거렸다가는 지역사회에서 눈총이나 받기 십상이었다. 그래서 비상총회는 명칭이 무색하게 흐지부지되고 말았다.

"아직 얼굴 비치지 않은 후보 있어?"

오 선주가 확인하듯 면장, 부면장을 번갈아 훑어보았다. 부면장이 입에서 찻잔을 뗐다.

"우리가 천덕꾸러기 신세가 되었어도 한길가에 이렇게 있으니 오다가다 들여다는 봅디다. 하도 많이 다녀가서 누가 누군지 몰라요."

"맞아. 요번에는 교육감 선거까지 업혀서 누가 길 막고 인사해도 군의원인지 도의원인지 도통 모르겠데. 뭐, 투표는 안 할 수 없고 번호대로 찍어야지."

박 선장 말에 오 선주가 대번에 손가락을 세우고 닦아세웠다.

"저, 저 고약한 손버릇을 못 고쳐요. 어떤 시절이라고 줄투표를 해?"

"아, 여덟장씩 찍어야 한다는데 제 식구 나오지 않는 이상 그걸 누가 가려? 이번 투표용지를 시루떡 안치듯 하면 백두산을 열한개나 쌓는다잖아."

"그러니까 간부들을 뽑아놓은 거 아냐, 이 영감아."

가만히 듣고 앉았던 부면장 노인이 뜨끔하여 허리를 폈다.

"하이고, 무슨 벼슬이라고 간부는 들먹거려."

둘레둘레 찻잔이나 채워주던 면장 노인도 입을 뗐다.

"그러니까 면에서 연구해서 오다를 딱 내려달란 소리지? 네미, 관권선거 하자는 소리 아니야? 줄투표 하자는 소리보다 더 무섭네."

시답잖다는 듯 웃어넘기며 면장 노인은 벽시계를 바라보았다. 열한시가 다 되어가고 있었다. 그는 몸을 일으켜 사무실 창으로 어항으로 난 길을 내다보았다. 오동잎이 창을 반이나 가렸다. 가지를 쳐낸다는 게 돌아서면 까먹었다. 그는 책상으로 옮겨 돋보기를 쓰고 전화번호부를 들쳤다.

"이강이가 기로성이를 면회하겠다고 확실히 약조했어?"

박 선장이 부면장 노인한테 물었다.

"내가 어제 가서 만났다니까 그러시네. 안 보겠다는 걸 사정사정 했더니 겨우 마음 돌리는 눈치던데."

"넨장, 죽어가는 마당에 묵은 감정 내세울 건 뭐 있어."

"이강 형님이야 그럴 만하죠, 기로성 그 형님 한마디에 인생을 조졌는데."

"이제 나라에서 보상도 받았겠다 풀 때도 됐지, 뭘."

"보상 그거 나도 받았지만 몇푼이나 된다고 그러시오."

"그래서 이번 선거는 어떻게 해야 돼?"

오 선주가 말길을 잡아 돌렸고, 소파에서는 다시 선거가 화제로 올랐다.

"이번 선거는 별 수 없다니까. 도지사 하나 잘 골라잡아놓고 이제 그 인사 잘 도울 인물인지 아닌지 그것만 가려 찍으면 돼. 뭔 수 있어?"

"그것도 수네. 근데……"

부면장 노인이 열어둔 사무실 문을 살피며 목소리를 낮췄다.

"그제 점심값 밀어놓고 간 5번은 찍어줘야겠지?"

"거기가 6번 아니고 5번이었어?"

박 선장이 눈이 똥그래서 물었다. 부면장 노인이 혀를 털었다.

"이렇다니까. 어디 가서 그런 소리 맙세. 북면 표는 치매라고 소문나겠소."

"안 온대? 안 올 거면 그냥 우리끼리 가고!"

오 선주가 책상 앞에 서서 수화기를 든 면장 노인한테 소리쳤다. 그 목소리에서는 대수롭지 않다기보다 탐탁지 않은 마음이 묻어났다.

"전화를 받지 않는 게 벌써 집을 나선 모양이야. 아직 여유 있으니 조금만 기다려보자고."

면장 노인은 다시 창밖을 살폈다.

해안도로로 관광버스가 올라갔다. 노인들은 입을 다물고 밖을 내다보았다. 관광버스는 한대에 그치지 않고 줄지어 예닐곱대가 지나갔다. 수학여행 온 학생들을 싣고 통일전망대에 안보견학을 가는 버스인 모양이었다. 바야흐로 수학여행철인 것이다.

"애들 한무데기 왔다 가면 뭐하나. 금강산 길이 열려야 살지."

오 선주가 소파로 허리를 당겨넣으며 말했다. 이태 넘게 금강산 길이 닫히면서 지역경제가 말이 아니었다. 금강산관광이 한창일 때는 여관이며 식당이 괜찮았다. 어항도 명태씨가 마르고 난 십년 근래에 그만큼 외지인이 북적인 적도 없었다. 하지만 이제는 문 닫은 식당들이 즐비했고, 펜션이다 뭐다 짓다가 그만둔 건물이 해안으로 수두룩했다.

"그나저나 잠수함이 가라앉았으니 금강산관광 재개는 글렀지?"

가장 나중까지 문밖으로 시선을 던져두었던 부면장이 머리를 틀며 중얼거렸다. 어제오늘 하는 말이 아닌데도 노인들은 얼굴에 근심이 끼었다. 오 선주가 툽상스레 말했다.

"왜 죽기 전에 고향 한번 더 가보고 싶어?"

"쳇, 실향민은 죄다 금강산이 고향인가. 형님들은 어땠는지 몰라도 나는 조무래기들도 수학여행 갔다 왔다는 금강산에 아직 발 한 짝도 안 들여봤소."

노인들이 모두 처음 듣는 소리라 놀라서 그를 바라보았다. 이 지방 노인들 치고 금강산 한두번 다녀오지 않은 이 드물었다. 고향 잃은 사람들로서는 금강산이나마 밟아보고 싶은 게 인지상정이었다. 당장 살림이 여유 있는 오 선주는 철마다 선산 성묘 다니듯 금강산을 다녔다. 봄에는 어머니 영정 들고 가고, 가을에는 아버지 영정 들고 갔는데, 그로서는 금강산 길이 막히니 영영 고향 갈 가망이 없어지나 싶어 낙망했다.

"아니, 왜 거길 여태 안 가봐? 어디 고향에다가 죄 짓고 월남했나?"

"고향은 무슨…… 누구 반겨줄 이 있고 애틋한 마음 남았다고 고향 타령이오. 난 자식들 고향 만들어주느라고 살았지 내 고향 그리며 산 적 없소."

부면장 노인은 여전히 데퉁맞게 대꾸했다. 별나다는 듯 노인들은 눈길이 빤했다. 고향 얘기라면 우선 접고 서로 어루만지는 게 이들 인심이었다. 고향 잃은 인연들이 아니라면 서로 얼릴 일도 없다고 생각하는 노인들로서는 난데없는 소리가 의아스럽기만 했다. 그래서 비위에 거슬리는 노인도 있었고, 고향 그리는 마음에 괜히 투정해보는 소리려니 여기는 노인도 있었다. 면장 노인만은 따로 짚이는 데가 있어 김강숙 노인을 물끄러미 바라보았다.

"여하튼 이제 와서 얘기지만 뭐 쥐뿔이나 있는 고향이라고 그 허깨비 같은 델 그리워해요. 그것도 다 억지로 만들어진 마음이라. 자식들한테 백날 얘기해봐요. 또 징징거리는 소리 한다고 눈총이나 받지. 팔자 탓, 세상 탓 할 거 없어요."

김 노인은 이가 갈린다는 듯 부르르 어깨를 떨었다.

"말이 벗나가서 그러려니 하네만, 아무리 속상하기로서니 말 그리 말게."

오 선주가 말을 둘러놓고 훈계조로 사설을 풀었다.

"사는 게 정신없어서 그랬지 고향 생각에 베개 적신 날이 좀 많아. 우리가 괜히 집 올리려고 생심이야. 나이 이만치 기울고 나니 남는 욕심은 고향하고 고향 사람들뿐이더라 이 소리지. 거기 가서 부모형제 붙들고 이만치 살아낸 걸 자랑도 하고 싶다 이거지. 자네야 열두어살에 나와서 그런지 몰라도 우리는 달러. 맘먹고 가자면 갈 수 있는 데라면야 뭔 소리를 못해. 밀려서 나오기도 하고 떠나서 나오기도 하는 게 고향이라지만 우리 처지가 어디 그러냐고. 난 외려 살아볼수록 여기 세월이 허깨비 같아. 아무리 속상하기로서니 있는 걸 없다고 하면 쓰나. 자네 말 들으니 갑자기 오금이 풀리네" 하며 새된 소리로 따끔하니 아퀴를 지었다.

분위기가 푹 꺼졌고, 김 노인은 더 토를 달지 않았다.

부면장 김강숙은 과거에 납북된 경험이 있는 사람이었다. 그때가 1968년 여름이었을 텐데, 이 고장에 명태가 한창 올라올 때였다. 남북관계가 경색되어 접경지역인 이 지방에서 북한 경비정에 납북되는 어선들이 많았다. 그 시절을 조금이나마 아는 사람은 알겠지만 어선 열척이 두름 엮이듯 끌려간 날도 있었다. 더러는 못 돌아온 사람들이 있었지만 대부분 두서너달, 길어야 한해를 묶여 있다가 돌아왔다. 북에서도 인구 늘릴 셈으로 어민들을 끌어간 것은 아니었다. 평양이며 흥남이며 두루두루 명승지 관람에 산업시설 시찰을 시켜 체제선전에 활용하려고 그짓을 했다. 한때 이 고장에 그렇게 납북된 어민이 백명은 족히 넘었고, 지금도 이 고장에 살아남고 붙박여 사는 주민이 열댓명은 되었다. 김강숙이 그런 사람들 중 하나고, 지금 기다리는 이강이며 오늘 면회 가려는 기로성이 그랬다.

오늘 모인 노인들은 한때 조태바리(낚시명태잡이) 배를 타던 동료들이었다. 오 선주야 기로성과 인연이 없고 오늘 속초로 운전을 해주기로 해서 얼린 것이지만 그도 바다를 끼고 늙은 바닷사람이었다. 그때는 어로한계선이 오르락내리락하고, 어군탐지기 같은 장비가 없어서 어로한계선 표지 등대에서 멀어지면 월선을 했는지 안 했는지 알기가 쉽지 않았다. 그리고 실상 월선한 줄 번연히 알면서 배를 올려붙이기도 했다. 물 따라 흐르는 고기떼를 쫓다보면 어부 욕심에 줄 없는 어로한계선이 눈에 들 리 없었다. 재수 없어 잡혀가면 인생 꼬이는 줄 알면서도 하루 벌어 하루 연명하는 입장에서 납북은 남의 일이거니 하면서 바다로 나갔다. 졸다가 넘고 알고도 넘고 그런 시절이었다.

면장 노인과 박 선장 노인은 속초 선적 동진3호를 탔고, 김강숙들은 동진4호를 타고 사해리 바깥 북방어장으로 나갔다. 호롱 밝힌 어선 이십여척이 선단을 이루고 있었다. 해안가로 군부대 교회에서 높게 세운 크리스마스트리 불빛이 가물가물하다가 머잖아 그도 보이지 않았다.

그때는 조태바리 조업이라는 게 주낙에 정어리나 꽁치를 꿰어 바다에 놓았다가 새벽녘에 끌어올리는 연승(延繩)조업이었다. 주낙을 늘어뜨리며 북쪽을 보니 북한어선 불빛인지 경비정 불빛인지 수평선에 걸린 듯 멀리 출렁였다. 명태 회유하는 철이라 그쪽이나 이쪽이나 밤낮이 없을 거였다. 주낙을 풀고 일어서자 불빛이 바짝 당겨왔다. 착시현상이었다. 바다에서는 수면 가까이 눈을 두면, 더구나 이런 달빛 아래에서는 뭐든 실제 거리보다 멀게 느껴지기 마련이었다. 그는 그렇다고 믿었다. 이미 배가 월선한 사실은 꿈에도 몰랐다. 남쪽으로 우리 쪽 해군 경비정은 보이지 않았다. 출항했을 때 단속 받을까봐 걱정이었는데, 이제는 내심 안심이 되었다.

주낙 작업이 끝나자 여섯명씩 탄 선원들은 서너시간이나마 눈을 붙이려고 선실로 들어가 포개듯 누웠다. 겨울바람이 매섭고 해풍에 젖은 선실이 따뜻할 리 없었다. 소주를 돌려서 한종지씩 마시고 그 기운으로 잠을 청했다.

혹시나 해서 불침번으로 세운 열일곱 난 소년이 "까제르다!"하고 소리쳤다. 까제르는 소련제 경비정을 두고 선원들이 이르는 말이었다. 선실에서 뛰어나와보니 탐조등을 밝힌 북한군 경비정 다섯척이 어선 사이로 달려들고 있었고, 남으로 내빼는 어선들도 보였다. 동진3호는 급히 발동을 걸어서 뱃머리를 돌렸다. 까제르는 조금 쫓아오는 시늉을 하더니 포기하고, 포위망에 든 어선 세척을 나포해서 북으로 올라갔다. 어항으로 돌아와보니 김강숙들이 탄 동진4호와 풍년호, 강진호가 끝내 돌아오지 않았다.

피랍어선들이 이남으로 돌아온 것은 석달이 지난 이듬해 삼월이었다. 선원들은 인민군들이 내준 새 옷가지와 부식, 배에서 쓸 연료를 보급 받고 해금강 영진항을 경유해 동해로 풀려났다. 곧바로 해군 경비정에 인계되어 그들은 속초로 옮겨져서 관계기관의 조사를 받았다. 선원들은 공설운동장 인근 여관에 따로 감금당한 채 한달 넘게 강도 높은 조사를 받았다. 조사라는 게 죄인 다루듯 막무가내였다. 납북 당시 상황과 납북 후 체류 기간 동안의 행적을 캐물었는데, 납북 당시 상황이야 탈출한 배들이 이미 증언해서 더 조사할 게 없었다. 문제는 북에서 보낸 석달이었다. 대공 수사관들은 고문까지 해가며 족쳤다. 어떤 기밀을 누설했느냐? 파출소와 행정관서와 등대의 위치를 댔느냐? 아군 군부대 위치를 댔느냐? 대성산에 갔느냐? 북한이 잘산다고 동료들과 얘기한 적 있느냐? 다른 선원들의 진술과 다르다. 다른 사람들 축구할 때 너는 뭐 했느냐? 간첩 밀봉교육을 받지 않았느냐? 고정간첩 누구와 접선하기로 했느냐? 대공 수사관들은 선원들을 간첩으로 몰아갔다. 북에서 야간으로만 전국을 이동하며 좋은 데를 구경시켜주고 다녔지만 납북자들은 모두 한마음이었다. 다들 처자식과 가족을 이남에 둔 입장에서 북쪽이 어떤 공작과 회유와 협박을 한들 귀에 들어올 리 없었다. 어서 무사히 집에 돌아갈 생각으로 어수룩하게 따랐을 뿐이다. 오히려 돌아와서 이런 졸경을 치르니 기가 막힐 노릇이었다. 대공 수사관들은 물고문에 전기고문까지 안기면서 엉터리 조서를 짜내려 했다.

그래도 김강숙과 이강은 속옷에 똥물을 적셔가며 버텼다.

기로성이 문제였다. 이북에서 풀려나기 전 금강산 온정리 어느 여관에서 사흘을 머물렀는데, 그중 이틀 밤 알리바이와 몇가지 문제가 풀리지 않았다. 김강숙과 이강은 하루는 단체회식이 있었고, 이튿날은 문화영화 관람을 했으며, 마지막 날은 온정탕에서 목욕을 시켜주었노라 진술했다. 모든 일정이 단체행동이라 선원들의 조서가 똑같이 나와야 하는데 기로성은 영화 관람과 온정탕 목욕 대목에서 어설프게 진술했다. 처음에는 배탈이 나서 여관방에 머물렀다고 하다가 뒤에는 피곤해서 혼자 남아 여관 주위를 산보했노라 했다. 그리고 몇대 매를 맞고 나자 다시 온정탕 목욕은 자신도 참석했노라고 진술을 번복했다. 개인행동이 가능하냐는 문제가 떠올랐다. 당시 함께 납북된 열여덟명의 증언을 종합할 때 기로성의 진술이 전혀 틀린 것은 아니었다. 낮에는 커튼으로 가린 여관방에서 지내야 했지만 밤으로는 안내원 인솔 아래 여관 주변을 산책할 수 있었다.

그리고 기로성은 온정탕 풍경을 어느정도 세세하게 진술했다. 다만 로비와 대합실 풍경은 구체적으로 진술하지 못했다. 노천탕 구조라든가 수온, 노천탕 옆 소나무 위치 따위는 가보지 않고는 설명할 수 없을 만큼 세세했으며, 여관에서 온정탕 가는 길목에 있는 김정숙휴양소라든가 휴양소 앞 밭이라든가, 그리고 신작로의 플라타너스 나무 따위를 마치 소설 쓰듯이 묘사해냈다. 그런 것은 다른 어부들이 증언하지 못한 부분이라 오히려 의심을 받았다. 그는 온정탕 로비에 걸린 김일성 초상화와 접대원들의 인상착의를 전혀 진술하지 못했다. 결정적으로 여러 선원들이 기로성이 이틀 밤을 함께 행동하지 않았다고 한입으로 진술했다. 그러고도 또 몇가지 의심스러운 대목이 더 남았다. 납북선원들이 북으로부터 새 옷을 지급받았지만 양복을 지급받은 인물은 기로성 한사람뿐이었다. 그리고 선원들은 기로성이 평소와 달리 이틀 동안 울다가 웃다가 하면서 특이행동을 보였다고 진술했다. 영진항에서 돌아올 때 그가 땅바닥에 넙죽 엎드려 통곡을 했다는 진술도 있었다.

한달간 조사 끝에 납북선원 전원에게 수산업법 위반이 적용되었다. 기로성은 '소위 북괴 평화통일위원회로부터 간첩이 나타나면 수사당국에 고발하지 말고 북괴에 동조하라는 교육과 지령을 받았다'는 명목으로 국가보안법 위반, 반공법 위반이 추가로 적용되었다. 그리고 그의 진술에 따라 이강이 또 고무찬양죄로 엮여들었다. 이강이 개성을 다녀오는 밤 버스 안에서 "기계로 농사를 짓는다야" 하는 소리를 했다는 것이다. 이강은 그때까지 서울 구경 한번 못해본 순진한 어부였을 뿐이다.

김강숙은 6개월을 복역하고 집으로 돌아와서는 식솔을 정리해 속초로 떠났다. 기로성과 이강은 대전교도소에서 각각 3년, 1년씩 복역했다. 이강은 돌아와서 더는 배에 오르지 않고 부두 인부로 남의 그물이나 손질해주면서 살았다. 기로성 역시 어항에 남았지만, 고문 때 청력을 상실해 2급 장애 판정을 받았고 진통제를 상용하다 시피하며 날품팔이로 늙었다. 기로성은 이 컨테이너 하우스에 발 한번 들여보지 못한 유일한 실향민이었다. 철저히 외톨이였던 그는 어찌 보면 실향민들 중 가장 불행한 축에 드는 인물일지 몰랐다.

하루는 이강이 기로성의 집을 찾아가 주민들 앞에서 기로성의 싸대기를 열대나 날린 일이 있었다. 기로성은 항변 한마디 하지 않고 이강의 손찌검을 순순히 받아냈다. 그 일 뒤로 그들은 다시 보지 않고 살았다.

기로성이야 말할 게 없지만 이강 역시 풀려나서 하루도 편히 살지 못했다. 수시로 경찰이 뒤를 캐고, 십리 밖으로 출타하려 해도 관할 경찰서에 신고를 해야 했다. 사건이 터지면 예비검속 받듯 경찰서로 불려가고, 이웃들에게도 수시로 동태를 탐문해서 이웃들과 가까이 지낼 수가 없었다. 심지어 누가 방문하거나 이상한 낌새가 있으면 신고하라는 지시까지 내리니 이웃들이야 서로 빤하지만 피차 성가신 일에 휘말리지 않으려고 멀리했다. 당시 북면사무소 간부들이 납북주민들을 염탐하는 정보원 노릇을 하기도 했다.

이강은 노무현 정권에서 재심을 청구해 간첩 누명을 벗고 얼마간 납북자 피해위로금도 받았다. 그러나 간첩 누명을 쓰고 산 세월은 결코 보상되지 않았다. 막내동생은 해군사관학교에 붙었다가 연좌제에 걸려 떨어져서 어부가 되었는데 풍랑에 조난당해 죽었다. 외동딸은 사범대학을 나오고도 발령을 받지 못했다.

기로성은 납북피해자 신청을 하지 않은 것으로 알려졌다. 그런 그가 간암 말기 판정을 받고 속초의 병원에서 마지막 숨을 헐떡이고 있었다.

열한시 반이 지날 때까지 끝내 이강 노인이 나타나지 않았다. 부면장 노인이 그의 아들에게 전화를 걸어 확인했는데 아침 일찍 출타했다고 전해왔다.

"원 실없는 사람. 가기 싫어서 어디로 자리를 피한 게야."

면장 노인이 혀를 털었다.

노인들은 오 선장의 자가용에 올랐다.

"내 가물가물해서 묻는데……"

하고 조수석에 앉은 박 선장이 뒤를 돌아 부면장을 바라보았다.

"기로성이 그 양반 이북에서 이틀 밤을 따로 보낸 내력이 뭐야?"

"글쎄, 그거 나도 궁금하다."

운전대를 잡은 오 선주도 맞장구를 쳤다.

"왜 우리가 없는 소리를 한 것 같으오?"

"그 얘기만 나오면 성부터 내?"

"사십년이 지나도 이해가 안 가는 건 이강 형님이나 나나 마찬가지요. 도대체 뭔 사정이 있어서 이틀 행적을 속 시원히 토설하지 못하느냔 말이야."

"미련해서겠지."

오 선주가 말하자 면장 노인이 받았다.

"융통성이 없기는 해도 그렇게 미련하지는 않지. 홀몸에 그 지경으로 살면서도 아들 박사로 키운 거 보면 몰라. 그 아들놈이 또 그런 효자가 없다대. 병든 제 아버지 살려보겠다고 서울로 어디로 백방으로 끌고 다닌 모양이야."

차 안에 잠시 정적이 흘렀다. 부면장이 다시 입을 열었다.

"어제 이강 형님 만났을 때 묘한 얘기를 합디다."

박 선장이 뒤로 바짝 고개를 틀었다.

"우리가 온정리 여관에 머무를 때 당에서 나온 안내원들이 여럿 붙었단 말이오. 아마 남자 둘에 여자 셋이었을 거라. 그중에 머리를 뒤로 쪽지고 수더분해 뵈던 여자 안내원이 있었어. 누구냐, 거 풍년호 탔다가 두번씩이나 납북된 1리 성근 형님이라고 있잖소? 그 안내원 여편네가 하는 말이 당신은 참 복도 많소, 어찌 고향을 두번씩이나 오오, 하면서 고개를 젓고 그랬어. 근데 이강 형님 말로는 그 여자가 기로성 형님 방을 자주 들락거렸다는 거요. 나도 말 듣고 가만히 생각해보니 그럴듯하더란 말이지."

"그러니까, 뭐야? 그 여편네랑 바람이 났다, 그래서 말 못하고 간첩죄를 뒤집어썼다 그 말인가?"

"그거 아니면 설명이 안되잖우."

"그래도 그건 그러네. 거기가 어디라고 그짓을 해. 더구나 기로성 주변머리에……"

"그냥 우리 생각이 그렇다는 거요. 정분 나는 거야 당자 아니면 모르는 일이고……"

"암튼 알 수 없는 게 사람 속이지만 기로성이 그 사람은 참 컴컴한 걸 지고 가게 생겼어. 불쌍하단 말이야."

"왜 안 그러오. 솔직히 우리도 그 형님한테 미안한 맘이 없다면 거짓말이지. 감옥 나온 뒤로 누구 하나 싹싹하게 말 건넨 적 없으니. 거 형수 돌아가셨을 때도 문상객 하나 없이 썰렁했잖우."

"뭐, 어쩔 수 없는 세상 아니었나. 못난 시절에 못난 사람들이 산 거지."

"내 여럿 병문안을 다녀봤지만 뭔 말을 해줘야 할지 이렇게 막막한 건 첨이네."

박 선장이 고개를 제자리로 돌렸다. 이야기는 흥미로웠으나 싱겁게 끝났다. 역시나 당자 앉힌 자리 아닌 바에야 더 나눌 말이 없었다.

병원 주차장에서 면장 노인은 봉투를 만들었다. 면사무소 공금에서 십만원을 내놓고 각자 사정에 따라 조금씩 보탰다.

마흔에 든 아들과 며느리가 병상을 지키고 있었다. 환자는 코에 튜브를 꽂고 쌕쌕거리며 잠들어 있었다. 살이 내려서 거죽만 남았고, 얼굴은 까칠하니 검었다. 복수가 차올라 이불 덮은 아랫배가 임부처럼 불룩했다. 사흘 전부터 부쩍 자주 혼수상태에 빠진다고 아들이 말했다. 오전에는 잠깐 정신이 들었는데 지금은 이렇다며 "아부지! 아부지!" 하고 귓가에다가 불러보기도 했다. 노인들은 그만두라고 손사래를 쳤다. 노인들은 환자의 차가운 손을 차례로 만져주고 병실을 나왔다.

아들이 배웅 나와 노인들을 병원 앞 중국식당으로 모셨다.

다시 노인들은 환자를 걱정하고 아들을 칭찬했다. 아들은 연신 머리를 조아리며 감사의 뜻을 전했다.

"오전에는 이강 어르신이 다녀가셨습니다."

"그 영감이 왔어?"

노인들은 놀란 표정으로 서로를 바라보았다.

"네. 저라도 찾아뵙고 꼭 모시고 싶던 참이었는데 손수 걸음을 해주셔서 얼마나 고마웠는지 모릅니다. 아버님이 그때는 잠깐 정신이 나서 서로 알아보고 말씀도 나누셨는걸요."

"오, 그래? 잘됐네. 서로 묵은 건 풀어야지. 분위기는 좋던가?"

아들 기색을 살피며 부면장 노인이 말했다.

"얘기 중에 두분이 손도 꼭 잡으시고 화기애애했어요."

"암, 그랬을 거야. 왜 안 그렇겠나."

"아버님이 사력을 다해 얘기를 하셨어요. 속에 담아둔 말씀을 다 하셨지요. 저도 두분 얘기를 대충 알고 있어서 울컥하던걸요. 아내하고 저는 많이 울었답니다."

아들은 눈매가 붉어졌다. 노인들은 앞에 놓인 맥주잔을 들어 목을 축였다.

"우리가 가보라고 말도 넣기는 했네만 진작 그렇게 만났어야지."

면장 노인이 말했다.

"고맙습니다."

아들은 노인들을 하나하나 일별하며 인사했다.

"이렇게 다들 와주셨으니 이제 아버님은 여한이 없으실 거예요. 아버님은 이강 어르신한테 고향 다녀온 얘기를 하셨어요. 저도 처음 듣는 얘기라 놀라고 어르신도 놀라셨어요. 아버지 고향이 금강산 온정이 아니겠어요?"

"온정이 고향이었나? 우리는 함경도 사람이거니 했네."

면장 노인이 말했다.

"납북되어 지낼 때 아버님이 여관방 커튼을 들춰보고 까무러치셨답니다. 거기가 고향집 앞이었으니까요. 집은 소개되고 없었지만 플라타너스 많은 골목이며 다리며 모두 기억 속에 있던 그대로였던 거지요. 안내원이 딱하다고 밤길에 몰래 따로 모시고 다니고 그랬대요. 고개 너머 숲에 있는 할아버지 할머니 묘소에도 데려다주고 성묘도 하게 했답니다. 아버님은 평생 내색도 못하고 살았지만 내내 그걸 위안으로 삼았다고 하셨어요."

노인들은 입을 벌린 채 말이 없었다. 아들이 말을 이었다.

"맥주를 더 시킬까요? 정말 아버님은 그 말씀을 하실 때 어르신 손을 꼭 잡고 놓질 않으셨어요. 어디서 그런 힘이 나시는지 뒤에 이강 어르신이 손이 저릿저릿하다고 말씀하셨는걸요. 어르신이 돌아가고 나서 정말 아버님은 여한이 없는 표정이셨어요."

노인들은 이제 기로성이 다시 눈을 뜨지 않으리라고 짐작했다. 그들은 왠지 가슴이 공허해서 멀뚱히 앉아만 있었다. 누군가는 한숨을 내쉬었다. 가까스로 면장 노인이 말했다.

"참 다행일세. 이제 편히 눈 감으실 수 있겠어."

"그럼요. 아버님은 여한이 없으세요. 그러시고말고요. 이렇게 친구분들이 다들 오셨는데요."

눈이 붉어져서 아들은 그 말을 여러차례 중얼거렸다.

중국집을 나와 아들과 헤어졌다. 차에 올라서도 노인들은 입이 열리지 않았다. 차가 바다를 끼고 북쪽으로 달릴 때 뒷자리에서 누군가 잠꼬대처럼 중얼거렸다.

"참 복 많은 양반일세, 고향을 다 다녀오고."

다들 식곤증으로 조는지 조용했다. 부면장 노인은 바다로 시선을 던진 채 다시 한번 중얼거렸다.

"성묘까지 하고 왔단 말이지. 그 영감 참……"

국화를 안고

여자는 거실 창가에 앉아 뜨거운 차를 마셨다. 찻잔에 입바람을 불 때마다 어둠이, 여자의 등 뒤에 뿌리를 둔 어슴푸레한 기운이 소매에 앉은 분필 가루처럼 조금씩 불려나가는 것 같았다. 창은 번했다. 사택 앞마당에 선 가로등 불빛 주변에 성긴 눈발이 나부꼈다. 학교 운동장이며 민가 지붕들이 윤곽을 지우며 눈 속에 묻혀 있었다. 만월이 그려놓은 밤처럼 풍경은 비현실적으로 보였다. 두렵지만 않다면 그녀는 이런 비현실감도 좋았다. 그녀는 국화차를 한모금 천천히 넘겼다. 차는 혀끝에서 식으며 생콩처럼 비릿했다. 차를 마신 것은 산책 전에 물을 마셔두는 오랜 습관에서였다. 평소보다 이른 시간이라 그녀는 날이 더 밝기를 기다리며 지난밤 이삿짐 정리를 하다가 찬장에서 발견한, 지난가을 절에서 얻은 국화차를 우렸다.

계단을 오르는 발소리가 나고 이내 바닥에 신문 떨어지는 소리가 들렸다. 옆집 이 선생이 보던 신문인데, 그가 전주로 떠나고 보름이 지났어도 여전히 배달되었다. 아직도 시간은 애매했다. 밤이라고도 새벽이라고도 할 수 없는 시간이 창밖으로 흐르고 있었다. 산책이라면 깊은 밤에도 즐기는 편이지만 오늘은 산책이라기보다 외출에 가까웠다. 여자는 어젯밤부터 이상스레 시간에 집착했고, 그러자니 날 바뀌는 시간이 자정이 아니라 새벽인 듯만 싶었다.

여자는 각오라도 한 듯 고양이처럼 기지개를 켰다. 목도리를 귀까지 올려 둘렀다. 그녀는 식탁으로 가서 포장한 초콜릿과 그리고 담배와 라이터를 차례로 외투주머니에 넣었다. 신발장 위에는 흰 국화 한뭉음과 벙어리장갑이 놓여 있었다. 그녀는 어제 국화를 사느라고 인근 항구의 의료원 앞까지 다녀왔다. 등산화를 조여 신은 그녀는 장갑을 끼고 국화다발을 들었다. 현관 벽에는 새 달력이 걸려 있었다. 7일에 동그라미가 쳐져 있었다. 이틀 전 날짜였다. 붉은 색연필로 그린 동그라미는 어둠 속에서 검게 보였다. 문을 열자 옆집 문 앞에 놓인 신문이 희끄무레하게 보였다. 여자는 신문을 가져다가 제 집 신발장에 올려놓고 문을 닫았다. 전등 없는 계단을 그녀는 발끝으로 더듬으며 내려갔다.

잔바람이 부는데도 공기는 차갑지 않았다. 등산화가 눈 속에 묻혔다. 이층 연립주택은 어둠 속에 잠들어 있었다. 읍내 국민학교와 중학교에 적을 둔 독신 교사 여덟명이 입주해 있었는데 방학을 맞아 도시로 돌아가거나 연수교육을 받으러 떠나서 사택에 남은 교사는 여자뿐이었다. 여자는 본가가 광주에 있었다. 이태 전 어머니가 떠나고 이제 그 집에는 오빠 가족이 살고 있었다.

여자는 국민학교 탱자 울타리를 따라 골목을 내려갔다. 우듬지를 가지런히 다듬은 탱자 울에 눈이 쌓여서 긴 성곽을 따라 걷는 기분이 들었다. 골목길에는 도랑처럼 눈이 쌓여 발목까지 올라왔다. 분주하게 새벽기도 간 신도들의 발자국들이 눈길 가운데로 나 있었다. 울 너머 테니스장에서는 인기척이 없었다. 매일 이 시간이면 5학년 담임인 윤과 예비군 중대장이 테니스를 쳤다. 이틀 동안 테니스장이 비어 있는데도 공을 치는 소리가 환청처럼 귓전에 맴돌았다. 여자가 두시간 남짓한 산책에서 돌아올 무렵이면 황토색 테니스장은 산란한 열기를 식히는 저녁 염전처럼 고요해져 있었다.

가끔 그녀는 울타리에 걸리거나 골목으로 넘어온 테니스공을 주워서 아무도 없는 코트로 던져놓고는 했다. 탱자나무 잎이 졌을 때 울타리 가시 틈에 단단히 박힌 테니스공이 눈에 띄었다. 여자는 공을 꺼내려고 탱자 울에 손을 밀어넣어보았다가 번번이 가시에 찔려서 물러났다. 이곳을 떠나기 전에 꺼낼 수 있을까? 탱자 울을 지날 때면 그 공이 문득 생각났고, 공은 이제 엄두를 못 내고 있는 숙제처럼 가슴에 얹혀 있었다.

여자는 발을 조심조심 내디뎠다. 때로 허방처럼 꺼지는 눈길을 밟고는 깜짝 놀라 국화를 품으로 바짝 끌어안고는 했다. 5년째 오르내린 길인데도 눈에 묻힌 길은 처음 걷는 길마냥 낯설었다. 탱자 울타리가 끝나고 민가가 나타났다.

대나무에 붉은 기를 건 점집 앞을 지나자 골목은 눈이 치워져 말끔했다. 오 의원 집 앞이었다. 의원 노인은 병원 앞을 비질하는 일로 일과를 시작했는데 여자는 왠지 그 집 앞을 지날 때마다 남의 영역에 들어선 짐승처럼 조바심이 나서 저도 모르게 종종걸음을 쳤다. 깨끗한 골목은 의원 노인의 자부심과 강박을 보여주는 것 같았다. 비록 다 키운 딸 하나를 잃었지만, 그는 두 아들을 의사로 길러냈다. 양의(洋醫) 삼대를 이어온 그의 가계를 주민들이 외경하는 눈길로 바라본다는 사실을 노인도 잘 알고 있을 것이다. 그는 학식 있고 점잖은 유지로서 처신을 해왔다. 그런데도 담처럼 쌓은 권위 너머로 결코 손을 내밀어 사는 것 같지는 않았다. 그런 고독은 토박이들에게 쉽게 눈에 띄지 않는 법이다.

병원과 잇대어 붙은 안채 마당에는 우람한 히말라야시다가 흰 눈을 둘러쓴 채 거대한 크리스마스트리처럼 서 있었다. 그 이국의 나무는 서구풍의 높고 짙은 녹색 지붕과 함께 오 의원 집을 도드라져 보이게 했다. 읍내에는 지방문화재로 지정된 향교라든가 홍예다리, 그리고 팽나무 보호수들처럼 유서 깊은 정물이 많았지만 오의원 집과 그 집 사람들이 풍기는 근대적인 정취가 더욱 고졸했다.

의원 노인은 학교에서 매년 유월에 갖는 안보교육 때 단골 연사로 초청되었다. 군의관으로 참전한 전력이 있었고, 통일주체국민회의 대의원을 역임하기도 했다. 여자는 아이들을 인솔하여 강당에 앉아서 그의 강연을 여러번 들었다. 여순사건 때 이 읍에 진주한 반란군 일파가 저수지에다가 총질하여 비오리를 잡다가 맥없이 진압을 당했다든가, 몇년 전 광주에서 일어난 소요는 깡패들이 저지른 소행인데 그들이 버스를 탈취해 주먹질로 버스 천장을 날렸다는 둥 맹랑한 얘기들을 올망졸망 앉은 아이들에게 태연하게 늘어놓았다.

여자는 첫 발령을 받았지만 교사 생활에 어떤 기대도 없었다. 오 의원 같은 사람이 이 지방에서 덕망 있는 유지로 행세한다는 사실이 너무 빤하지 않은가 싶었다. 그녀는 의원 노인을 통해 이 지방의 정서와 수준을 간파한 느낌이 들었다. 그녀는 과묵한 처녀였고, 겉으로는 더없이 차분하고 평안해 보였다. 그러나 내면 깊이에서는 냉소와 자학에 시달렸다. 그녀는 어느덧 5년을 이곳에서 보냈는데 이 지방에 적응했다기보다 자신을 벌주듯이 지냈다는 게 옳았다.

지난해 유월, 오 의원이 하던 말 가운데 여자의 가슴에 와 박힌 한마디가 있었다. "우리 같은 늙은이들은 죽음의 한가운데에서 살아왔습니다."

죽음의 한가운데에서 살아왔습니다…… 웬일인지 여자는 그 말에 들린 듯 며칠간 시름겨웠다. 반발하고 부정하고 싶은 가운데도 한편으로 제 마음이 공명하는 걸 느꼈다. 그녀는 그 말에 위무를 받고 있었고 그 사실이 당혹스러웠다. 늙은이는, 혹은 그 세대는 그 말을 허위나 엄살이 아닌 진실로 받아들이고 있는지도 몰랐다. 백번 양보해서 그들의 진의를 조금이나마 수긍한다 해도 그것은 사실 죽은 자들을 밑천 삼아 벌이는 말잔치가 아닐까 의심했다. 끔찍한 광주도 자신과 같은 입을 통해 반복될 것이다. 그래서 어느날에는 죽음 한가운데에서 살아왔다는 이 진실도 매가리도 없는 언사가 천지간에 꽉 찰 것이다. 그녀는 오소소 소름이 돋았다.

며칠 후 여자는 자기 반 아이들이 제출한 안보교육 참관 감상문을 건성으로 검사하다가 한 남학생의 작문에서 그 말을 다시 만났다. 그 말은 조금 변형되어 옮겨져 있었다. '원장님은 죽음을 피해서 살아온 분입니다.' 여자는 자신이 잘못 읽었나 싶어 다시 들여다보았다. 아이가 명백한 자의식을 갖고 의도적으로 변형했다기보다 잘못 쓴 게 분명했다. 열댓 문장으로 꾸린 작문을 다 읽어보아도 오기(誤記)가 틀림없었다. 여느 감상문처럼 오 의원의 강연을 요약해 옮기고 나라를 위해 희생하는 훌륭한 어린이가 되겠다는 판에 박힌 결말을 맺고 있었다.

그 아이는 염전 쪽에서 할머니와 단둘이 사는 불우한 학생이었다. 통학거리도 반 아이들 중에 제일 멀었다. 여자는 아이를 불러다가 첫 문장을 왜 이렇게 썼는지 물었다. 아이가 머뭇거리며 대답했다. "죽은 사람은 절대 안 돌아와요." 목소리는 작았으나 단호했다. "그건……" 여자는 정정해주고 싶었다. "그건 아주 어렵게 살아왔다는 소리야"라고 말하다 말고 여자는 주체할 수 없는 연민에 아이를 끌어안았다. 그래, 우리가 애타게 불러도 죽은 자는 돌아오지 않아. 누구를 향한 연민인지는 알 수 없었으나 그녀는 자신의 한쪽이 무너지는 느낌이었다. 아이는 난데없었는지 목에 힘이 들어가 뻣

뺏했다. 잠시 후 여자는 당황하여 아이를 놓아주었다. 그리고 그날 오후 교실 맨 뒤에 놓인 자신의 자리에 앉아서 자책했다. 말수 적고 웃음기 없으며 정서마저 불안정한 선생이 아이들은 얼마나 불편할까.

별안간 오 의원 집 담 너머에서 간짓대가 오르더니 히말라야시다 가지 하나에 쌓인 눈이 무너졌다. 눈바람은 담을 넘어와 여자의 얼굴에도 안겼다. 눈 털이는 다른 가지로 이어졌다. 여자는 도망치듯 골목을 벗어났다. 큰길로 나왔을 때 느닷없이 허공에서 천 한자락이 내려와 그녀의 얼굴을 훑고 갔다. 여자는 꽃다발을 떨어뜨렸다. 한쪽 매듭이 풀린 현수막이 바람에 나부끼고 있었다. 그건 지난 연말부터 군 일대에 일제히 내걸린 대통령 연두 순시를 환영하는 현수막이었다. 아직 대통령이 오지 않았으므로 현수막은 금세 고쳐 달릴 것이다. 그녀는 며칠 전 신문으로 '선진'과 '통일'을 주창하는 독재자의 신년사를 읽었다. 임기가 다한 자의 신년사답지 않게 어찌나 의기양양한지 마치 5년 전 취임사를 보는 것 같았다.

현수막이 흔들릴 때마다 높은 담과 그 너머 교정에서 눈바람이 일어서 눈이 다시 내리는 것처럼 보였다. 여자는 외투를 털고, 눈속에 던져진 꽃다발을 주워들었다. 꽃잎이 몇장 실없이 쏟아졌다. 그녀는 긴 시멘트 담벼락 밑으로 놓인 큰길을 바라보았다. 국민학교와 중학교 교문이 나란히 붙어 있었다. 중학교 교문 쪽 담장에서 양조장 앞까지 이 지방 사람들이 '제재(저자)'라 부르는 새벽시장이 열렸다. 반농반어 지역이라 이른 아침까지만 잠깐 열리는 시장에는 주로 푸성귀나 해물 들이 나오곤 했다. 지금은 겨울이라 그런지 푸성귀 내오는 농부들은 없고 생선이나 꼬막, 파래 따위를 내오는 바닷가 아낙들과 사시사철 붙박이로 나와 잡곡이라든가 말린 나물을 펼치는 할머니 두엇만 눈에 띄었다. 겨울 저자는 봄여름에 비해 규모가 반 이상 준 것 같았다. 저잣거리가 텅 비어 있었다.

여자는 담장을 따라 걸어갔다.

이틀 전 산책길에는 저자에서 남자의 어머니를 만났다. 더러 절에서 얼굴을 익힌 사이라 두사람은 고개를 숙여 인사했다. 항상 그렇듯 부기 오른 얼굴이 어두워 보였다. 노인은 제수를 장만하러 나온 길 같았다. 정초에 있는 아들 제사상을 차리느라 노인은 쓸쓸한 새벽길을 다녀가곤 했으리라.

노인은 시장바구니와 푸른 비닐봉지 하나를 양손에 나누어 들고 걸어갔다. 여자는 노인을 따라가듯이 한발짝 물러나 걸었다. 노인은 걸음이 빨랐다. 몸에 밴 농사꾼 걸음새일 수도 있었으나 그녀의 존재가 불편해서 의식적으로 서두르는 것 같았다. 아무래도 시골 사람들은 교사를 불편해하기 마련이었다. 우체국을 지나 읍 거리가 끝날 무렵 여자는 자신이 따라간다는 인상을 주고 싶지 않아 노인과 나란히 걸었다. 이내 여자는 노인에게서 시장바구니를 빼앗듯 받아들었다.

"운동 가는 길이에요."

차라리 절에 간다고 둘러댈걸, 하고 여자는 후회했다. 여자는 시골 사람들에게 산보 다니는 일을 들키는 게 무안했다. 민망한 짓 같았다.

"어여 주고 산보 갑세. 손에 뭘 들면 그게 운동인가, 일이제."

노인이 다시 손을 내미는 걸 여자는 시장바구니를 뒤로 돌렸다. 노인은 어쩔 수 없다는 듯 걸음을 떼었다.

"날이 많이 풀렸어요."

"소한이 지났응께. 해도 근일간 눈이 엄청 퍼붓는다든디 그도 걱정시럽네."

"그러게요."

두사람은 더 말없이 국도변을 나란히 걸어갔다. 인가가 끊기고 서리 내린 마늘밭과 보리밭이 펼쳐졌다. 남자네 집은 읍내 바깥 마을에 있었다. 노인은 걸음을 한결 늦추었다. 여자는 시어머니가 될 사람과 걷는 것처럼 두려움과 설렘으로 가슴이 뛰었다. 조그마한 심리적 변화에도 얼굴이 금세 달아오르는 여자로서는 제 얼굴이 홍당무처럼 빨개지지 않았을까 걱정이었다. 그녀는 마음을 들키지 않으려고 숨죽여 심호흡을 했다. 끝내 시어머니 자리처럼 편해지지 않았다. 한번도 상상하지 못한 일이었다. 여자는 말하지 않고 걸어보리라 공연한 다짐도 해보았다. 길이 갈릴 때 예사롭게 인사말이나 건네겠다는 상상까지 하고는 스스로 깜짝 놀라 노인을 힐끔거렸다. 노인 역시 입을 꾹 다물고 걸었는데 무슨 말이든 해야겠으나 도통 할 말도 없고 그럴 재간도 없다는 표정이었다.

"선상님이라고 하든디 중핵교에 계신 게라?"

"국민학교요."

234

"아…… 나넌 저기 비더리에 사요."

"네."

노인은 다시 입을 다물었다. 여자는 지난가을에 남자가 파혼했다는 소문을 들었다. 애초에 그에게 영혼결혼식을 올려준다는 소식을 듣지 못했던 터라 공양주 보살한테 파혼 얘기를 듣고는 깜짝 놀랐다. 혼처는 열여덟에 죽은 오 의원 집 딸이었다. 혼담이 오갔다는 사실만으로도 그녀는 그와 연애라도 한 사이처럼 상실감을 느꼈다. 마치 잠에서 억지로 깨어난 것처럼 멍했고 그 낯선 기분이 또 당혹스러웠다. 몇년간 절박했던 시간이 비현실적인 꿈처럼 그녀의 삶에서 간단히 지워져버리는 것 같았다. 새삼스럽게 남자를 향한 애틋한 마음이 그저 혼자 키워온 집착이며, 자신이 비정상적이라는 자각이 들 때는 괴로웠다. 자신의 진심이 맹목과 가식으로 스스로에게 농락당하는 기분이었다.

 몇해 전 그녀는 어느 산책길에 우연히 남자의 무덤을 처음 보았다. 그리고 곧 무덤의 주인이 광주에서 군인들에게 희생당한 청년이라는 사실을 알게 되었다. 시골길이 그렇지만 그녀의 산책은 어쩌면 무덤과 무덤 사이를 지나다니는 길이었다. 아무런 관계가 없고 사연도 모르는 무덤은 그저 두엄더미나 짚가리 같은 시골 정경에 지나지 않았다. 그러나 오가면서 남자의 무덤을 볼 때마다 자꾸 눈이 갔다. 불편한 마음이 맺혀서 풀리지 않았다. 처음에는 남다른 사연을 들어서 그렇겠거니 하고 생각했다. 점차 불편한 마음이 어디에서 오는지 스스로에게 묻지 않을 수 없었다. 머잖아 그녀는 자신이 어떤 악몽과 대면하고 있다는 사실을 깨달았다. 7년 전, 그녀는 대학생이었다. 그해의 살육은 그녀한테 아무 피해도 없이 지나갔다. 그런데도 교정은 물론이고 도시 전체가 상중(喪中)인 것처럼 그녀의 가슴을 짓눌렀다. 졸업과 함께 이 지방으로 발령을 받았을 때 그녀는 잠시 해방감을 맛보기도 했다. 그러나 그 마음은 오래가지 못했다. 그녀는 여전히 우울했다. 그의 무덤은 자신이 악몽으로부터 도망치지 못했다는 사실을 다시금 환기시켰다. 지나친 집착이 아닐까, 하는 의구심을 안은 채 여자는 간혹 길가에서 무덤을 오랫동안 바라보았고, 때로는 무덤가에 올랐다.

어느새 그의 무덤은 여자에게 어떤 추모탑과도 같은 존재가 되었다. 그녀는 그 무렵 일기를 다시 썼고, 일기는 얼굴 한번 본 적 없는 남자를 자꾸 불러냈다. 그의 기일을 알고 난 뒤로 그녀는 자신만의 의식도 가졌다. 기일 이틀 후에는 꽃을 사서 무덤에 올랐다. 다섯해 동안 기일에 눈이 내리기는 올해가 처음이었다.

그녀는 공양주 보살에게 남자가 왜 망월동에 묻히지 않았는지 물었다. 공양주는 남편의 폭력을 피해 여섯살 난 딸과 함께 암자에 몸을 의탁한 젊은 여자였다.

"총상으로 병원에서 이태를 누워 지내다가 죽었다지. 그래서 그냥 선산 근처에다가 둔 모양이야."

교사들 사이에서 들은 말로는 지방 유지인 오 의원이 유족들에게 망월동행을 만류했다는 소리도 있었다. 불가사의한 일은 저번 파혼을 주장한 당사자가 오 의원 집이라는 사실이었다. 혼렛날을 잡고 나서 그 집 부인이 시름시름 앓았고, 중매로 나선 점쟁이가 이르기를 신랑에게 여자가 있어서 딸애 영가(靈駕)가 동티를 낸 거라 하였다. 파혼을 한 당사자 집안에서, 그것도 신부네 입장이라면 그 책임을 곧이곧대로 전했을 리는 없을 것이다. 애초부터 서로 흠 많은 영가들이었다. 하나는 군인들이 쏜 총상으로 죽고 하나는 실연으로 열여덟에 약물을 마셨다. 비슷한 처지끼리 맺어주자고 해서 일이 추진되었겠지만 오 의원 집은 비록 제 딸이 입에 담기 힘든 사연으로 세상을 버렸어도 그런 남자와 짝을 지어주기는 찜찜했을 것이다. 여자로서는 그렇게 짚여왔다.

정작 여자가 충격을 받는 말은 죽은 남자에게 여자가 있다는 소리였다. 그녀는 마치 자신의 존재를 들킨 것만 같았다.

"죽기 전에 사귀던 여자가 있었던 모양이죠?"

"그래서 남자 집에서 펄쩍 뛰고 난리지. 말 되는 이유를 대야 말이지. 그 집 보살님은 아들이 생전에 여자친구 하나 사귄 적이 없다고 억울해하지. 근데 무덤에서 꽃다발을 놓고 가는 젊은 여자를 봤다는 사람도 있다우. 그런 혼사라는 게 산 사람들 장난짓 같아 보여도 이번에 보니 우리네 혼사보다 더 까탈스럽더라고."

여자는 깊은 혼란에 빠져서 남자 무덤으로 가는 발길을 끊었다.

마을길 입구에 다다라 헤어질 무렵, 노인이 버스 정류장으로 발걸음을 옮겼다. 잠시 쉬어갈 눈치였다. 여자도 시장바구니를 들고 노인을 따라 정류장 시멘트 의자에 앉았다. 노인은 주머니에서 주섬주섬 담배를 꺼내 물었다.

"선상님도 하실라오?"

"저는 못 배웠어요."

노인은 담뱃갑을 거둬들였다. 노인은 비로소 꼿꼿한 등허리를 둥글게 내려놓았다. 한결 느긋하고 편안하게 담배를 피웠다. 간혹 노인이 암자 아궁이 앞에 쪼그려 앉아 담배 피우는 모습을 먼발치에서 보았으므로 여자는 낯설지 않았다.

"입에 닿는 건 요것밖이 없어라. 늦게사 배왔제요. 내 일찍 보낸 자석이 하나 있는디 살아생전에 요걸 좀 했제라. 그놈 묏에 서면 줄 건 없고 꼭 하나썩 불 붙여서 올렸는디 그라다가 배왔소. 그러니께 요것이 아덜한테 배운 거제라. 아덜이 지 에미 불쌍하다고 약을 줬다고 얘기요, 나넌."

노인은 한숨처럼 담배 연기를 내뱉었다. 잠시 후, 노인이 반이나 탄 담배 불똥을 끊어내고 일어났다. 노인은 헛생각에서 깨어난 사람처럼 서둘렀다.

"인저 가세라. 참 아슴찬했소."

여자는 노인의 어깨에서 흘러내린 목도리를 멈칫거리는 손길로 매만져주었다. 노인은 다소 심술궂어 보이는 입매 한쪽을 씰룩였다.

노인은 장거리를 챙겨서 길을 건넜다. 여자는 노인이 길 건너 농로로 접어드는 모습을 바라보았다. 농로는 야산으로 이어졌고, 그 산 너머에 노인이 가는 마을이 있었다. 여자가 남자의 무덤에 담배 올리는 일을 버릇한 것도 무덤 앞에서 담배꽁초를 보고 나서였다.

비석도 없는 무덤 앞에 얼굴만 한 돌멩이가 놓여 있고, 종종 돌 위에 타들다 만 담배꽁초가 눈에 띄었다. 유족들이 한 짓이라 짐작했지만 그의 아버지나 형제들로 여겼지 어머니가 올린 담배인 줄은 꿈에도 몰랐다. 노인이 산길로 숨어들어 보이지 않을 때까지 여자는 정류장에 서서 지켜보았다. 이제는 자신이 정말 떠난다는 사실이 실감되었다.

여자는 읍내를 벗어나 눈 덮인 도로를 걸어갔다. 마늘밭과 보리밭이 지워지고, 제 발걸음 소리만 뽀드득거릴 뿐 세상은 적요 속에 잠겨 있었다. 새벽기운이 내려 사물들이 돋고 있었다. 여자는 아주 낯선 길을 걷는 기분이 들었다. 등산화 목으로 물기가 스며서 양말이 점점 척척해졌다. 꽃으로 한손이 묶여서 몸이 기우뚱할 때마다 눈길에 손을 짚어 균형을 간신히 잡고는 했다. 여자는 걸음을 세우고 뒤를 돌아보았다. 제 발자국이 총총히 박혀 있었다. 자신이 길을 더럽혀놓은 것 같았다. 그렇지만 무덤으로 갈수록 마음이 한결 홀가분해지는 것도 사실이었다.

정류장에 앉아 그녀는 잠시 쉬었다. 날이 트여왔다. 대기는 무거운 잿빛에 눌려 있었다. 해가 뜰 것 같지 않았다. 여자는 외투주머니에서 담배를 꺼냈다. 불을 붙이며 한모금 빨고는 기침을 했고, 이내 땅바닥에 비벼서 꺼버렸다. 여자는 일어섰다.

절 표지석이 나오자 여자는 도로를 버리고 산길로 올랐다. 소나무 길이 펼쳐졌다. 암자가 든 산은 그리 높지 않았다. 암자는 한길에서 채 삼백여 미터도 떨어지지 않은 산 중턱에 있었다. 그에 비해 암자 뒤로 난 등산로는 꽤 멀었는데 산을 서편으로 에돌아 능선으로 연결되었고, 능선을 넘으면 국민학교 운동장이 나왔다. 산등성이에서는 염전과 바다가 내려다보였다. 예전 이 지방 아이들은 그 산등성이로 소풍을 오곤 했다고 하였다.

여자는 길을 오르다가 동편 등산로로 벗어났다. 이내 숲길이 끝나고 꽤 너른 구릉지가 나왔다. 개간한 밭이 설원처럼 펼쳐졌다. 들깨 그루터기가 성성한 밭으로 꿩 두마리가 발 시리게 돌아다녔다. 숲과 잇닿은 밭 가장자리에 눈 한무더기가 봉긋이 솟아 있었다. 그녀는 가슴이 벅차올랐다. 만난 적은 없지만 그리운 사람이 비밀처럼 누워 있었다. 여자는 숲길 끝에 서서 숨을 골랐다.

그녀는 흐득, 흐느낌처럼 숨을 토해내고 밭둑으로 내려섰다. 그러다가 주춤 물러섰다. 그녀는 다시 발걸음을 내딛었다가 거두어들였다. 아무도 걷지 않은 눈길이 여자를 밀어냈다. 비로소 여자는 저 눈길을 걸어가 남자에게 국화를 건네고 담뱃불을 붙여줄 수 없다는 사실을 깨달았다. 그녀는 무덤에다가 제 흔적을 남긴 적이 없었다. 담배 상표도 그이 어머니가 남긴 것과 같았고, 다음 걸음에는 꽁초를 꼭 치웠다. 혹여 그의 부모나 형제가 발자국을 발견한다면 어떨지 상상이 가지 않았다. 예상치 못한 상황에 여자는 황망했다. 눈이 더 내려준다면 모를까 여자는 할 게 없었다. 그저 강처럼 막아선 설원을 막막하게 바라볼 뿐이었다.

여자는 힘없이 돌아섰다. 눈두덩이 뜨거워졌다. 뒤에서 옷자락을 잡아당기는 것만 같아 여러번 발걸음을 세웠으나 고개를 돌릴 수 없었다.

풍경 소리가 희미하게 들려왔다. 승이라고는 비구니 하나뿐인 자그마하고 빈한한 암자였다. 살림을 돌보는 공양주 보살 모녀 그리고 그 아이와 친구처럼 늘 붙어다니는 누렁이 한마리가 절 식구의 전부였다. 하월(河月)이라는 젊은 비구니는 이태 전에 주지로 왔다. 삼십대인지 사십대인지 가늠이 가지 않는 얼굴이었다. 안경 낀 갱핏한 얼굴이 고요했다. 여자는 예불을 드리지 않았으므로 서로 무릎을 대고 앉아 말을 섞어본 일이 없었다. 먼발치에서 합장이나 하고 스칠 때마다 여자는 어린 언니를 대하는 것만 같아 묘한 감상에 젖기도 했다. 승방에 어울리는 사람이 따로 있을까마는 간혹 앳된 수녀와 비구니를 만날 때 드는 속절없는 비감처럼 속계로 불러내고 싶은 충동이 일었다. 옛 주지가 승방을 활짝 열어놓고 지냈다면 하월은 흰 고무신 한켤레 댓돌에 내놓고 항상 문을 닫고 지냈다. 불자들은 학승이 왔다고 소곤거렸다. 공양주 보살은 "누렁이하고나 동무를 할까, 절이 하도 조용하니 내가 성불하겠다"라며 적적한 마음을 드러내곤 했다. 하월이 온 뒤로 손 없는 경내가 더 적막해져서 산책하듯 다녀가는 여자로서는 마음이 한결 한갓졌다.

하월이 오기 전에는 원로의 비구니가 절을 지켰다. 그야말로 시골 노인네처럼 속가의 온갖 금기를 불법처럼 따랐다. 해 지면 사립을 꼭꼭 닫아걸고, 경내의 샘물을 마을 공동우물 단속하듯이 해댔다. 술과 고기 먹고 온 입들이 물바가지에 입을 댄다고 잔소리를 늘어놓았으며, 경내에서 뛰어다니는 아이들에게는 지팡이를 흔들어댔다. 공양주들을 눈에 난 며느리 다루듯 닦달해서 오래 버티는 보살이 드물었다. 한번은 여자가 무심코 관음전에 들었다가 불전함을 손댄 도둑으로 몰리기도 했다. 치매기가 심해져서 돈을 여기저기에 숨기는 바람에 보살들이 찾느라 애를 먹었다. 끝내 노승은 병원으로 옮겨서 한해 전에 입적했다.

여자는 절문 돌계단 한편에 국화를 올려놓고 마당으로 들어섰다. 관음전 오르는 마당까지 눈을 치워 오솔길이 나 있었다. 터를 한단 더 올린 곳에 관음전이 있고, 아랫마당 좌우에 단칸 요사 두채가 나란히 맞보고 있었다. 스님과 보살 모녀가 마주보고 살았다. 승방 딸린 왼편 요사 정주간에서 김이 모락모락 새어나왔다. 요사 뒤뜰에서 개가 짖으며 뛰어나왔다. 그녀는 늘 그렇듯 샘에서 물 한 모금으로 더운 속을 식혔다.

"박 선생!"

공양주 보살이 정주간에서 내다보고 손짓을 했다. 아궁이 불 쐬는 승방은 닫혀 있었다. 노상 신발 놓여 있던 댓돌은 허전했다.

보살은 기다린 사람처럼 젖은 손으로 여자의 소매를 끌었다. 훈김 자욱한 정주간은 훈훈했다.

"눈길에 막혀 못 오나 하고 걱정했어."

항상 숨죽여 말하던 보살이 전에 없이 들뜬 목소리로 맞았다. 그러고 보니 얼굴에 분기가 오르고, 입술은 립스틱을 발라 붉었다.

"어디 가세요?"

여자가 늘 하던 대로 목소리를 한껏 낮추어 물었다. 보살은 수줍게 눈길을 피했다.

"어딜? 누가 전에 선물한 게 있어서 한번 발라본 거지."

"고우세요. 종종 하세요."

"누가 본다고 해. 눈이 와서 싱숭생숭해서 한번 해본 거야. 그나저나 길은 좀 다닐 만해?"

"글쎄 말예요. 떠나기 전에 한번 다녀갈까 하고 왔어요."

"참 방학했으니 집에 다녀와야지."

"전근이오."

여자는 속삭이듯 말했다. 보살이 눈을 동그랗게 떴다.

"전근을 간다고? 세상에, 어디로 가는데?"

"나주요."

"아이구나, 먼 데로도 가네."

그러면서 보살은 찬장을 열어서 분홍 보자기로 싼 보따리 하나를 내놓았다. 보따리는 제법 묵직했다.

"어저께 아침부터 받아놓은 음식인데 제때 못 전할까봐 걱정이 이만저만이 아니었어. 저기 아랫마을에 사는, 거 왜 있잖아, 광주에서 아들 잃었다는 보살님 말야. 박 선생 전해달라고 두고 가셨어."

"저한테요?"

여자는 학부형한테 선물이라도 받은 것처럼 불편했다.

"요맘때가 그 집 아드님 기일이잖아."

여자는 아뜩해서 가만히 보자기를 내려다보았다.

"참 그 집 아드님 말야, 다시 장가들게 생겼어."

"누구하고요?"

"전에 혼담 오간 병원 집 따님하고 다시 좋게 됐다나 봐. 해 바뀌기 전에 서두른다고 바쁜데. 명부전에 영정이랑 사주단자가 벌써 와 있어."

이 암자에는 명부전이 따로 없었다. 삼신각이 명부전 역할을 했다. 여자는 어디든 앉고 싶어서 아궁이 앞으로 갔다. 여자는 축축해진 바짓가랑이를 털었다.

"아이구, 다 젖었네그래."

보살이 보조 나무의자에서 함지박을 치우고 아궁이 앞으로 밀어주었다. 여자는 엉덩이를 앉히고 등산화 끈을 풀었다.

"스님도 어제 못 들어오셨어. 길 사정 봐서는 어디 오늘이라고 여의하겠어?"

보살이 힐끔 바깥을 내다보았고 여자도 눈길이 따라갔다. 솔숲 능선에서 눈바람이 안개처럼 부옇게 피어나서 암자로 날려왔다.

"어디 멀리 출타하셨어요?"

"속가에 가셨어. 친정어머니가 위독하시나 봐."

보살이 무심코 없은 친정어머니라는 말이 생경하고 아득했다. 여자는 등산화를 벗은 두발을 아궁이 앞에 세웠다. 그녀는 보따리를 무릎에 올리고 매듭을 풀었다. 마른 생선찜 서너가지와 데친 꼬막, 그리고 박나물과 도라지나물 따위가 찬합에 정갈하게 담겨 있었다. 그릇을 기웃이 내려다보며 보살이 말했다.

"음식을 따로 나눈 걸 보면 그래도 정 선생이 그 할머니한테 잘

보였던가 봐. 통 누구한테 정 주는 노인이 아니잖아. 그나저나 이사
는 언제 간데?"

"이틀 뒤예요."

"이렇게 갑자기 가니 섭섭해서 어떻게 해."

여자는 외투주머니를 뒤적거려 포장한 과자를 꺼냈다.

"초콜릿이에요. 여진이는 아직 자나 봐요?"

"맹랑한 것."

"혼내지 마세요. 저번에 누렁이 쓰다듬게 해주는 조건으로 제가
약속했거든요."

"그래서 선생님 보살은 왜 산타할아버지처럼 잠잘 때만 다녀가
느냐며 투정을 부렸구만. 그년 일어나면 입이 찢어지겠네."

보살은 선물을 받아서 선반에 올렸다. 양말에서는 김이 모락모
락 피어났다. 여자는 녹을 듯 노곤해졌다. 여자는 처지는 몸을 세워
발에 등산화를 꿰었다.

"벌써 가게?"

"그릇을 돌려드리지 못할 것 같은데, 죄송하지만 어디에다가 싸
갔으면 싶은데요."

"참 그렇겠네. 잠시 기다려."

보살은 음식들을 한지와 비닐에다가 나누어 싸고 그것을 종이봉
투에 담아서 건네주었다. 여자는 빈 찬합 위에 담배와 라이터를 밀
어넣고 보자기를 묶었다.

마당으로 나서자 보살이 누룽지를 담았다고 비닐봉지 하나를 더

안겼다. 여자는 짐이 가득한 두손을 들어 보였다. 보살이 마당을 가로질러 제 처소로 종종걸음을 쳤다. 보살은 작고 낡은 배낭을 내왔다.

"이건 밤이랑 도토리 줍던 가방이니까 안 돌려줘도 돼."

여자는 배낭에 음식들을 넣고 어깨에 멨다. 둘은 계단 앞에서 인사했다.

"오늘은 함부로 산길로 들지 마."

"애들 졸업식 때 한번 다녀갈게요."

여자는 돌계단을 내려와 국화를 챙겼다. 그녀는 절 뒤꼍으로 난 산길을 따라들어갔다. 여자는 남자와 오 의원 집 딸을 사진으로 본 적이 있었다. 그녀가 몸담은 국민학교 졸업생들이라 서무과에서 졸업 앨범을 뒤적거려 쉽게 확인할 수 있었다. 두사람은 사년 차이를 두고 졸업했다. 서로 존재를 아는 사이인지도 몰랐다. 남자는 빡빡머리에 그저 순진해 보이는 시골 소년이었고, 반면에 블라우스 차림을 한 소녀는 한눈에 봐도 곱게 자란 티가 났다. 그 사진으로는 청년으로 자란 두사람이 그려지지 않았다. 살아 있다면 이제 막 서른하나와 스물일곱이 되었을 것이다. 신부는 그녀보다 한살이 어렸다.

삼신각은 문이 자물쇠로 채워져 있었다. 여자는 문틈으로 안을 들여다보았다. 어둠이 짙게 고여 있었다. 탱화와 그 앞에 설치된 불단이 흐릿하게 보였다. 불단에는 불물만 보일 뿐 유품이나 위패 따위는 보이지 않았다. 아마 영가의 제단은 건물 측면에 따로 설치되어 있는가보았다. 그녀는 삭아서 닳은 창호 구멍으로 다시 안을 들여다보았다. 오른쪽 벽면으로 위패들이 놓인 제단이 보였다. 그리고 그 속에서 여자는 영정 사진틀을 발견했다. 빗겨 선 사진틀 속 흑백사진으로는 머리를 두갈래로 땋은 여자의 윤곽만 짐작될 뿐 이목구비가 선명히 보이지는 않았다. 신부를 보았다고 할 수 없었다. 그녀는 구멍에 눈을 박고 오랫동안 들여다보았다. 이내 여자는 자신이 부질없는 짓을 하고 있다는 자괴감이 들었고, 문에서 물러났다. 그녀는 삼신각 토방 한편에 국화를 내려놓았다. 그녀는 합장했다.

"그이는…… 무척 책임감이 강한 사내예요. 어릴 때 꿈은 교사일 때도 있고 군인일 때도 있었지만, 대학에서는 배를 만드는 엔지니어가 되려고 공부 중이었어요…… 이 고장에서 많이 나는 서대찜과 매생이를 좋아했어요. 아 참, 어머니가 만들어주는 식혜도 참 좋아했어요. 다정다감했지만 한번도 연애를 해본 적은 없고요. 여자 앞에 서면 말을 더듬는 습성도 있어요."

여자는 눈시울이 붉어졌다.

"……목숨 걸고 사랑해본 당신, 부디 행복하길 빌어요."

그녀는 삼신각에서 몸을 돌렸다.

정류장으로 내려와서는 잠시 정처를 몰라 우두커니 서 있었다. 외출이 끝났다는 생각에 왠지 서글프고 허전했다. 작별인사를 나눌 사람들이 더 남은 것만 같았다. 그러나 그 대상이 선뜻 떠오르지 않았다. 머잖아 그녀는 아무도 없다는 사실을 깨달았다.

그녀는 읍내 반대 방향, 바닷가 쪽으로 발걸음을 떼었다. 염전에서 할머니와 함께 단둘이 사는 아이는 지난주에 과학캠프에 참석하느라 인근 도시로 떠나고 없었다. 그녀는 사비를 털어 아이를 그곳으로 보냈다. 애 할머니는 아이 걱정으로 근심이 많았고 그녀는 아이가 중학생이 되어도 돕고 싶었다. 이사 날짜가 잡혔을 때 여자는 졸업 기념으로 뭔가를 사주고 싶었고, 이내 따로 돈을 챙겨주는 게 낫겠다 싶어 봉투를 만들어서 주머니에 넣었다. 그런데도 며칠째 발걸음이 선뜻 떨어지지 않았다.

그녀는 삼십분을 농로로 걸어 염전에 닿았다. 해무가 짙고 눈길은 질척였다. 1호, 2호, 3호로 이어지는 홋집들이 방죽을 따라 나타났다. 무른 방죽을 삽으로 치는 소리가 안개 속에서 들려왔다. 가정방문을 하느라 한번 와본 적이 있지만 똑같은 외관을 한 집들이 늘어서 있고, 안개가 짙어서 아이 집을 쉬 찾을 수가 없었다. 그녀는 헤매듯이 갯벌 길을 걸어갔다. 누군가 그녀 앞에 불쑥 나타났다. 사내도 놀라기는 마찬가지인 듯싶었다. 낯빛이 붉은 사내는 밭에서 막 뽑은 푸른 마늘줄기 서너개를 손에 쥐고 있었다. 우북한 흰 뿌리에는 흙덩이가 엉겨 있었다. 여자는 아이 이름을 대고 집을 물었다. 사내는 손가락으로 여자가 선 뒤쪽을 가리켰다. 그리고 성큼성큼 걸어갔다.

막 지나온 집이었다. 노인은 부엌에서 아침을 준비하고 있었다. 처음에는 여자를 기억하지 못했다가 아이 선생이라고 밝히자 반색하며 여자를 조그만 방으로 맞았다. 이부자리 끝을 당겨 무릎을 덮어준 노인이 말했다.

"식전일라. 내 금방 상을 차려요."

그리고 문 앞에 멀뚱히 선 사내에게 마을 사람들을 데려오라고 말했다. 사내는 손에 쥔 마늘줄기를 노인에게 넘기고 사라졌다. 여자는 배낭에서 포장한 음식들을 꺼내서 부엌으로 나갔다.

"여서 삼동 나는 인부덜 몇이 있어서 거기들 밥을 대고 있제요."

조촐한 밥상이 두개 차려지고 조만간 인부들이 들어섰다. 남자 노인과 청년과 아까 길에서 만난 장년이 방으로 들었다. 마늘줄기를 넣은 된장국을 놓고 조금은 어색한 식사를 했다.

"선상님, 그놈한테서 핀지가 다 왔당께요."

노인이 벙글대며 말했다.

"똑 용해 죽겄어라. 갸가 내 품으로 온 뒤 떨어진 건 첨이지라."

그러자 털모자 쓴 청년이 건넛상에서 말했다.

"걔가 애예요, 아랫도리에 털도 검실검실 비치는디?"

"슛, 처녀 선상님 앞에 두고 한다는 소리가 똑……"

노인은 눈을 흘기고는 둘러서 여자의 눈치를 살폈다.

"그래도 아적 애기여. 함씨 가심 더듬고 자는 애랑께."

사내들이 웃었다. 여자가 말했다.

"저한테도 편지가 왔어요."

"그래라? 여튼 갸는 선상님을 똑 지 에미처럼 예기니께. 불쌍한 것."

금세 노인이 틀고 앉아 치맛자락으로 눈구석을 훔쳤다.

식사가 끝나고 인부들이 물러갔다. 여자는 이십여분을 더 앉아 있었다. 불편한 자리였다. 노인은 그저 아이 장래 걱정뿐이었다. 여자는 교사로서 할 수 있는 위로와 격려의 말을 건넸다. 이런 자리가 왠지 여자는 신물이 났다. 여자는 전근 소식을 전하고 싶은 마음마저 일었다.

"인저 언제 꺼질지 모르는 몸뚱이라 노상 그거이 걱정이제라. 나 가불면 누가 갸를 거둬 먹일랑가 생각하믄 잠이 안 와라. 그래 내 하는 말인디, 처녀 선상님한테 할 소리는 아니요만, 갸를 아들로 삼으믄 안되겠소?"

여자는 사레들렸다.

"아이참, 아직 정정하신데 무슨 말씀이세요? 애 다 커서 호강하도록 사실 거예요. 걱정하지 마세요. 워낙 붙임성 있고 똑똑해서 잘 자랄 거예요."

"암튼 선상님만 믿을라."

여자는 주머니에서 봉투를 꺼내 방바닥에 놓았다.

"이제 중학교 들어가자면 가방이랑 참고서도 사야 할 거예요. 제가 사서 졸업식 때 주려고 했는데 직접 해주시면 더 좋겠어요."

"참, 선상님도……"

노인이 여자의 손을 끌어 잡았다.

아이 집에서 나오니 눈발이 비쳤다. 여자는 염전을 서둘러 나오다가 농로에서 발을 삐끗했다. 그녀는 땅에 주저앉았다. 오른쪽 발목이 아릿했다. 그녀는 발목을 놓고 가만히 일어나보았다. 오른 발목 바깥이 딛기 힘들 만큼 당겼다. 발을 디딜 때마다 통증이 전류처럼 허리로 타고 올랐다. 그러나 점차 그녀는 개운한 느낌에 사로잡혔다. 제 몸이 제 몸 같다는 느낌. 통각은 몸을 깨웠다.

여자는 읍내로 들어 절뚝거리며 오 의원을 찾아갔다. 처음 방문이었다. 간호사도 없고 대기실도 없는 진료실은 텅 비어 있었다. 문에 달린 종이 울렸지만 내다보는 사람이 없었다. 주민들은 진료실 뒷문을 열고 의사를 부르고는 했을 것이다. 여자는 진료실을 둘러보았다. 난로에서는 땔감이 타고 있었지만 공기는 썰렁한 편이었다.

안채 마당 쪽에서 인기척이 들렸다. 여자는 뒷문으로 걸어갔다. 히말라야시다 그늘이 깊은 작은 마당은 우중충했다. 작은 손수레에 눈을 퍼 담고 있던 의원 노인이 우두커니 여자를 바라보았다.

여자의 발등은 부어올라 있었다. 상처 부위는 신발과 두꺼운 양말에 눌려 죽은 살갗처럼 희었다. 의원 노인이 만질 때마다 처음처럼 통증이 살아났다.

"곧 퍼렇게 멍이 들 게야. 발을 높이 두고 자요. 돌아다니는 건 안 좋아. 정 힘들면 아스피린 드시고, 염좌가 생기면 안되니까 며칠 나와보오."

노인은 소염제를 바르고 붕대를 감아주었다. 노인은 핏기 없는 손을 미세하게 떨었다. 피부가 말가니 좋은데 뺨으로는 검버섯이 피어 있었다.

여자가 신발을 신고 고개를 들었다. 다시 노인이 빤히 쳐다보았고, 여자는 민망해서 눈길을 피했다. 노인이 무슨 생각을 하는지 여자는 알 것 같았다. 딸 또래의 처녀를 앞에 두면 늘 저런 눈길이 될 테지. 노인은 여자의 짐작보다 훨씬 노쇠했다. 여자는 짓궂은 마음이 들었다. 딸 얘기를 꺼내서 고통을 보고 싶었다.

벌떡 일어났다. 잠시 쉬어서 그런지 도망치고 싶어선지 여자는 발 딛기가 고통스러웠다. 신음을 토해내자 노인이 자리에서 일어서서 손을 뻗었다. 그러나 이내 손을 거두고 걸어나가 문을 열어주었다. 생각보다 어깨가 좁고 구부정했다. 여자는 눈 내리는 길로 나섰다. 노인은 딱 거기까지라는 듯 문 너머에 버티고 서서 물었다.

"좀 걸을 만하오?"

여자는 고개를 끄덕였다. 인사하고 돌아서자니 노인이 뒤에서 말했다.

"산 것도 없고 죽은 것도 없는 시절이지."

여자는 돌아보았다. 뒷짐 진 노인이 하늘을 올려다보고 있었다. 여자와 눈길이 마주치자 노인이 역시 중얼거리듯 말했다.

"눈 오는 거 보자니 그렇다는 거요."

여자는 제 심사가 얄미워서 마음이 울적해졌다. 노인은 여전히 현관에 서서 어린것을 배웅하는 사람처럼 서 있었다.

오후 내 여자는 사택에 머물며 짐을 꾸렸다. 일기장과 편지가 라면상자를 반이나 채웠다. 여자는 상자를 들고 학교 소각장으로 절뚝거리며 갔다. 오래전부터 발을 전 느낌이 들었다. 그녀는 불길에 편지를 던져넣고, 일기장을 들춰 보며 태웠다. 그의 생활기록부를 찾아본 이야기, 무덤을 다녀오고 먼발치에서 그의 노모를 만난 이야기, 그리고 읍 사람들이 남자에 대해 하던 이야기들이 기록되어 있었다. 그녀는 다섯권의 일기장을 불길에 던졌다. 불길이 잦아들자 눈을 그러모으다가 잿더미를 덮었다.

그녀는 탱자 울을 따라 걷다가 테니스장이 바라보이는 골목에서 발길을 세웠다. 허리를 굽히고 탱자나무를 들여다보았다. 눈 덮인 울타리 틈으로 테니스공이 그대로 박혀 있었다. 그녀는 탱자나무 새로 손을 밀어넣었다. 가시가 손등을 찔렀다. 그녀는 신음을 뱉으며 손을 빼냈다. 손등에 핏방울이 맺혀 올랐다. 그녀는 다시 울타리에 손을 집어넣고 눈을 감았다. 안간힘을 다해 손을 밀어넣었다. 손끝에 공이 닿았고, 그녀는 힘껏 밀었다. 테니스공은 탱자 울 밑으로 떨어졌다. 손등에서 서너점의 핏방울이 맺혀 올랐다. 여자는 손수건으로 오른손을 감쌌다. 그녀는 허리를 굽혀 공을 주워들었다. 눈을 털어내자 테니스공은 노랗게 색이 바래 있었다. 여자는 이제 공을 어떻게 해야 할지 몰라 가만히 서 있었다. 그녀는 까치발을 하고 테니스장을 건너보았다. 통증이 올라 골반이 쑤셨다. 그녀는 공을 울안으로 힘껏 던졌다. 공은 테니스장으로 떨어져 가뭇없이 눈속에 박혔다.

여자는 남의 집 보듯 눈으로 뒤덮인 사택 마당을 들여다보았다. 새벽길을 나선 제 발자국은 지워지고 없었다. 피로감이 온몸을 내리눌렀다. 오랜 여행에서 돌아온 기분이 들었다. 여기저기서 큰 죄를 짓고 돌아온 마음이었다.

여자는 집으로 들자마자 쓰러지듯 무너졌고 곧 잠들었다.

누군가 문 두드리는 소리에 눈을 떴을 때는 사위가 어둠에 묻혀 있었다. 꿈인가 싶었지만 다시 조심스럽게 노크 소리가 들려왔다. 여자는 불을 켜지 않은 채 현관으로 다가갔다.

"맞게 찾아왔네요."

암자의 승 하월이 합장했다. 털모자와 어깨 위에 눈이 올라 있었다. 여자는 얼른 길을 터주었다.

하월은 추위에 떠는 아이처럼 몸을 부르르 떨었다. 야윈 얼굴이 파리했다. 여자는 하월을 방으로 맞아들였다. 이불을 끌어다가 몸에 둘러주었다. 하월은 이불을 여미고 몸을 잔뜩 웅크렸다. 방을 둘레둘레 보더니 붕대 감은 여자의 발목으로 시선을 떨어뜨렸다.

"마실 걸 내올게요."

여자는 황급히 몸을 돌렸다.

국화차를 내왔을 때 하월은 모로 누워 눈을 감은 채 앓는 소리를 냈다.

여자는 이불을 당겨 여며주었다. 이내 하월은 잠이 든 것 같았다. 여자는 가만히 들여다보았다. 입술이 파랗게 얼고 부르터 있었다. 안경 너머로 왼쪽 눈 아래에 작은 점이 있었다. 눈물점이 있으면 울 일이 많다는데…… 여자는 오랫동안 헤어져 있던 자매가 돌아와 눈앞에 누워 있는 것 같았다. 그녀는 하월에게서 안경과 목도리를 벗겨서 머리맡에 두었다.

여자도 하월 옆에 가만히 누웠다. 하월이 뒤척이더니 앓듯이 흐느꼈다.

"스님!"

여자는 하월을 꼭 껴안았다. 하월은 가만히 품속에서 흐느꼈다. 여자도 맥없이 울음이 터졌다.

이부자리 쓸리는 소리에 여자는 설핏 잠에서 깨어났다. 하월이 어둠 속에서 옷을 여미고 조용히 일어섰다. 여자는 다시 눈을 감았다. 하월이 거실을 가로질러 신발을 더듬어 신고 문을 나설 때까지 여자는 숨소리마저 삼키고 가만히 누워 있었다. 뒤창을 치며 바람이 지나갔다. 아직 새벽이 오려면 먼 것 같았다. 얼핏 코끝에 국화 향이 풍겨왔다. 정말 스님이 다녀갔을까. 누운 자리가 생시인지 꿈인지 의문스러웠다. 여자는 이불을 어깨까지 끌어올렸다. 이불의 온기와 익은 촉감이 생생했다.

지워진 풍경

아들이 차에서 내리는 동안 노인은 묵묵히 기다렸다. 오후 내 운전대를 잡느라 낮잠을 거른 노인은 어디든 드러눕고 싶게 곤하였다. 아들은 낡은 개인택시의 뒷문을 잡고 마임배우 같은 짓을 하고 있었다. 차에서 더 내릴 사람이 없는데도 손잡아주는 시늉을 하는가 하면 상대를 끌어 세우는 몸짓을 할 때는 얼굴에 핏기까지 몰렸다.

아파트 주차장으로는 오후 네시의 햇살이 비끼고 있었다.

가까운 공원 숲에서 날아든 버드나무 꽃가루가 봄볕 속을 부유했다. 볕이 미만한 대기는 아주 적나라하면서도 왠지 뿌연 느낌을 자아냈다. 노인은 자신이 마치 이런 모순된 느낌 속에서 살아온 듯싶었다. 그는 아들을 바라보았고, 어쩔 수 없이 맥맥했다. 아들은 유령이나 투명인간과 팔짱을 낀 것 같은 우스꽝스런 자세로 서서 핏기 없는 얼굴로 아파트 단지를 낯설게 둘러보고 있었다. 볕 아래로 드러난 벗어진 이마는 더 주름지고 메말라 보였다. 가늘고 성긴 머리가 희끗했는데 사십대 중반에 벌써 머리가 세는 건 내림이었다.

청년의 자취가 사라지고 없는 아들을 노인은 낯설게 바라보았다. 아들에게서는 육친적인 실감은커녕 사람으로서도 남남이라는 의식보다 더 아득하고 낯선 느낌이 들었다. 생을 거듭하며 옮은 연(緣)의 무게가 온몸에 안긴다는 설법을 라디오에서 들은 게 어제였던가, 그제였던가? 라디오가 아니라 증심사에 가는 스님을 태웠다가 들었던가. 여하간 이 짧으나 신비로운 느낌은 사무치게 쓸쓸한 마음을 불러일으켰다.

아들이 데려온 저 아이하고도 함께 지내야겠지.

무슨 다짐처럼 노인은 중얼거렸다. 아들을 병원에서 데려다가 주말을 보내기로 마음먹은 며칠 동안 여러번 되풀이한 생각인데도 그는 아들의 병적인 몸짓을 대할 때마다 처음인 듯 긴장되었다.

노인은 아들과 눈길이 마주치자 성끗 웃었다.

"아파트가 들어서서 몰라보겠지? 몰라볼 게야. 나도 겨우 알아봤는걸."

노인은 아파트를 휘둘러본 다음 후문 쪽으로 눈길을 던지며 말했다.

"아마 저기 경비실 자리쯤일 게야. 길 건너 공원으로 팽나무가 보이잖니?"

이차선 도로를 건너 공원의 오래된 돌담이 있었고, 보호수인 팽나무는 스스로 담장의 일부를 이룬 채 검은 가지를 하늘로 한껏 펼치고 있었다. 노인은 한결 생기 있는 목소리로 말했다.

"우리 집 옥상과 마주해 있던 그 팽나무지. 나도 저걸 보고서야 헐린 집 자리를 기억해냈지 뭐냐."

수년 새 알아보기 힘들게 변한 도심의 풍경 속에서 팽나무만은 변하지 않은 듯했다. 나무는 공원 한편에 세워진 고려의 돌탑처럼 이 도시의 유물처럼 보였으며, 보호를 받으며 가까스로 지켜진 느낌을 불러일으켰다. 노인은 자연스레 기도하는 심정이 되어 아들의 초점 없는 눈을 들여다보며 너와 내가 바뀔 수 있다면, 하고 입에 붙은 염불처럼 신음을 삼켰다.

이윽고 노인은 땅바닥에 놓인 두개의 여행용 가방을 들었다. 아들은 예의 동행인을 부축하듯 조심스런 걸음새로 노인을 따랐다.

아파트에서는 새집 냄새가 코끝에 감겨왔다. 광고지로 도배된 승강기뿐 아니라 노인이 열어젖힌 803호 현관에서도 새집 냄새가 풍겼다.

"뭐 하니, 어서 들어오지 않고?"

아들은 마치 남의 집 현관에 선 듯 발을 선뜻 들이지 않았다. 노인이 손짓했다. 마침내 아들이 움직였다. 동행인이 신발을 벗고 거실로 오르는 일을 그는 아주 세심하게 거들었다. 그는 동행인을 낡은 가죽소파에 앉히고 나서 자신도 그 옆에 조심스럽게 앉았다. 힘

겨운 일을 마친 듯 그는 소리없이 한숨을 내쉬었다.

거실은 잘 정돈되어 있었으나 웬지 가재도구를 다 들이지 못한 신혼집처럼 안정감이 없었다. 아들은 텔레비전을 받친 괴목장 문갑이라든가 안방과 작은방 사이의 공간에 세워진 붉은 화초머릿장을 훑어보았다. 그건 모두가 한옥살이 때 이 집 안주인이 간수하던 가구들이었다. 집 안이 불안정해 보이는 것은 아마도 아파트의 단조로운 구조에 옮겨놓은 고가구들 탓인 듯도 했다. 베란다에는 아직 풀지 않은 박스가 쌓여 있었고, 그 틈바구니에서 크고 작은 독항아리들이 눈에 띄었다.

"집이란 게 참 요물이지. 사람처럼 정을 붙여야 해. 집도 처음에는 낯가림을 하고 거부까지 한단 말이지."

저녁 식탁에서 노인이 말했다. 곰국이 오른 식탁은 조촐했다. 아들 앞에 놓인 곰국 그릇에 노인은 다진 파를 듬뿍 넣어주었다. 아들의 외박 날짜를 잡아놓고 소꼬리를 사다가 틈틈이 사흘을 고았다. 노인은 식탁에 마주 앉은 아들을 건너다보며 그러나 자신은 반주로 소주를 한잔 따랐다.

"그게 다 냄새 탓이야. 사람도 짐승이라, 어느 곳이라도 제 냄새가 배어야 비로소 편해지는 법이지. 음식냄새도 풍기고 방귀도 뿡뿡 뀌고 그래야 돼."

노인은 두잔의 취기를 빌려 혼자 껄껄 웃었다. 스스로도 쓸쓸한 시간을 견디고 있다는 자각이 들었고, 그럴수록 말이 많아졌다. 아들과 마주앉아 밥 먹는 시간이 얼마만인가. 몇년 만에 겨우 가져보는 이 행복한 자리도 일껏 누군가 꾸며준 듯 버성겼다.

"나도 석달을 지내고 보니 이제 겨우 집에 들 엄두가 나는구나."

그는 계면쩍어서 흘리듯 덧붙였다. 아들은 숟가락을 든 채 밥을 뜨지 않았다. 얼핏 불안한 기색이 엿보였고, 노인은 금방 이유를 깨달았다. 노인은 중요한 일을 깜박했다는 듯 호들갑스럽게 말했다.

"네 누나도 식탁으로 초대해서 같이 먹자꾸나. 어서 앉혀라."

아들은 옆자리의 의자를 천천히 빼주었다. 그사이 노인은 숟가락과 젓가락을 한벌 챙겨서 놓고, 옆에다가 빈 대접을 올려놓았다. 아들이 딸아이를 의자에 앉히는 모습을 아프고 답답하게 바라보며 노인이 물었다.

"밥하고 국은 따로 뜨지 않아도 괜찮겠지? 빈 그릇만 올리자꾸나."

그는 동의를 구하듯 물었다. 아들은 고개를 끄덕였다. 아들은 표정이 한결 밝아졌고, 비로소 국에 숟가락을 댔다. 노인은 양파와 풋고추를 쌈장과 함께 아들 앞으로 밀어주었다.

"지산유원지 농가에서 손님이 챙겨주는 걸 가져왔단다. 풋내가 제법 가셨더구나."

그리고 그는 다시 잔을 들어 입을 축였다.

새삼 그는 사인용 식탁을 둘러보았다. 둘이 가고 둘이 남았다. 아들은 행복한 아이였다. 그에게는 제 어미와 누나까지 가족 넷이 다 모인 저녁식사일 게다. 의사는 아들이 제 망상을 조금씩 인정해가는 중이라고 말했다. 망상을 영원히 떨칠 수는 없겠지만 천천히 호

전되리라 했다. 그 소리를 십년째 듣고 살지만 들을 때마다 안부처럼 반가웠다. 아들과 같은 증상으로 치료를 받은 많은 환자들이 망상과 함께 평생 살아가면서도 큰 지장 없이 일상을 영위한다고 하니 그 정도만 되어도 더 바랄 게 없었다.

"그래. 어서들 먹어라."

노인은 이제 아들 곁에 그리운 딸까지 앉혀놓은 기분이 들었다. 그건 실감처럼 생생해서 이런 선물을 가져온 아들에게 고마운 마음까지 들었다.

"너희들 엄마 말이다."

노인이 기억을 더듬는 얼굴로 입을 열었다. 아들이 노인 옆자리의 빈 식탁을 바라보았다.

"하루는 점심을 먹는데 풋고추를 들지 않겠냐. 독이 바짝 오른 청양고추였지. 너희들도 알다시피 너희 엄마는 속이 약해서 매운 걸 입도 못 댔지 않니? 그런 고추를 겁도 없이 한입 냉큼 베어 먹더구나. 저 사람이 미쳤나 싶었지. 대번에 오만상을 찡그리며 물을 찾는 게 절로 웃음이 나더구나. 하지 않던 장난이거니 했다. 낸들 알았겠니. 밥 몇숟갈을 뜨고 겨우 진정되었을까 싶은데 이 정신없는 여편네가 아까 한입 베고 내던진 고추를 또 주워서 먹지 않겠니. 허허, 그날 식탁에서 너희 엄마가 그짓을 서너번이나 했다. 그래서 알았다. 그 길로 병원에 가서 알았지. 네 엄마는 참 편하게 말년을 보냈다. 아무런 기억도 없이, 죽음도 잊은 채…… 그래 그건 하나도 안 맵단다. 그래도 고추는 매워야 제격이지."

노인은 소주를 죽 들이켰다. 그리고 숟가락을 처음으로 적셨다. 국물은 미지근해져 있었다. 아내는 치매 진단을 받고 오년 만에 갔다. 마지막 두해는 노인도 몰라보고 거동도 못하게 나빠져서 요양원에서 지냈다. 아내가 치매에 걸린 사실을 알았을 때 노인은 당혹스러우면서도 차라리 잘됐다고 생각했다. 자네는 참 팔자도 좋네. 노인은 남처럼 눈을 마주치지 않는 아내에게 말하곤 했다. 아내가 살아낸 생을 돌이켜보건대 행복한 날들이 있었다고 할 수 없었다. 행복이 다 뭔가? 악몽 같은 날들이었다. 일찍이 딸을 앞세웠고, 잇따라 아들마저 망가졌다. 저런 자식 둔 부모는 눈도 못 감는다는 옛말이 하나도 그르지 않았다. 저런 자식을 자신에게 숙제처럼 맡겨놓고 아내는 저 혼자 좋은 세상으로 가고 말았다.

하루가 다르게 아내의 병세는 악화되었다. 느닷없이 죽은 딸을 초등학교에 넣겠다고 호들갑을 떨기도 했다. 음식 간을 못 보더니 끼니를 걸렀고, 집 안에 둔 물건을 못 찾는 일이 잦아지더니 끝내는 외출해서 집을 찾아오지 못했다. 그는 자신의 개인택시를 아내를 찾아다니는 데 더 많이 굴렸다. 택시에 싣고 출근한 날도 있었고, 침대에 묶어두고 출근한 날도 있었다. 그는 아내의 사소한 기억을 하나라도 잡아주려고 애달아했다. 삶이란 게 참으로 묘했다. 비록 지옥 같은 생일지라도 아내가 아무 기억 없이 눈을 감는다는 게 용납되지 않았다. 사람으로서 남들의 기억에서 잊히는 것이야말로 죽음이라는데 아내는 끝내 자신마저도 망실한 채 떠났다.

"그래 네 누이는 이 집이 마음에 든다니?"

노인이 물었다. 아들은 밥숟갈을 든 채 대답이 없었다. 뭔가를 숙고하는 듯 미간을 접은 표정이었다. 아들의 입에서 누나는 없어요, 망상이에요, 하는 소리를 듣게 돼도 행복할까. 그는 초조한 마음으로 아들을 바라보았다. 끝내 아들의 입에서는 어떤 대답도 나오지 않았다.

"딸기가 있는데 좀 내주랴?"

노인이 설거지를 하는 동안 아들은 거실 창문을 통해 어둠이 내리는 공원을 내다보았다. 팽나무 우듬지 너머로 가로등 불빛이 돋고 있었고, 낮은 언덕에 지은 팔각정이 박쥐처럼 검은 날개를 파닥였다. 시립공원은 어느 도시에나 있을 법한 오래된 공원이었다. 공원이 언제 생겼는지 알 수 없지만, 아름드리 벚나무가 많은 것으로 미루어 일본인들이 근대식 공원으로 꾸민 듯했다.

"누나도 맘에 든답니다, 아버지."

아들은 창밖을 바라보며 중얼거렸다. 노인은 등을 보인 채 설거지에 열중해 있었다. 수돗물소리가 거세서 노인은 듣지 못하는 것 같았다. 아들은 소리쳤다.

"맘에 든답니다."

노인이 수도꼭지를 잠그고 건너다보았다.

"다행이구나. 네 마음에 들 줄 알았다."

아들이 일곱살 때 아버지는 이곳에 처음으로 집을 장만했다. 아버지는 하위직 시청 공무원이었는데 마침 세 든 단층 슬래브 주택이 급매물로 나오자 융자를 끼고 샀다. 옥상에 오르면 팽나무를 사이에 두고 시립공원이 정원처럼 펼쳐졌다. 공원이 아니더라도 이 동네는 곱창 골목이 유명해서 항상 붐볐다. 봄가을이면 시내의 유치원과 초등학교에서 공원으로 소풍을 오곤 했다. 교사들이 보물찾기 쪽지를 숲에 숨기는 것을 그는 옥상에서 망원경으로 훔쳐보곤 했다.

공원 한편에 작은 동물원이 있었다. 거대한 새장처럼 생긴 우리에 원숭이와 공작새와 금계가 한가족을 이루고 살았다. 공원의 나무를 가꾸고 짐승들을 돌보는 이는 일흔이 넘은 노인이었는데, 어느날 갑자기 보이지 않았다. 청와대 쪽에서 정원사로 데려갔다는 말이 돌았다. 동물원은 관리가 되지 않아 방치되다시피 했다.

그해 겨울을 나면서 공작새와 금계가 사라지고 원숭이 한쌍만 남았다. 봄부터 수컷 원숭이가 벌건 성기를 드러내서 시민들의 발길을 붙들곤 했다. 수컷은 발정기도 없이 암컷을 괴롭혔다. 아이들은 원숭이 우리에 돌맹이를 집어던지며 킬킬거렸다.

어느날 암컷 원숭이가 소주병을 든 모습이 목격되었다. 그 일은 한번에 그치지 않았다. 누군가 의도적이고 상습적으로 소주병을 원숭이에게 안기고 있었다. 부랑자나 어린애들 소행이라는 소문이 자자했다. 암컷은 금세 알코올중독 증세를 보였다. 술을 내놓으라고 격렬하게 철망을 흔들고는 했다. 머잖아 암컷 원숭이는 난폭해져서 예사로 수컷을 물어뜯어놓곤 했다. 결국 암컷은 격리되어 어디론가 사라졌다. 홀로 남은 수컷은 여전히 성기를 늘어뜨린 채 추물처럼 우리에 앉아 있었다.

아들은 공원의 또다른 풍경을 떠올려보았다. 가까스로 늙은 노새 한마리가 떠올랐다. 당시 공원에는 노새도 한마리 살았다. 동물원에서 키우는 짐승이 아니라 어느 수레꾼이 부리는 가축이었다. 수레꾼은 공원 근처의 재래시장에서 먹고 사는 노인이었는데 공치는 날은 노새를 공원에 묶어놓고는 했다. 노새는 늙어서 사람으로 치면 족히 백살을 넘겼으리라 했다. 전쟁 때 중공군을 따라들어온 짐승이라는 말도 있었고, 어느 써커스단에서 부려먹다가 내놓았다는 얘기도 있었다. 사람들은 노새와 더불어 사진을 찍고 싶어 했다.

아들은 그 노새의 마지막을 또렷이 기억했다. 계엄군이 도시에 진입했을 때였다. 탱크와 장갑차가 공원 앞에 나타났는데 노새가 놀라서 날뛰다가 그만 고삐가 풀리고 말았다. 노새는 아비규환의 도심을 가로질러 탱크 옆으로 유유히 사라졌다. 노새가 큰길로 질주하여 사라지던 모습은 그의 뇌리에 선명하게 남아 있었다. 그러나 그도 의문이었다. 어떻게 자신이 그날 밤에 한길로 나가 그 광경을 지켜봤는지 스스로도 설명할 수가 없었다. 이럴 때 그는 자신의 기억을 믿을 수 없었다.

공원에는 동물들 말고도 시민들의 눈길을 끄는 모자가 있었다. 어머니는 맹인이었고 아들은 정신이 모자란 청년이었다. 맹인 어머니는 청년의 목에 깡통을 매달아서 구걸을 다녔다. 둘 사이에는 끈처럼 막대기가 들려 있었다. 막대기를 두고 아들이 앞서고 어머니가 뒤를 따랐다. 모자는 서로 눈이 되고 보호자가 되어주었다. 환상적인 동업자들이라고 말하는 축도 있었다. 그들 모자가 어디에 사는지 알 수는 없었지만 그들은 매일같이 공원에 나타났고 구걸로 살아갔다.

그리고 가끔 그 모자의 막대기 가운데로 뛰어드는 모자란 소녀가 있었다. 열살 난 그의 누이였다. 누나는 막대기 가운데를 잡고 함께 걸으면서 벙싯거렸다. 누나가 나타나면 맹인의 아들도 입이 벙그러졌다. 사람들은 맹인 여자에게 소리쳐 말하곤 했다. 며느리를 삼게나, 누가 데려가기 전에 짝을 지어줘. 누나도 공원의 명물이었다.

그는 누나가 없어졌으면 좋겠다고 생각한 적이 한두번이 아니었다. 누나와 함께 옥상에서 놀 때 누나를 떼미는 상상을 하곤 했다. 아버지와 어머니 역시 딸을 두고 자주 다투었다. 집의 대문간 행랑채가 비어 있었는데, 어머니는 그 방을 세놓길 원했다. 예전 주인 때는 곱창집이 들어서 장사를 하던 곳이었다. 비어 있는 동안 세를 달라고 찾는 발길이 잦았다. 어머니 역시 곱창집 같은 식당이 드는 것은 원하지 않았다. 대신 양품점이나 문방구 같은 가게를 들이거나 방으로 개조해서 사글세를 놓았으면 했다. 아버지는 사람들이 집에 드나드는 건 질색이라며 반대하고 나서 다툼이 되곤 했다. 다툼 끝에는 늘 누나가 입에 올랐다. 아버지는 한번도 인정하지 않았지만 어머니는 살아 있는 아이를 가둬놓고 키울 수는 없다고 소리치곤 했다. 그나마 누나가 공원이라도 자유롭게 출입할 수 있었던 것은 딸을 사람들 속에서 키우고자 하는 어머니의 의지 덕분이었다.

계엄군이 돌아와 시민들을 살육하던 밤이었다. 그는 이불 속에서 총성을 들었으나 그것이 꿈인지 생시인지 분간할 수 없었다. 숨죽여 우는 어머니, 윽박지르는 아버지, 몇번씩이나 날카롭게 여닫히는 대문소리, 종종걸음을 치는 발소리……

누이가 실종된 내력을 아는 데에는 오랜 시간이 걸렸다. 그의 부모가 입을 열어 말해준 적은 없었다. 그날 밤 오감으로 전해진 꿈같은, 파편적인 꿈 같은 이미지들, 누이의 실종 이후로 집안을 잠식해버린 침묵과 탄식, 아버지의 우울증과 술주정이 쌓여서 누이가 어떻게 사라졌는지 그는 어렴풋이 짐작할 수 있었다.

"아버지!"

"아버지!"

노인은 어디선가 부르는 소리에 벌떡 일어났다. 새벽 두시였다. 그는 꿈속에서 헛소리를 들었나 했다. 그러나 다시 부르는 소리가 들려왔다. 아들의 목소리였다.

"어디냐?"

비몽사몽간에 그는 어둠을 향해 소리쳤다.

"옥상이에요. 빨리 와보세요. 누나가 총에 맞았어요."

노인은 거실로 뛰어나왔다. 그는 자신이 아파트에 있다는 사실을 깨달았고, 아들의 방으로 뛰어들어갔다. 어두컴컴한 방 가운데에 유령처럼 선 아들이 제 손바닥을 들여다보며 겁에 질린 목소리로 외쳤다.

"피를 흘리며 쓰러졌어요. 우리는…… 그냥 옥상에서 구경만 했는데…… 갑자기 저기 길에서 총알이……"

노인은 눈을 감았다. 격통이 가슴을 훑고 지나갔다.

"오냐, 넌 내려가서 엄마랑 방에 있어라. 절대 나오지 마라. 나와
선 안돼. 엄마도 나오게 해서는 안 된다."

노인은 세차게 머리를 저었다.

"아니야, 아니야. 너도 도와라. 이번에는 너도 날 도와. 자, 누나
를 내 등에 업혀라."

그는 아들이 가리키는 방바닥을 향해 등을 내밀며 쪼그려 앉
았다.

"뭐 하니? 빨리 네 누나를 업히지 않고!"

노인이 소리쳤다. 아들은 제자리에서 서서 몸을 부르르 떨었다.

"손에 피가 묻었어요."

아들이 우는 소리를 냈다. 노인의 무릎이 뜨뜻하게 젖어왔다. 아
들이 오줌을 지린 모양이었다.

"뭣 해! 빨리 네 누나를 업히래도."

마지못해 아들은 방바닥에서 제 누나를 안아 아버지의 등에 업
혔다.

"가자. 똑똑히 봐둬라."

노인은 업은 시늉을 하고 현관을 나섰다. 아들도 따라나왔다. 노
인은 엘리베이터를 눌렀다. 아들이 공포에 싸인 눈을 굴리며 '아아
아……' 소리를 내며 노인의 허리춤을 잡았다. 노인이 말했다.

"걱정 마라. 넌 그날 밤 무슨 일이 있었는지 똑똑히 보고 기억해

야 해."

엘리베이터가 도착했다. 노인은 아들을 엘리베이터에 밀어넣고 자신도 올라탔다.

"정신 차려라. 그날 밤 네가 얼마나 두려웠는지 안다. 네 눈앞에서 그 꼴을 봤으니까. 애비도 무섭고 두려웠다. 너도 알다시피 난 겁 많고 소심한 사람이었다만 그 밤이 누군들 두렵지 않았겠니. 네 죽은 누나를 나는 대문 밖으로 내놓을 생각이었다. 진정 두려웠다. 뒷날, 세상이 제대로 돌아왔을 때 네 누이가 군인에게 희생당한 사실을 증명하려면 그 길밖에 없었다. 아무리 그런 아이라지만 개죽음은 아니지 않느냐. 나는 그 경황에도 그런 생각이었다. 자, 눈을 떠라."

엘리베이터가 일층에 도착했다. 노인은 딸을 업고 아들을 이끌고 뛰었다. 후문 경비실을 지나 팽나무 아래까지 달려갔다. 숨이 목까지 차올랐다. 그는 등에 업은 딸을 팽나무 밑에다가 부렸다.

"자, 여기에다가 두자. 아침이면 군인들이 병원으로 데려갈 거야. 어서 들어가자. 아니야. 그날 밤 나는 다시 이 밑으로 돌아왔지. 네 누나를 여기에 뒀다가는 군인들이 못 볼까봐 다시 업고 저기 큰길까지 업고 갔지. 자, 다시 업혀라. 뭐 해, 어서!"

아들이 떨면서 제 누나를 안아 노인의 등에 업혔다. 그날 밤처럼 등이 묵직했다. 노인은 몇번이나 흘러내리는 등짐을 까부르면서 큰길까지 뛰어갔다. 은행나무 가로수 아래에서 노인은 걸음을 멈추고 두렵게 주위를 둘러보았다.

"저 멀리 장갑차 불빛이 보였지. 그뒤로 군인들이 있었을 게야. 난 여기에다가 죽은 네 누나를 내려놓았다. 다시 보자고, 손을 잡고 이마를 쓸어줬단다…… 아아, 아직 온기가 식지 않은 어린것을 두고 집으로 돌아갔지."

노인은 기진맥진해서 땅바닥에 쪼그려 앉았다.

"끝날 것 같지 않은 밤이 지나갔단다. 밤새 뛰어나가려는 네 엄마를 붙들고 새벽을 맞았다. 새벽 공기를 가르고 집 밖에서 선무방송 소리가 들려왔지. 네시 삼십분 현재 계엄군이 시가지를 완전 장악했으니까 폭도 잔당들은 투항하라더라. 절대 외출하지 말라고 했지. 눈에 띄면 사살하겠다고 엄포야. 네 엄마가 먼저 집 밖으로 뛰어나갔다. 나도 곧장 따라갔지. 네 누나는 온데간데없었다. 길가를 샅샅이 둘러봤는데도 없었어. 군용트럭이 나타나서 난 네 엄마를 끌고 다시 집으로 돌아왔단다. 그게 그날 하룻밤에 우리에게 일어난 일이야. 그게 전부란다."

노인은 아예 땅바닥에 퍼더버리고 앉았다.

"그래, 그게 끝이 아니었지. 네 누나 시신을 끝내 찾을 수 없었단다. 병원으로 화장터로 공동묘지로 안 다녀본 곳이 없지. 군경 쪽 기록에도 희생자 단체 쪽 기록에도 없었다. 아무한테도 말 못했다. 누가 믿어주겠냐? 누군들 욕하지 않겠냐? 지금도 그날 아침 네 엄마의 표정이 잊히지 않는구나. 또 밖에서 선무방송 소리가 들려왔지. 공무원은 출근하라는 방송이었다. 출근하지 않는 공무원은 근무지 이탈로 간주하겠다더구나. 내가 주섬주섬 옷을 챙겨 입자 네

272

엄마가 딱 가로막고 서지 않겠니. 내 멱살을 잡아채더니 그렁그렁한 눈을 치켜뜨면서 "출근하려고? 이 인간아, 출근하려고?" 그래. 난 대답하지 못했다. 언젠가 우리 가족이 웃는 날이 온다면 네 엄마가 날 이해해주리라 믿었지. 그러나 끝내 그 아이를 찾지 못했다. 아마 네 엄마는 정신을 놓는 그 순간까지 날 원망했을 게다."

노인이 통곡하듯 울음을 삼켰다. 그는 문득 아들을 바라보며 말했다.

"정신을 차려, 이놈아. 니는 도망치지 마. 똑바로 기억해야 해."

노인은 아들의 어깨를 흔들었다.

"네 누나는 죽은 거야. 돌아올 수 없어."

아들은 고통스럽게 제 머리를 감싸쥐었다.

이튿날 아침, 노인과 아들은 공원으로 산책을 나섰다. 아들은 예의 누나와 팔짱을 낀 채 걸었다.

공원은 변함없이 그대로였다. 여전히 숲은 울울하고, 깊은 그늘 아래서 산책 나온 시민들이 쉬고 있었다. 노인은 어느 은행나무 아래에서 발걸음을 세웠다. 가슴 높이에서 손바닥으로 나무줄기를 쓸어내리던 노인이 주먹만 하게 옹이진 데를 짚으며 아들에게 말했다.

"여기를 만져보렴."

아들이 손을 뻗어 옹이를 어루만졌다.

"총탄이 박힌 자리란다. 전국체전을 기념해서 심은 나무라 그때는 아주 어린 나무였지. 총탄이 박혀서 못 살 줄 알았다. 그런데 살아났지 뭐냐. 이 동네를 떠나기 전까지 몇해 동안 난 하루도 거르지 않고 이 나무를 지켜봤단다. 옹이진 대로 아물며 여느 나무처럼 튼실하게 자라줬지. 여기 봐라. 이젠 그늘에 의자까지 놓였구나."

그는 아들을 나무의자에 앉혔다. 물론 그 옆에는 딸도 앉았다. 그들은 나무의자에 앉아 감회 어린 눈으로 공원을 바라보았다.

어느 풍경에 이르러 아들은 화들짝 놀란 사람처럼 입을 벌렸다. 막대기를 든 남자가 벙싯거리는 얼굴로 공원 앞을 지나갔다. 그도 나이가 들어 초로의 노인이 되었고 목에 매단 깡통이 사라졌지만, 결코 잊을 수 없는 맹인 여자의 아들이었다. 그는 막대기 끝을 뒤쪽 허공에 놓은 채 공원 광장을 가로질러갔다. 뭔가 그 끝이 허전하게 비어 있었다. 아들은 아득해져서 옆을 더듬어 손을 그러잡았다. 그렇게 더듬어서 아들은 아버지의 손을 잡았다.

소녀들은 자라고 오빠들은 즐겁다

오래전 우리 집은 삼나무숲 울울한 길 끝에 있었다. 일본인들이
조림한 숲에는 붉은 벽돌로 지은 옛 농림학교 건물이 숨어 있었다.
그 건물은 한때 인형공장이 되었다가 주산학원으로 잠시 쓰인 후
오랫동안 방치되었다.

이 지역은 마을에서 깊고 동떨어진데다가 산자락에 앉아 무슨
수도원 자리처럼 보였다. 풍경만은 더없이 고즈넉했다. 지구의 이
마처럼 양지바른 이곳은 그러나 들어 사는 입장에서는 세상에서
가장 그늘지고 축축한 골짜기 같았다. 예전에는 삼나무숲 언저리
로 마을이 있었다. 간척지가 만들어지면서 이주촌이 생겼고, 언덕
의 농가들이 하나둘 들판으로 내려갔다. 마을에서는 우리 주거지
를 농림학교, 혹은 샘골이라 불렀다.

삼나무숲 초입에는 오래된 샘이 있었다. 석자 깊이 샘물은 콘크리트로 지붕까지 씌워서 항상 맑았다. 그 샘물을 먹고 사는 이웃은 우리 집과 고물상 두집뿐이었다. 초등학교 3학년 무렵 농림학교 건물을 개보수한 작은 교회가 들어섰다. 원래 들판에 큰 교회가 있었는데 교인들 사이에 분란이 생겨 장로 하나가 신도들을 이끌고 나와 이곳에 딴살림을 차렸다. 장로는 산 너머 골짜기에서 연밭과 미나리꽝, 그리고 유자 과수원을 하며 은둔자처럼 사는 농부였다. 교인들 외에 주민들과는 담을 쌓고 거의 교류가 없었다.

교회가 들어서기 전까지 집 뒤꼍의 농림학교는 내 놀이터 중 하나였다. 건물 벽에다가 크레용으로 많은 낙서를 남겼다. 마당에는 내가 매년 늦여름부터 가을까지 열매를 따먹던 큰 무화과나무가 있었다. 교회가 들어서고 한동안 나는 무화과나무만은 내것인 양 아쉬움을 접지 못했다.

교회는 우리 집이나 고물상한테 반가울 게 없는 이웃이었다. 초장부터 샘에 파이프를 묻어 수도 놓는 일로 교회와 주민들 사이에 마찰이 일었다. 아버지와 고물상 아저씨는 수량 적은 샘물을 교회에서 끌어가면 물이 부족해질 거라고 반대했다. 장로는 원래 농림학교에서 판 샘이고 공동우물이니, 당연히 교회에서 쓸 권리가 있다고 주장했다. 아무도 알 수 없는 일이었다. 주민 중에 농림학교 시절을 겪은 사람은 아무도 없었다. 그러나 장로의 주장이 허튼소리만은 아니었다. 이 국유지가 갈가리 찢겨서 팔리고 주인이 바뀌는 과정에서 학교 건물만 남았지만, 고물상이나 우리 집 집터가 옛 농림학교 앞마당이나 작은 운동장이었던 게 분명했다. 우리 집 화장실 곁에는 우람한 벚나무가 서 있었다. 산자락에 그런 나무가 서 있을 이유가 없었다.

장로는 교인이 쉰명을 넘어설 때까지 샘물을 같이 쓰고, 더 늘어나면 따로 우물을 파든지 관정(管井)을 묻겠다는 타협안을 내놓았다. 아버지와 고물상 아저씨는 양보를 할 테니 마을에서 올라오는 길을 넓히고 포장해달라고 요구했다. 가난한 교회가 해결할 수 있는 문제가 아니었다. 교회를 분리하면서 바짝 독이 오른 장로는 이런 불한당들한테까지 당하고 싶지 않은 눈치였다. 그는 인부를 사다가 파이프 묻을 구덩이를 파내려왔다. 아버지와 고물상 아저씨는 낡은 철판으로 샘 뚜껑을 해 씌우고 용접했다. 그리고 그들은 샘가에 술상을 차려놓고 사흘 동안 지켰다. 이 조리에 안 닿는 사람들에게 결국 장로는 손을 들었다.

"천벌 받습니다. 천벌을 받아요."

교회는 큰돈을 들여 교회 마당에 지하수를 팠다. 신앙인들을 건드려서 그런지 몰라도 이상하게 샘물이 줄었다.

교회는 한동안 목회자를 구하지 못해 교인들끼리 예배를 보았다. 본 교회와의 경쟁심과 신설 교회다운 신심으로 예배가 맹렬했다. 본 교회에서는 은근히 사이비 교회라고 공격했다. 그 무렵 장로가 장님을 눈 뜨게 하고 앉은뱅이를 걷게 한다는 소문이 퍼졌다. 그렇지만 스무명 남짓한 신도는 나날이 주는 것 같았다. 장로가 학생들과 청년들을 전도하려는 고육책으로 예배당 한편에 탁구대를 설치했는데도 소용이 없었다. 라켓을 휘두르는 사람은 장로의 두 아들뿐이었다. 대학생 큰아들은 방위병 복무를 하러 내려와 있었고, 작은아들은 고등학생이었다.

교회가 들어서자 아버지는 시끄러운 이웃만 꼬인다고 불평을 늘어놓았다.

고물상에서는 쇠를 그라인더로 자르고 해머로 부수는 소리가 하루 종일 끊이지 않았다. 또한 그 집 아저씨가 개 예닐곱마리와 닭들을 삼나무숲에 풀어놓고 길렀다. 개들은 마을까지 내려가 싸돌아다녀서 원성이 높았다. 항의가 심하면 개들을 묶는 시늉을 했다가 다시 풀어놓고는 했다. 그렇다고 개들이 사나운 것은 아니었다. 풀어놓고 기르는 개들은 온순했다.

다만 닭의 경우는 달랐다. 고물상이 풀어놓은 열댓마리 닭 무리에 수탉이 한마리 있었는데 3학년이 될 때까지 나는 등하교길에서 그놈한테 시달렸다. 수탉은 길을 지키고 섰다가 내가 나타나면 쫓아와 부리로 쪼아댔다. 머리와 어깨에 피멍이 든 날도 있었다. 수탉은 이 숲에서 유일한 내 천적이었다. 나는 수탉을 피해 오솔길을 버리고 멀리 소나무숲으로 돌아서 다니곤 했다.

나는 수탉보다 훌쩍 키가 커졌다. 스스로 한심하다는 생각이 들었다. 평생을 수탉에게 당하고 살 수는 없는 노릇이었다. 하루는 막대기를 그러쥐고 삼나무숲으로 들어갔다. 놈에게 눈알 하나는 앗길 각오였다. 놈이 달려들어 콕 쪼아댈 듯이 날개를 폈다가 접었다. 가슴 털이 한껏 부풀어올랐다. 나는 막대기를 두손으로 틀어쥐고 놈을 노려보았다. 물론 닭이 눈을 맞추는 짐승이 아니라는 걸 알았지만 나는 눈길로 제압할 수 있다고 믿었다. 대치가 오래지 않아 수탉은 슬금슬금 물러나 암탉들이 있는 곳으로 돌아갔다. 나는 비로소 숲의 제왕이 된 기분이었다.

아버지와 고물상 아저씨는 호형호제하는 사이로 가끔 샘에서 개를 잡아먹고는 했다. 짐승 잡는 일에 아버지는 능했다. 개 잡는 날은 두 남자가 취해서 삼나무숲에서 널브러졌다.

고물상 늙은 시모와 며느리 사이에는 싸움이 잦았다. 아저씨가 늦장가를 들었는데 섬에서 데려온 며느리가 잠자리를 피해 아기가 안 생긴다고 그 집 시모는 예사로 며느리 흉을 보고 다녔다. 며느리는 밤이면 숲으로 도망쳐 개들과 잠들거나 우리 집 부엌 나무청에서 눈을 붙일 때가 있었다. 그러나 시모가 어머니에게 트집을 잡아대서 어머니는 그 집 며느리를 나무청에 잘 들이지 않았다. 시모도 며느리도 성정이 사나워서 집 밖에서는 겨룰 사람이 없었다. 하루는 시모가 손수건을 들고 아랫마을까지 돌며 펄쩍펄쩍 뛰었다.

"오매, 인두겁을 둘러쓴 년이 해놓은 짓 좀 보시오."

시모가 펼쳐 보이는 손수건에는 손톱 박힌 살점이 싸여 있었다. 그것이 새끼손가락 끝마디인 것을 알아챈 사람들은 기겁을 해서 물러났다. 며느리가 제 서방 손가락을 물어뜯어서 그렇게 만들어 놓았다는 거였다. 시모는 그 손가락 마디를 가가호호 보이고 다녔다. 그런 가족이 흩어지지 않고 한 지붕 아래 모여사는 게 용했다.

그렇다고 그 이웃인 우리 집이 얌전한 것은 아니었다. 고물상보다 못 할 게 하나도 없었다. 아버지와 어머니도 자주 싸웠다. 아버지는 도끼를 들고 어머니를 쫓아다녔고, 어머니는 농약병을 끼고 숲 그늘로 내빼서 아버지를 위협했다.

"엎어지면 있는 예배당에라도 나가 사람이 되라, 이 썩을 놈아!"

아버지는 성질이 불같았으나 겁이 많은 사람이기도 했다. 암퇘지 한마리를 치고 있었는데, 암굴 때가 되어 수퇘지가 있는 이웃마을로 끌고 가는 길에 작대기로 어르다가 그만 죽이고 말았다. 살인자처럼 아버지는 돼지 사체를 길에다가 내팽개쳐두고 주점으로 내빼서 어머니와 나는 돼지를 손수레로 실어왔다. 그 사건은 오랫동안 사람들 입방아에 올라 아버지를 괴롭혔다.

그러다가 아버지가 제 성질에 넘어가 완전히 웃음거리가 된 사건이 발생했다. 아버지는 그해 봄에 물꼬 싸움이 붙자 아랫마을 아저씨를 도랑에 엎어놓고 왼쪽 귀를 물어뜯어버렸다. 힘으로는 안 돼서 반칙을 한 셈이었는데 그 댓가로 쌀 여덟가마니를 배상했다.

일은 그쯤에서 정리되지 않았다. 군에서 하사관으로 장기복무 중인 그 집 큰아들이 휴가를 나와 우리 집으로 쫓아올라왔다. 군복을 차려입고 나타난 그는 술에 취해 얼굴이 벌겋게 익어 있었다. 그는 아버지를 조용히 불러내어 한지에 싸온 거무스레하고 꾸덕꾸덕한 살점을 무슨 휴가증처럼 펼쳐 보였다. 아버지는 고개를 돌렸다. 그것은 귀일 테지만 따로 떼어놓고 보니 귀 같지 않았다. 중사는 아버지를 데리고 마을로 내려갔다. 그는 아버지를 회관 마당에 세우고는 "어금니를 꽉 무시오" 하고 이를 갈듯이 말했다. 그리고 아버지의 뺨을 호되게 갈겼다. 구경꾼들이 눈을 질끈 감았다. 나는 눈을 동그랗게 뜨고 그 광경을 똑똑히 보았다.

아버지는 구경거리가 되어서도 한마디 항변하지 못했다. 스무대 남짓 싸대기를 올려붙이던 중사는 끝내 길바닥에 퍼더버리고 앉아 울음을 터뜨렸다. 맞는 자가 멀뚱히 서 있고 때리는 자가 쓰러진 모습이 기이했다. 어라, 나는 아버지가 무슨 도술이라도 부린 건가 궁금했다. 어느 겨를에 중사가 손에 쥔 제 아버지의 신체를 땅에 흘린 모양이었다. 고물상 개 한마리가 귀를 낚아채서 내뺐다. 어른들은 돌팔매질을 하고 조무래기들이 신이 나서 쫓아갔다. 중사는 울부짖듯이 소리쳤다.

"아, 이 개 같은 새끼들! 무슨 구경났어?"

아버지와 어머니가 싸우는 날이면 나는 꼭꼭 숨어서 골탕을 먹였다. 숲에는 숨바꼭질할 데가 많았고, 나는 몇시간이고 한자리에서 꼼짝 않고 숨어 지낼 수가 있었다. 아버지는 서로 죽이자고 맹렬히 싸우다가도 외아들이 보이지 않으면 온 숲으로 찾아다니느라 정신이 없었다. 어머니는 내가 어디 숨어 있는지 다 안다는 듯이 한번도 찾아나서지 않았다. 그럴 때는 왠지 더 심통이 나서 밤 깊도록 나무에 숨어 술래에게 잡히지 않았다. 나는 누가 뭐래도 숲의 제왕이었다. 친구 없는 외톨이였지만 결코 외롭지 않았다.

내가 숨어 있기를 가장 좋아하는 장소는 화장실 곁에 자라는 아름드리 벗나무였다. 화장실 지붕을 딛고 오르면 벗나무는 굵고 튼실한 가지를 내밀어 앉을 자리를 내주었다. 나는 일곱살 무렵부터 벗나무에 올랐다. 그곳에 올라 있으면 아무도 찾을 수 없었다. 우리 집 술래처럼 사람들은 뭔가를 찾을 때 위를 보는 법이 없었다.

벗나무에서는 마을이 한눈에 내려다보였다. 산자락에 촘촘하게 곧추서서 바람에 일렁이는 짙푸른 삼나무숲은 바다에서 돌돌 말려온 파도 같았다. 마을 앞을 가로지르는 국도와 초등학교와 그리고 저수지, 간척지가 너르게 펼쳐져 있었다. 더 멀리로는 남해와 섬들이 아렴풋했다. 어느 섬에서는 장검 같은 물상이 하늘 높이 솟아 반짝이고 있었다. 어느 섬은 두꺼비 형상을 하고 있어서 나는 그 섬을 두꺼비섬이라 이름 붙여주었다. 나는 그 모든 섬들에 가보고 싶었다. 섬 너머에는 또 어떤 세상이 있을까 생각하면 슬퍼졌다. 내 벗나무는 거대한 항해선이었다. 나는 무시로 먼바다로 배를 몰아갔다.

몸을 돌리면 교회 창문으로 신도들이 둥글게 모여앉아 예배 보는 광경이 보였다. 식인종들의 섬을 향해 나는 빈 고무총을 당겨 눈을 감은 자, 찬송가를 부르는 자, 세가며 하나씩 하나씩 거꾸러뜨렸다.

비밀이지만 삼나무숲은 홀레 붙는 곳이기도 했다. 가끔 숲에서 고물상 아저씨가 아주머니를 엎어놓고 아랫도리만 까고 붙는 모습을 볼 수 있었다. 개들이 사내의 바짓가랑이를 물고 늘어질 때도 있었는데, 사내는 그짓을 하면서도 용케 뒷발길질로 개 주둥이를 날리곤 했다. 나는 곧잘 고무총으로 돌을 쏴 이들 부부의 놀이를 중단시켰다. 한동안 바짝 굳어서 주위를 두리번거리던 아저씨는 서둘러서 일을 해치웠다. 사내가 나가떨어지면 아내는 옷에 붙은 낙엽을 툭툭 털고, 팬티를 작업바지 주머니에 쑤셔넣고는 괜히 개들한테 돌팔매질을 하고 집으로 돌아갔다. 숲에서는 개들도 자주 엉겼다. 나는 왠지 사람이나 개나 흘레 붙는 일이 불쌍하고 추악해 보였다.

그런 내가 어쩌다가 5학년에 오르면서 사타구니에 손을 넣는 버릇이 생겼는지 모른다. 나는 시도 때도 없이 고무줄바지 속으로 손을 넣고 성기를 조몰락거렸다. 말랑말랑하고 따뜻한 게 손으로 가지고 놀기 좋았다. 성기가 탱탱해지곤 했는데 그 상태를 별로 좋아하지 않았다. 오랫동안 성기가 발기해 있으면 사타구니가 당기고 아팠다. 그렇다고 성기가 항상 발기해 있는 것은 아니었다. 나도 모르게 손은 항상 그곳에 가 있었지만 그 손장난을 전혀 성적인 행위로 여기지 않았다. 어른들도 마찬가지였다. 어머니가 고추에 병 옮는다고, 지나가듯이 꾸짖었다. 고물상 할머니는 곰방대를 흔들며 고추가 물러서 떨어지겠다고 호통을 쳤는데 나는 그 자리에서 바지를 들춰보고 전혀 이상이 없다는 걸 확인했다.

"에고, 니가 이 골짝에서 뭘 보고 자랐겠냐"

하며 할머니는 혀를 털고 말았다.

어느날은 정말 깜짝 놀랄 일도 있었다. 성기에서 말간 액체가 흘러나왔던 것이다. 그 이슬 같은 방울을 손가락 끝에 묻혀서 살펴보았다. 풀처럼 끈적였다. 어른들이 말하던 그 병증인 것만 같아 어쩔 줄 몰랐다. 하지만 그뒤로 분비물의 양이 느는 것 같지 않았고, 성기가 붓지도 곪지도 않았다. 학교를 오가는 길에도 두손을 사타구니에 꽂고 느긋하게 길을 걸었다. 교실에 앉아서도 책상 밑으로 손을 밀어넣고 지냈다. 한손이라도 그곳에 가 있지 않으면 아무것도 할 수 없었다.

교회에 전도사가 온 것은 교회를 열고 한해나 지난 이듬해 봄이었다. 벚꽃이 만개해 샘골 언덕을 등대처럼 밝혔다. 나는 전도사 가족이 이사 오는 광경을 벚나무 위에서 지켜보았다. 트럭이 샘까지밖에 못 올라와서 신도들이 삼나무 오솔길로 이삿짐을 날랐다. 벚나무 아래로 지나가는 이삿짐은 굉장했다. 피아노가 올라갔고, 냉장고와 텔레비전과 침대와 식탁이 올라갔다. 원목책장은 다섯개가 넘었다. 끈으로 묶은 양장본 책들은 또 얼마나 많은지 도서관 하나를 차릴 것 같았다.

풍성한 곱슬머리에 안경을 낀 전도사는 장로와 함께 교회 마당에 서서 이삿짐이 들 자리를 안내했다. 짐들이 거의 오르고 나서 한 부인이 내 또래쯤 되는 여자아이와 함께 낡고 큰 회색 트렁크를 끌고 오솔길을 올라왔다. 흙길이 나무뿌리와 돌로 울퉁불퉁해서 트렁크가 뒤집히고는 했다. 여자아이는 흰 블라우스에 밤색 치마를 입고 있었는데, 제 어머니 손아귀에서 벗어나려고 낑낑거렸다.

벚나무 아래서 그녀들은 발을 멈추었다. 부인은 트렁크를 내려놓고 여자아이에게 호통을 쳤다.

"제발 오늘만이라도 버릇 있게 굴 수 없겠니?"

여자아이는 입을 삐죽 내밀었다.

"이 옷도 싫고 구두도 불편하단 말이야."

아이는 빨간 에나멜구두에서 한발을 빼 종아리에 문질렀다.

"짐 풀고 교인들 돌아가면 운동화랑 바지를 내줄게."

아이는 고개를 되게 내저었다. 부인은 단념한 듯 여자아이 손을 뿌리치듯 놓았다. 여자아이는 쪼르르 달려서 교회로 올라갔다. 부인은 등을 돌려 주위를 둘러보았다. 그리고 한숨을 내쉬었다. 그녀가 어느 순간 벚나무를 올려다봐서 나는 매미처럼 가지에 몸을 숨겼다. 벚꽃이 날리고 있었으므로 부인은 한동안 그렇게 고개를 세우고 서 있었다. 나는 꽃잎이 쏟아질까봐 숨조차 쉴 수 없었다. 교인 한사람이 내려와 트렁크를 받아갈 때까지 부인은 벚나무 그늘에서 머물렀다. 부인은 천천히 걸음을 옮겨 교회 앞까지 가서도 한동안 마당으로 발을 들여놓지 못하고 서성거렸다.

나는 오줌이 마려워 나뭇가지에 서서 고무줄바지를 내렸다. 그 여자아이가 언제 나타났는지 모른다. 여자아이가 벚나무 아래에서 대나무처럼 비명을 질렀다. 나는 놀라서 하마터면 나뭇가지에서 미끄러질 뻔했다. 오래 참은 오줌은 쉬 그치지 않아 나는 화장실 지붕으로 오줌줄기를 틀었다. 여자아이는 벚나무 그늘에서 비켜나 있었다. 머리와 상의에 묻은 오줌을 터느라 정신이 없었다. 그새 청바지와 재킷으로 갈아입고 운동화를 신어서 아까 그 아이처럼 보이지 않았다. 얼핏 사내아이 같은 인상이었다.

나는 어떻게 해야 할지 몰랐다. 아마 여자아이는 울면서 제 부모에게 달려가 일러바치겠지. 그러나 여자아이는 허리에 손을 얹고 쏘아보았다. 잠깐 서로 시선이 엉켰다. 나는 대번에 새로운 천적이 숲에 나타난 사실을 깨달았다. 수탉을 상대하듯 나도 여자아이를 노려보았다. 그러나 나도 모르게 맥이 풀려서 화살 맞은 짐승처럼 미끄러지듯 나무에서 내려왔다. 나는 지붕을 밟고 집 마당 쪽으로 뛰어서 도망쳤다.

이튿날 학교에서 여자아이를 찾아보았지만 보이지 않았다. 하교 길에는 일부러 샘가에 앉아 기다리며 그 아이가 마을에서 올라오는지 지켜보았다.

나는 교회를 훔쳐볼 생각으로 벗나무로 갔다.

벗나무에서 꽃잎이 분분히 날렸다. 화장실 지붕이며 땅바닥은 눈이 쌓인 듯했다. 곧 푸른 잎이 돋겠지만 꽃잎 지고 나면 한동안 벗나무는 겨울잠에 든 듯 헐벗게 마련이었다. 그때는 겨울나무와 다를 바 없었다. 나무는 더이상 은밀한 장소가 되어주지 못했다.

나는 정신이 산란할 정도로 어지러운 꽃비 속으로 뛰어들었다. 막 벗나무 둥치를 껴안고 밑가지에 발을 걸었을 때였다. 뜨거운 빗물 같은 게 머리 위로 튀었다. 나는 나무둥치를 껴안은 채 위를 쳐다보았다. 흰 엉덩이와 여자아이의 밋밋하고 붉은 성기가 보였다. 여자아이는 쪼그린 사타구니 사이로 내려다보며 까르르 웃었다. 오줌을 피하려고 나는 요리조리 고개를 틀었다. 그러자 여자아이가 엉덩이를 돌려가며 오줌을 갈겨댔다.

"니만 할 줄 아나 보지."

나는 씩씩거리며 나무를 내려왔다. 나무 밑에서 올려다보니 그 아이는 이미 바지를 끌어올리고는 메롱, 혀를 내밀었다. 나는 땅바닥에서 돌멩이를 주워들고 소리쳤다.

"내 나무야."

"칫, 나무가 어떻게 네거니?"

"나무한테 물어봐. 옛날부터 내거야."

나는 돌멩이를 집어던졌다. 돌멩이가 여자아이 무릎에 가서 맞았다. 더럭 겁이 났다. 여자아이는 무릎을 감싸고 한동안 웅숭그리고 앉아 있었다.

나는 도망치듯 샘가로 뛰어갔다. 샘물에 머리를 감고 낯을 씻었다.

여자아이는 어떻게 되었을까? 벚나무로 돌아가려니 발걸음이 떨어지지 않았다. 나는 쇠가죽 같은 삼나무줄기를 죽 벗겨서 눈앞에서 맴도는 날파리들에게 칼처럼 휘둘렀다. 이내 그도 심심해져서 지금쯤은 갔겠지, 하고 오솔길을 터벅터벅 걸어올라왔다.

"애!"

삼나무 뒤에서 여자아이가 튀어나왔다.

"너 바보지?"

여자아이가 바지주머니에 손을 꽂은 채 어슬렁거리며 비꼬았다.

"너 자꾸 잠지 만지던데 그러면 손에 아기 달라붙는다. 성경책에다 써 있어."

나는 그만 화들짝 놀라서 허리춤에서 손을 빼냈다. 여자아이가 또 까르르 넘어갔다.

"몇학년이니?"

웃음을 뚝 그치고 여자아이가 물었다. 그러고 보니 여자아이는 나보다 한뼘쯤 커 보였다.

"4학년?"

"……"

"그럼 5학년이구나? 나랑 똑같네. 내 이름은 계영이야. 너 저 아래 학교 다니지? 월요일부터 같이 다니겠구나."

나는 발길을 돌려 오솔길을 올라갔다. 여자아이가 따라오며 물었다.

"학급은 몇개나 되니? 넷? 다섯?"

"하나."

"애개, 꼴랑?"

벗나무 아래에서 여자아이가 말했다.

"정말 멋진 꽃나무지 않니? 이제 이 나무는 내가 접수. 너도 내 허락받고 올라가야 해."

여자아이는 새끼손가락을 내밀었다. 나는 손을 뒤춤으로 숨겼다. 여자아이는 손을 툭툭 털고 돌아섰다. 그리고 몸을 춤추듯이 흔들며 교회로 올라갔다. 어디서 저런 계집애가 이사를 왔담. 나는 머쓱해져서 허리춤에 손을 찔러넣었다가 깜짝 놀라서 빼냈다. 손바닥을 바지에 가만히 닦아냈다.

벗나무에 잎이 트고 곧 초록으로 불타올랐다. 계영은 나에게 망원경을 선물했다. 우리는 벗나무에 앉아 세상 모든 곳을 볼 수 있다는 듯 망원경에 눈을 박고 놀았다. 바다에는 배들이 많았다. 칼자루가 박힌 섬은 섬이 아니라 다른 땅 곳이었다. 반짝이는 장검은 검은 연기를 뿜어내는 무슨 공장 굴뚝이었다. 나는 금방 싫증이 났다. 망원경은 먼 데를 보려고 만든 물건이 아닌지도 몰랐다. 그러나 계영은 망원경을 먼 곳으로만 댔다.

"어머, 정말 하마처럼 생겼네. 너 저기 하마 닮은 섬에 가봤니?"

거기는 아마 두꺼비섬일 거였다.

"학교 옥상에서 패싸움이 붙었다, 얘."

계영이가 선심 쓰듯 망원경을 넘겨주었다. 나는 이제 먼 데에는 관심이 없었다. 가까운 삼나무숲으로 망원경을 돌렸다.

어머니는 도끼를 나무청 솔가리에 묻었다가 하루 만에 시렁 멍석에다가 숨겼다. 아버지는 농약병에서 농약을 쏟고 물을 채워서 농약 바구니에 넣어두었다. 고물상 시모는 토방을 오르내릴 때마다 며느리 신발을 툭 차서 엎어놓았다. 며느리는 부엌에서 밥상을 들고 나올 때 시모의 국그릇에 침을 뱉었다. 고물상 아저씨는 삼나무숲에서 닭을 모는 척하며 이웃집 계영 어머니를 훔쳐보고는 하였다. 계영 아버지는 예배시간에 눈치껏 졸았다. 계영 어머니는 가끔 피아노 뚜껑을 열고서 멍하니 앉았다가 닫고는 했다. 저녁 무렵 장로의 큰아들이 퇴근해서 교회에 들르면 계영 어머니는 탁구를 쳤다. 두 사람은 땀에 흠뻑 젖을 때까지 씩씩거리며 탁구를 쳤다. 계영 어머니는 목덜미와 가슴까지 훔쳐낸 수건을 장로 아들에게 던져주고는 했다. 장로 아들은 돌아가는 고갯마루 삼나무에 기대어 성기를 움켜쥐었다. 그리고 무너지듯 무릎을 꿇고서 기도했다. 아마 손바닥에 애가 붙을까봐 걱정인 모양이었다.

계영과 나는 샘골에서는 단짝처럼 붙어다녔지만, 학교는 남처럼 다녔다.

어느날 계영이 말했다.

"나는 엄마가 미울 때면 이모라고 불러."

또 어느날에는 인상을 찡그리며 말했다.

"아빠는 폐병에 걸렸어. 장로님이 남몰래 개도 먹이고 뱀도 달여다준단다. 참, 장로님이 죽은 사람을 살리는 이적을 부린다며?"

또 사흘이 못 되어서는,

"나는 백혈병이 걸렸는지도 몰라"

하고 말했다.

"어제는 오빠가 흰 연꽃을 교회에 다섯송이나 가져왔는데 참 이쁘더라. 너, 장로님 사는 골짜기에 가봤니?"

하고 물어서 나는 계영을 데리고 산 너머 골짜기로 넘어갔다. 가는 산길에 붉던 진달래가 해마다 줄어 그해는 볼 게 없었다. 미나리꽝이 계단처럼 놓인 논둑을 걸어서 나는 계영을 연밭으로 데려갔다. 작은 호수처럼 넓은 무논에 우산 같은 연잎들이 숲을 이루고 있었다. 그 틈에 희거나 붉은 연꽃이 색종이처럼 피어 있었다.

"와, 예쁘다."

나는 가을이 되면 수수만큼 높게 자란 연밭 속을 걸을 수도 있다고 알려주었다. 우리는 산자락을 돌아 장로의 유자 과수원으로 갔다. 흰 유자꽃이 피어 있었다. 나는 과수원 귀퉁이에 우람하게 선 장군 유자나무 밑으로 계영을 이끌었다. 그 유자나무는 이 고장에서 제일 크고 늙은 유자나무였다. 많은 사람들이 가지를 끊어다가 유자 묘목에 접을 붙였다. 계영은 유자차는 마셔보았지만 유자를 직접 본 적은 없다고 말했다. 나는 냄새를 맡아보라고 땅바닥에 떨어진 유자꽃을 주워주었다.

"음, 유자차 냄새가 나네."

계영은 꽃을 버리지 않고 머리핀에 꽂고는 바보처럼 웃어 보였다.

우리는 6학년 때 가출한 적도 있었다. 세집 어른들이 동시에 싸운 날이었다. 아버지는 망치를 들고 어머니를 쫓아다녔고, 어머니는 물이 든 농약병을 들고 숲으로 도망쳤다. 계영이 아버지는 계영이 어머니와 말다툼을 하다가 탁구대를 엎었다. 고물상 시모는 며느리 머리채를 끌면서 새끼도 못 낳는 잡년이라고 소리쳤다.

나는 벗나무에 우두커니 앉아 있었다. 계영이가 회색 트렁크를 끌고 내려왔다. 이사 올 때 보았던 그 트렁크였다.

"어디 가냐?"

계영이 벚나무 위를 쳐다보며 입에 손가락을 댔다.

"너도 같이 갈래?"

걔는 뱀처럼 속삭였다.

"어디 가는데?"

나는 나무에서 내려왔다.

"가출."

"가출?"

계영이 고개를 끄덕였다. 입을 앙다물고 있었다. 나는 나무를 손가락질하며 말했다.

"여기 숨어 있자. 아무도 못 찾아."

"병신. 가기 싫음 관둬."

계영이 트렁크를 끌고 삼나무 오솔길로 내려갔다. 나는 뛰어서 쫓아갔다. 나는 계영한테서 트렁크를 빼앗아서 끌었다. 우리는 마을로 내려와 버스를 탔다. 읍내에서 다시 도시로 가는 버스로 갈아 탔을 때에는 창밖으로 저녁 어스름이 내려앉았다. 덜컹거리는 버스에 앉아 계영이 입을 열었다.

"너는 왜 날 따라왔어?"

나는 선뜻 대답할 말이 없었다. 계영이 집요한 눈길로 재촉했다.

"이유를 세가지만 대봐."

"……트렁크를 들어주려고."

계영은 콧방귀를 뀌었다. 새초롬한 눈빛으로 다음, 하고 물었다.

"서울을 한번도 안 가봤어."

"난 서울 안 가. 부산으로 갈 거야."

나는 다음 대답이 얼른 떠오르지 않았다. 나는 불안한 눈빛으로 의자에 등도 대지 못하고 꼿꼿하게 앉아 있었다. 계영은 벌써 다른 생각으로 빠졌는지 창밖으로 눈을 두고 말이 없었다.

삼십분쯤 지났을 때 군 경계를 알리는 표지판이 나왔다. 나로서는 아주 먼 데였다. 그런데 왠지 와본 것처럼 낯익은 길이라는 생

각이 들었다. 머잖아 버스가 멈추었다. 창밖을 보니 검문소 앞이었
다. 경찰관이 버스로 올라와 실내를 두리번거리며 소리쳤다.

"강계영! 오동수! 수동초등학교 강계영, 오동수!"

계영이와 나는 깜짝 놀라 의자 깊숙이 머리를 박았다. 나는 경찰
이 어떻게 우리 이름을 알고 부르는지 신기하기만 했다. 이내 경찰
이 다가와 우리의 어깨를 두드렸다.

경찰은 우리 목덜미를 잡아채서 통로에 세우고 승객들을 향해
말했다.

"혹시나 지금 승객 중에 무단으로 가출하신 분이 계신다면 빨리
돌아가십시오. 검문에 협조해주셔서 대단히 감사합니다."

경찰이 거수경례를 붙였다. 승객들이 킬킬거리고 웃었다. 운전
기사가 짐칸을 열고 트렁크를 내려주었다.

"어른들 가방이라 의심도 못했다. 머리에 피도 안 마른 것들이
정분 나서 도망쳐?"

운전기사는 우리에게 꿀밤을 한대씩 안겼다.

"이놈들아, 무슨 가출이야? 이 고장은 밖으로 나가는 길이 이 길
뿐이라고."

우리는 검문소 나무의자에 벌 받듯이 앉아서 계영이 아빠를 기
다렸다. 계영이 씩씩거리며 투덜댔다.

"널 괜히 데려왔어."

왠지 이런 결론이 안심되었다. 그리고 불현듯 떠오른 세번째 대
답처럼 나는 중얼거렸다.

"맞아. 다섯살인지 여섯살인지 모르지만 그때 와봤어. 그래서 내가 길을 알았던 거야."

계영이 눈을 흘기며 내 발등을 지끈 밟았다. 나는 다른 데 신경 쓸 겨를이 없었다. 그때는 어머니와 함께 이 의자에 앉아 아버지를 기다렸는지, 아버지와 함께 어머니를 찾으러 왔는지 가물가물했다.

많은 날들이 빠르게 지나갔다. 중학생이 되어서도 우리는 여전히 벚나무에 올랐다. 우리는 낡은 망원경으로 서로의 얼굴을 번갈아 들여다보며 놀리고는 했다.

"와, 여자애가 코밑에 수염이 다 났네."

"너 눈빛이 왜 이래? 까맣지 않고 갈색이야."

"그건 다 그래. 네 눈동자도 가만히 들여다보면 까맣지 않아."

사실 망원경에는 희뿌연 색만 가득해서 아무것도 보이지 않았다. 나는 무료한 장난 사이에 망원경을 주위로 돌려 훔쳐보고는 했다. 탁구대는 교회 바깥으로 나와 무화과나무 밑에 세워져 있었다. 계영의 어머니는 피아노 근처에는 얼씬도 하지 않았다. 그녀는 가끔 집 밖으로 나와 삼나무숲길을 하릴없이 걸어다녔다. 고물상 아저씨가 개우리를 짓고 개들을 몰아넣었다. 어머니는 도끼와 망치를 재우리 거름더미 속에다가 묻었다. 그리고 가끔 나는 가출 사건 이후로 갖게 된 의문에 골똘했다. 어머니가 나를 버리고 갔는지, 데리고 갔는지 뚜렷이 기억이 나지 않았다.

어느날 나는 샘에서 빨래하는 고물상 할머니를 만났다.

"내가 어렸을 때 우리 엄마 가출한 적 있지요?"

할머니가 희뜩 쳐다보았다.

"언제 말여? 한두번이어야제 말이지."

"엄마 혼자 도망갔어요?"

"왜 도둑질한 서방이라도 끼고 갔을까봐. 아서라, 느그 에미는 서방질은 안 했어. 느그 아부지 손찌검 무서워 내빼는 년이라 옷가방 한가지 제대로 챙겨가는 걸 못 봤다. 지집년들 가출해봐야 소용없어. 전화 한통이면 검문소에서 제격 잡히는디."

그날 밤 나는 아랫마을 농가에서 농약을 훔쳐왔다. 집 뒤꼍 농약 바구니에서 농약병을 꺼내서 물을 쏟아버린 후 훔쳐온 농약을 가득 부었다. 농약 바구니를 다시 시렁에 갖다놓았다.

추석을 앞둔 일요일, 아랫마을 저수지에서 물을 방류하는 날이었다. 수리조합은 몇년에 한번씩 저수지 물을 완전히 방류하여 사람들에게 자유롭게 물고기를 잡게 했다. 그런 날은 인근 마을 사람들이 모두 저수지에 들어 장어와 잉어와 붕어를 잡았다. 올해는 오년 만에 방류하는 거라고 했다.

그 무렵 부모님은 내리 사흘간을 싸우고 있었다. 첫날은 아버지가 지게작대기로 장독을 두개나 박살냈다. 집 안에 간장내가 진동했다. 이튿날은 온종일 삼나무숲에서 고물상 아저씨와 어울려 술을 퍼마시고 개들 옆에 쓰러져 잤다. 밤공기가 차서 그 집 며느리가 거적때기를 덮어주었다. 다음날 아침까지 숲에서 쓰러져 자는 걸 나는 벚나무에서 바라보았다.

"네 아버지는 왜 만날 저러실까?"

"남자니까."

"남자라고 다 그러니? 하긴 우리 집은 이모가 문제지. 이제는 술을 감춰두고 홀짝홀짝 마셔. 죽어버렸으면 좋겠어."

제 엄마를 이모라 부르는 걸 오랜만에 들어서 나는 계영을 빤히 쳐다보았다. 계영은 꺼진 듯싶은 눈매라든가 웃을 때 잇바디가 드러나는 거며 마르고 긴 목 따위가 제 어머니를 닮아가고 있었다.

"오늘 저수지 물 빼서 고기 잡는다는데 나 좀 데려가라."

계영이 말했다.

"재미없어."

"아주 재밌겠던데. 가자. 여자들도 들여보내 준다며?"

계영이 주말예배를 마치기를 기다리는 동안 아버지가 비척비척 집으로 돌아왔다. 집 뒤란과 부엌을 샅샅이 훑고 다니는 게 도끼를 찾는 눈치였다. 어머니는 깨밭에 가고 없었다.

계영이 낡은 반바지에 티셔츠를 걸치고 양동이 하나를 끼고 나타났다. 우리는 아랫마을 저수지로 내려갔다. 매년 그렇듯 인근 마을 주민들이 나와 운동회 때처럼 북적거렸다. 아직 수리조합 쪽에서 입어 신호가 떨어지지 않아 사람들은 방죽에 몰려 있었다. 양동이와 고무대야를 들고 나온 여자들, 장어 잡는 갈고리를 손질하는 장정들, 벌써 팬티만 걸치고 뛰어다니는 조무래기들로 방죽은 무슨 장터 같았다. 계영은 마냥 신기한 듯 두리번거렸다. 아침부터 물을 방류해서 수문 쪽 깊은 데를 빼고는 저수지의 거무스레한 개흙 바닥이 드러나 있었다. 군데군데 생긴 웅덩이에서 물고기들이 파닥거렸다. 개흙벌이 통째로 꿈틀거리는 것 같았다.

핸드마이크 싸이렌이 울리고 장어잡이 갈고리꾼들을 모으는 방송이 나왔다. 먼저 장어잡이를 한 다음에 나머지 사람들을 들여보낼 모양이었다. 긴 대나무 끝에 날카로운 갈고리를 묶은 어구를 든 장정들이 저수지가로 빙 둘러섰다. 이내 입어를 알리는 호각소리가 울렸다. 장정들이 저수지로 뛰어들었다. 방죽에서는 노인 하나가 북을 쳤다. 갈고리꾼들은 북장단에 맞춰 갈고리로 진흙바닥을 긁으며 저수지 중심으로 조여갔다. 갈고리꾼들이 그린 원이 반경 십 미터 남짓 남았을 때 갈고리에 장어들이 찍혀 올라왔다. 여기저기서 장정들이 꿈틀거리는 장어들을 치켜올렸다. 그때마다 방죽에 앉은 구경꾼들은 환호성을 질렀다. 갈고리꾼들이 헹가래 치는 사람들처럼 바짝 원을 조이면 장어들이 무더기로 찍혀 올라왔다. 한차례 조업이 끝나자 이번에는 여러조로 나뉘어 작은 원을 만들고 장어잡이를 벌였다.

이번에는 우리들도 저수지로 들어갈 수 있었다. 계영과 나는 얕은 물웅덩이 쪽으로 들어갔다. 금세 몸은 진흙투성이가 되었다. 우리는 개흙바닥을 구르며 맨손으로 물고기를 잡아야 했다. 웅덩이에서 파닥거리는 잉어와 붕어를 잡아 담고, 때로는 개흙 속으로 숨은 장어를 쫓았다. 계영은 겨우 붕어 두어마리를 잡아내고 신나 했다. 온몸에 개흙을 묻혀 작은 몸의 윤곽이 드러났다. 풍만한 가슴과 엉덩이를 거의 드러내다시피 한 채 뒹구는 아주머니들도 있었다. 슬금슬금 접근해서 장난을 치는 아저씨들도 있었다. 조무래기들은 물고기 잡는 일보다 개흙에서 고무대야를 타고 노는 일에 흠뻑 취했다.

농밀한 개흙이 겨드랑이와 사타구니로 밀려드는 느낌이 참 좋았다. 나는 장어 한마리를 잡아서 계영에게 다가가 "뱀이야!" 하고 던져서 놀려주었다. 계영이 비명을 지르며 개흙바닥으로 넘어졌다. 개흙을 뒤집어써 눈동자만 번득이는 얼굴로 계영이 씩씩거리며 일어섰다. 나는 날래게 장어를 잡아서 내밀며 변명했다.

"뱀이 아니야. 장어라고."

그래도 계영이 또 비명을 지르며 엉덩방아를 찧었다. 계영이 개흙을 한움큼 훔쳐서 힘껏 던졌다. 개흙은 내 이마에 떨어졌다. 계영이 까르르 웃었다. 그녀는 다시 개흙을 한움큼 집어던졌고 나도 질세라 가세했다. 이내 개흙싸움은 주변으로 번져서 여기저기서 비명소리와 웃음소리가 터져나왔다.

우리가 저수지에서 나왔을 때는 이미 어둑해져 있었다. 온몸이 파근했다. 그래도 계영과 나는 싱글벙글 웃으며 샘골로 올라갔다. 우리는 삼나무숲에 이르러 샘으로 갔다. 계영은 옷을 입은 채 차가운 물로 개흙을 씻어냈다. 계영은 이를 달달 떨었다. 나는 윗도리를 벗고 샘물을 거푸 뒤집어썼다. 그때 고물상에서 새된 목소리가 넘어왔다.

"뉘 집 년이 해 떨어진 샘에서 나대는 거여, 뭔 부정 타게, 엉!"

우리는 동작을 멈추고 바닥에 쪼그려 앉았다. 계영이가 머리에서 물기를 쪽 짜내며 속삭였다.

"넌 아직 다 못 씻었잖아?"

그녀는 조심스레 바가지를 들어 내 등짝에 물을 끼얹었다. 계영의 젖은 머리카락이 등과 옆구리를 간질였다. 처음으로 나는 부끄럽고 어색한 마음이 들었다. 그녀도 마찬가지인지 성끗 웃었다. 그녀가 다시 물바가지를 들었다.

"머리 숙여봐."

그녀가 부어주는 물에 나는 머리를 감았다. 내가 팔뚝이며 가슴에 묻은 물기를 손바닥으로 훔쳐내고 있을 때 계영이 쪼그려 앉은 채 말했다.

"바지 한번 내려봐."

나는 멈칫해서 멀뚱히 서 있었다. 계영이 표정 없는 얼굴을 옆으로 돌렸다. 나는 실수로 똥을 싼 아이가 엄마에게 하듯이 눈을 질끈 감고 바지를 내렸다. 내가 슬그머니 눈을 떴을 때 계영은 내 사타구니를 물끄러미 들여다보고 있었다. 나는 얼마나 이러고 있어야 할지 몰랐다. 그녀가 잡을 듯 손을 뻗더니 별안간 벌떡 일어났다. 그녀는 맹랑하게 말했다.

"핏, 별거 아니네."

그녀는 성큼성큼 샘가로 나갔다. 나는 부리나케 바지를 올리고 옷가지와 양동이를 주섬주섬 챙겨서 따라나섰다. 집 앞까지 오는 동안 우리는 아무 말도 하지 않았다. 계영은 추위 탓인지 몸을 조금 떨었는데 발소리는 꾸민 것처럼 경쾌했다. 집 앞에서 계영이 양동이를 내려다보며 말했다.

"우리 집은 물고기 안 먹어. 오늘 되게 재밌었어. 잘 자."

계영이 벚나무 아래서 손을 흔들고 뛰어갔다.

어머니가 불도 안 켜고 툇마루에 우두커니 앉아 있었다. 표정이 어두웠다. 보지 않아도 뻔했다. 아버지는 술을 마시러 어디로 나간 모양이었다. 내가 옷을 갈아입으려고 신발을 벗을 때 어머니가 말했다.

"느그 아부지가 문을 걸어잠그고 들앉았다. 죽겠다고 농약병을 가지고 들어가서 오후 내 안 나온다."

나는 화들짝 놀라서 문고리를 잡았다. 문은 안으로 잠겨서 열리지 않았다. 나는 문고리를 세차게 잡아당겼다.

"냅둬라. 절대 그것 마실 양반이 아니다. 느그 에미 창자를 끊어놓을라고 저러는 것이제. 느그 애비는 나를 패죽이면 죽였지 자기 손으로 목숨 거둘 양반이 아니다. 자식 두고는 절대 그렇게 못하제."

나는 마당가 재우리로 뛰어가 도끼를 꺼내왔다. 어머니는 조금 놀란 눈치였다. 나는 문짝을 도끼로 내리찍었다. 농약 냄새가 끼쳐왔다. 전등을 켜자 아버지는 아랫목에 응등그리고 누워 있었다. 하얀 거품을 게워내서 방바닥이 흥건했다. 나는 도끼를 떨어뜨리고 뒤로 물러났다.

"오매!"

어머니가 기어서 문턱을 넘어왔다. 나는 맨발로 토방으로 뛰쳐나와서 머리를 감쌌다. 어머니는 아버지 머리를 무릎에 당겨놓고 오열했다.

"오매, 이게 뭔 일이다요. 우리는 어째 살라고……"

아버지를 묻고 나서 나는 벚나무에 숨어서 지냈다. 벚나무 잎이 붉게 물들어갔다. 계영이 나무 그늘로 와서 서성거리다가 돌아가 곤 했다.

잔바람에도 벚나무 잎이 쏟아져내렸다. 하루는 계영이 나무 위로 올라왔다.

"왜 이렇게 야위었어?"

그녀가 손을 뻗었다가 거두었다. 나는 몸을 웅크린 채 가만히 앉아 있었다. 우리는 한동안 말없이 앉아 시간을 보냈다. 이윽고 계영이 입을 열었다.

"우리 이사 가. 네가 나무에서 내려오면 말하려고 했는데 벌써 시간이 됐네."

나는 그녀를 물끄러미 바라보았다. 푸석푸석 야윈 것은 계영이 같았다. 계영은 글썽한 눈으로 내 손을 끌어 잡았다. 바보같이 나는 아무 말도 못했다.

잎이 져서 점점 난파선처럼 변해가는 벚나무 위에서 나는 계영이네 가족이 떠나는 것을 지켜보았다. 삼년 전보다 짐들은 훨씬 줄어 있었다. 피아노도 없었고 책장도 없었다. 신도들이 샘가에 둥글게 서서 기도를 올렸다.

계영이 삼나무 오솔길로 되돌아와 벚나무 밑에서 숨을 헐떡거리며 손을 흔들었다.

"꼭 돌아올게. 널 찾을 수 있는 술래는 나밖에 없으니까."

그녀는 오솔길을 뛰어서 내려갔다. 나는 곤충껍질처럼 붙어서 앙상해진 나뭇가지 사이로 계영이 탄 트럭이 멀어져가는 모습을 바라보았다. 늦가을 햇살이 뺨에서 따사로웠다. 나는 마른 입술을 달싹여 오래전 버스에서 말 못한 세번째 대답을 웅얼거렸다.

이야기를 돌려드리다

먼저 아주 허황한 이야기를 들려드리게 되어 독자에게 미안하다. 지금껏 나는 삶이니 세계니 하는 것들을 분석하는 입장에서 소설을 써왔다. 삶이 믿을 수 없고 알 수 없는 판타지의 세계에 속하기도 한다는 사실을 믿지만 적어도 나는 눈으로 보고 마음으로 겪은 명백한 세계만을 그리려고 애써왔다. 내 소설에 조금의 과장이 있었더라도 그것은 삶을 포위한 현실을 명확히 그리기 위해서였다.

양해를 구한 김에 이 소설이 어머니를 위해 쓰였다는 사실을 마저 밝히겠다. 책장을 들추다보면 간혹 이 책을 누구누구에게 바친다는 저자의 말이 앞에 달리는데, 이제껏 나는 누구에게 바치는 소설을 써보지 못했다.

어머니는 몇년째 치매에 걸려 나날이 기억을 잃어가고 있다. 최근에는 내가 당신의 아들이라는 사실마저도 인지하지 못하게 되었다. 치매는 가까운 기억부터 차근차근 갉아먹다가 종내에는 자신마저 망실하는 병이다. 최근의 일은 깜박깜박하지만 옛일을 잘 기억하는 것을 단순한 건망증으로 치부해서는 안된다. 전문가들은 이를 치매의 전형적인 초기 증세라고 한다.

어머니의 기억이 마치 휴대폰 액정화면의 배터리 표시처럼 지워져가는 것을 나는 목격할 수 있었다. 어머니를 보고 있노라면 기억은 아주 물리적인 경계들에 싸여 있는 것 같다. 구월의 기억이 지워지고 팔월의 기억이 지워졌다. 칠십세의 기억이 지워지고 육십세의 기억이 사라졌다. 어미로서의 기억이 사라지고 신부의 기억이 사라진 후 친정의 기억마저 지워졌다.

아주 우연한 계기로 우리 가족은 어머니의 병증을 처음 알게 되었다. 우리 부부가 큰아이를 낳은 후 부모님을 찾아뵈었을 때 어머니는 며느리에게 여러번 미안해했다. 해산 소식을 듣고도 고향 쪽에 일들이 많아 그동안 찾아보지 못했다는 거였다. 우리 부부가 아이를 낳을 무렵에 선산에 납골당을 설치하는 문제로 부모님이 고향을 오르내리며 일이 많았던 것은 사실이지만 우리 부부는 놀라지 않을 수 없었다. 어머니는 바쁜 와중에도 병원 산후조리원을 찾아와 산모와 아이를 보고 가셨고, 그날도 우리 부부는 아기를 안고 부모님을 세번째 방문하는 길이었다.

치매 진단을 받은 후 어머니의 병세는 하루가 다르게 나빠졌다. 어머니는 매운 음식을 잘 드시지 못했는데 아버지가 드시려고 식탁에 올린 청양고추를 베어물었다가 물 들이켜기를 여러차례 반복했다. 아파트 출입문 비밀번호를 잊어먹었고, 뒤에는 아파트 동 호수마저 잊어서 집을 찾지 못했다. 아버지와 싸웠다고 거짓말을 했다. 그러나 그것은 아주 오래전, 어쩌면 삼십, 사십대 때의 어느 하루 기억일 수 있었다.

어머니의 기억이 깊어질수록 점점 소통이 불가능해져갔다. 우리로서는 어머니의 말씀이 헛소리나 실성한 이의 독백처럼 들렸다. 요양원에 모신 후 얼마 되지 않아 면회를 갔을 때, 어머니는 요양원 마당 맨땅에다가 김매기를 하는 시늉을 했다. 어머니의 기억이 고향에서 농사를 짓던 시절로 돌아간 거였다. 몇년 전 내가 잡초에 대해 자문을 구했을 때 "밭에 가면 쇠비름 원수, 논에 가면 피 원수……" 하고 민요풍의 노래를 불러주던 모습이 떠올라 눈시울이 뜨거웠다. 요양원 마당에 쪼그려 앉은 어머니를 일으켰더니 어머니는 일 걱정 많은 얼굴로 마당을 훑어보았다.

그런 어머니가 어느 면회 날은 난데없이 "착석!" "기립!" 하고 소리쳤다. 그것은 어머니에게서 지금껏 한번도 들어보지 못한 단어였다. 나는 어머니의 기억이 이제 소학교 시절로 돌아갔다는 사실을 깨달았다. 아마 그것은 소학교 교실의 구령소리였을 것이다. 그뒤로 어머니는 웅얼웅얼 독백을 토해냈지만 그게 어느 기억에 닿은 것인지 짐작할 수 없었다. 그렇다고 그 기억이 어머니 인생의 한부분이 아니라고 부정할 수는 없었다. 자식들이 다가갈 수 없는 깊은 기억일는지 몰랐다. 일테면 어머니는 지금 소꿉놀이를 하고 있거나, 아기가 되어 젖을 찾고 창호에 어리는 무서운 그림자를 보고 있는지도 몰랐다.

그러나 어머니가 유일하게 반응하는 소리가 있었다. "엄마!" 하고 부르면 "오야" 하고 대답했고 "밥 좀 줘" 하면 안타까운 표정을 지었다. 엄마와 밥은 마치 뇌에 저장된 기억이 아니라 가슴 같은 곳에 박히거나 뒤꿈치의 굳은살 같은, 기억과는 질적으로 다른 어떤 것 같았다. 자신이 어머니라는 사실을 잊고 자식들을 잊어먹어도 그 말에는 여전히 정상인처럼 반응했다. 그래서 자식들은 면회를 할 때마다 엄마를 부르고, 밥 달라는 소리를 했다.

나는 '기억하다'라는 말을 '기억해야 한다'라는 의미로 수없이 써왔을 것이다. 인간은 기억하는 존재이다, 역사를 잊어서는 안 된다, 소설은 기억의 산물이다라는 명제를 당위적으로 써왔다. 그 말의 진실에 대해서 깊이 고민해보지 못했다. 그러나 어머니를 지켜보면서 그 말처럼 뼈저리게 다가오는 말도 없었다. 기억이 없으면 그를 누구라 해야 할 것인가. 나에 대한 기억이 없는 어머니를 더이상 어머니라 부를 수 있을까. 어머니를 바라보노라면 문득 존재에 대해 소름이 돋고는 했다. 어머니가 기억 하나라도 더 붙잡게 하려고 나는 애를 썼다. 심지어 나쁜 기억마저도 기억해주길 간절히 바랐다.

어머니의 세살, 다섯살, 열살을 상상해본 적은 없었다. 서두가 길어졌지만 어머니와 소통하려고 나는 어머니의 그 먼 기억까지 보려 했다. 그건 또한 내 기억의 문제이기도 했다. 나는 내가 한때 설명할 수 없는 말랑말랑한 세계에 속해 있었다는 사실을 깨달았다. 그것은 어머니가 물려준 세계였다. 그만큼 어머니와도 친연성이 있는 세계라 믿는다. 어머니는 그 말랑말랑하고 신비한 세계로 자리를 옮긴 것 같았다. 왠지 지금 어머니가 맥락 없이 웅얼거리는 소리들이 그 세계에 대한 이야기가 아닐까 짐작했다.

열살 무렵의 나는 항시 이마가 뜨거운 아이였다. 어느 유월 하루 낮, 보리밭에서 혼불을 보고 나서였다.

산마루까지 개간한 밭에서 어른들은 보리 베기에 한창이었고, 나는 깜부기를 털거나 까투리 새끼를 쫓으며 지루한 한나절을 보내고 있었다. 일더위는 보리 까끄라기만큼 따가웠다. 이랑을 하나씩 타고 엎드려 낫질하는 어른들의 대화가 한없이 지루했고, 누른 보리밭 위로 풀무치나 방아깨비 날갯짓 소리도 맥맥했다. 무심코 고개 들어 바라본 하늘에서 한줄기 빛이 화살처럼 떨어졌다. 그것은 희었다. 종발만 한 머리도 있고 꼬리도 있었다.

어른들이 허리를 폈다. 흰 빛줄기는 머리 위에서 세토막으로 나뉘면서 남쪽 산마루로 사라졌다. 누가 또 좋은 데로 갔을꼬. 내일쯤 부고가 오겠지. 어른들 사이에서 그런 소리가 오갔다. 어른들이 마을과 들과 그 너머 산과 바다를 더듬어 보았으므로 나도 덩달아서 꽁지발을 세웠다.

"저게 혼불이야. 지금 막 꼴깍한 사람 몸에서 나온 거라고."

어른들의 눈길을 피해 보릿단 뒤에서 담배를 그슬리던 큰형이 내게 말했다. 서울에서 제과공으로 일하던 큰형은 징집영장이 나와 집에 돌아와 있었다. 큰형의 말을 듣는 순간, 하늘의 불덩이가 흡사 내 이마에라도 떨어진 느낌이 들었다. 정말로 이마가 뜨거웠고, 눈앞이 깜부기처럼 검어졌다. 나는 무릎을 접으며 밭이랑에 꼬꾸라졌다. 어른들은 더위를 먹었다고 하였으나 혼불이 이마로 달려드는 환영을 지울 수 없었다.

만약 그때 내가 좀더 자랐더라면 머리 위로 날아간 물체가 별똥이라고 여겼을 것이다. 그러나 열살, 낮에도 별똥이 떨어진다는 사실을 모르는 나이였다. 물론 어른들의 거짓말을, 그게 의도적인 거짓이든 무지한 미신이든 짐짓 알고도 모른 척할 수 있는 나이이기는 했다. 열살 먹은 도회지 아이들도 산타클로스가 거짓부렁이라는 사실을 알면서도 그의 선물을 받듯이 나 역시 망태할아버지나 조리뱅이와 같은 요괴들의 존재를 믿지 않았다.

그러나 그 사실을 어른들에게 내색하지는 않았다. 할머니나 어머니가 망태할아버지가 잡으러 온다고 동생을 겁박할 때 나는 옆에서 어른들의 거짓말에 동조하여 동생의 울음을 그치게 했다. 심지어 동생과 단둘이 있을 때 울거나 떼를 쓰면 나는 어른들처럼 망태할아버지를 들먹였다. 조리뱅이도 마찬가지였다. 메주 쑤는 날 콩 주워먹는 아이들을 잡아간다는, 앞산 동굴에서 박쥐를 기르며 산다는 조리뱅이도 지어낸 요괴라는 걸 잘 알았다.

그렇다고 어른들을 속일 생각은 없었다. 어른들을 속이다니……나는 오히려 그들을 경외했다. 요괴들을 자꾸 들먹이고 사는 어른들의 세계가 조금은 비밀스러워 보였다. 그 무렵인지 그뒤인지 모르지만 나는 어른들의 세계에 대한 강렬한 동경이 아이들을 자라게 한다고 생각했다. 또 시간이 흘러서는 어른들도 인생에 대해서는 서투르고 허술한 큰 아이들이라는 사실을 눈치챘지만 말이다.

설사 별똥이라고 생각했을지라도 아마 나는 여전히 이마가 뜨거웠을 것이다.

그 무렵 어머니가 들려준 많은 이야기들 탓에 나는 보고 싶은 게 많았다. 바다와 산을 오가며 보름씩 산다는 산(山)갈치와 백년에 한번 꽃을 피운다는 대꽃이 그런 것이었다.

고향 마을에는 '갈치막도'라는 조그마한 산이 있었다. 어머니는 늦가을이면 어린 나를 데리고 그 산에 들어 땔감을 해오곤 했다. 그 산은 이름에서 알 수 있듯이 오랫동안 섬이었다가 개막이공사로 들 가운데로 올라온 땅이었다. 개막이공사가 일제 때 벌어진 일이라 나는 그 산이 바다에 뜬 모습을 보지는 못했다. 고향에는 섬 이름을 가진 지명이 많았다. 복서 백인철의 고향 불무섬이라든가 소록도 한센인들이 개막이를 한 오마도, 한때 범선이 모이고 갈치 젓이 많이 나는 축두라든가 하는 해변의 마을들은 이미 뭍이 된 마을들이었다. 아마 갈치막도는 어부들이 갈치떼를 망보는 보루인 어막(魚幕)이 있던 무인도였을 것이다. 아니면 옛날에 많이 잡혔다는 청어떼를 관찰하는 곳이었을 수도 있다. 산갈치가 청어떼를 몰아오는 고기라 하여 '청어의 왕'이라는 별칭도 갖고 있으니까.

어머니는 돌아가신 당숙할머니가 그 산갈치를 잡아 드셨다고 말했다. 당숙할머니는 오오사까(大阪)가 친정인 일본인이었는데 어느 새벽녘에 아침을 짓기 위해 절구통이 있는 마당으로 나왔다가 사철울타리에 앉은 다섯발이나 되는 산갈치를 절굿공이로 쳐서 잡았다고 한다. 눈이 붉고 가시처럼 뻐센 갈기가 머리에서 등허리까지 돋아 있었으며 잠자리 날개같이 반투명의 죽지도 가지고 있었다. 옛말에 죽을병에 걸린 사람이 산갈치를 먹으면 소생하고, 건강한 사람이 먹으면 도통하여 신통력을 가진다고 하였다. 당숙할머니는 산갈치를 토막내서 솥에다가 애호박 다섯통과 함께 국을 끓여 마을에 돌렸는데 두집이 부정하다고 안 먹고 열네집이 나눠먹었다. 그뒤로 고향 바다에 청어가 더 오르지 않았다고 하였다.

나는 어머니에게 산갈치 얘기를 수없이 청해 들었다. 성인이 될 때까지 산갈치를 한번 보았으면 하는 게 소원이었다. 그 소원을 이룬 것은 스무살이 넘어서였다. 63빌딩 수족관에 갔다가 벽에다가 박제해 전시한 그 영물을 본 것이다. 그것은 동해의 어부가 잡은 고기였다. 산갈치의 실제 생김새는 어린 시절 어머니가 들려준 모습과 크게 다르지 않았다. 날개가 없다 뿐이지 그 긴 몸뚱이며 귀면 같은 머리, 붉은 갈기를 닮은 지느러미 따위는 『산해경(山海經)』에나 나옴 직한 짐승처럼 보였다.

나는 어머니를 수족관으로 모셔다가 산갈치 박제를 보여드렸다. 어머니는 아이들보다 더 신기한 눈으로 한동안 들여다보고 나서 말했다.

"정말 솥 하나는 되었겠구나."

나는 어머니를 지켜보면서 아들에게 이야기를 들려주느라 허황한 얘기를 들먹였던 게 아니라 당신 자신이 지금껏 산갈치에 들려 살아오지 않았나 하는 느낌이 들었다.

당시 어머니는 쉰을 넘긴 나이에 상경해 식당 찬모나 파출부로 일을 다녔는데 나로서는 어머니가 서울생활을 아주 잘하고 계신다고 생각했다. 오히려 젊은 나보다 낫지 싶었다. 내가 첫 직장을 잡아 어머니와 함께 출근을 하게 되었을 때였다. 어머니는 선릉동으로 일을 다녔고, 내 직장은 강남 신사동에 있었다. 우리는 지하철을 타고 출근했는데 신도림역에서 환승할 무렵 어머니가 냅다 내달리는 거였다. 출퇴근 시간대의 신도림역이란 예나 지금이나 지옥이나 다름없다. 어머니는 그 인의 장막을 뚫고 계단을 통해 2호선 환승 플랫폼으로 내달렸다. 허겁지겁 쫓아갔더니 대기선 제일 앞에서 핸드백을 안고서 숨을 고르고 있었다. 다음 차가 신도림에서 출발하는 빈 차이고 이 라인에 서 있으면 자리를 잡고 앉을 수 있다고 어머니는 가르쳐주었다. 그러면서 내게 충고하기를 "너처럼 여유 부리고 살다가는 서울에서 못 버틴다"라는 거였다.

또 어머니는 농사짓는 일에 비하면 서울에서 돈 벌기가 식은 죽 먹기라고 말하곤 했다. 그러면서 늘 좀더 젊어서 상경하지 못한 일을 아쉬워했다. 어머니가 억척 아주머니가 되어가는 모습이 나로서는 쓸쓸하고 죄스러우면서 다행이라 생각했다. 뒷날 어머니가 치매와 더불어 우울증 진단을 받았을 때에야 나는 어머니의 서울생활이 얼마나 힘에 부쳤는지 깨닫게 되었다. 어머니는 서울에서 단거리 육상선수처럼 늘 긴장해 사셨던 것이다. 요양원에서 잠시 집으로 모셨을 때 집 안 여기저기를 맨손으로 쓸고 다니면서 이 집 여자가 오기 전에 얼른 청소를 해야 한다든가, 이 집 사람들은 야박하다는 둥 파출부 일 다니던 때 일을 중얼거렸다.

마을을 둘러싼 대숲은 어린 내게 항상 두려운 공간이었다. 도망자가 된 어른들이 대숲으로 숨었다는 얘기를 많이 듣고 자랐을 뿐 아니라, 깨진 옹기나 사금파리를 유기하는 곳도 대숲이었다. 왠지 썩지 않을 것들을 유기하는 무덤처럼 여겨졌다. 결정적으로 마을 연못에서 진혼굿을 하는 모습을 지켜본 뒤로는 대숲의 이미지가 한층 더 음습해졌다. 내가 태어나기도 전에 처녀 하나가 연못에 투신을 했다는데 그 넋을 건져 위로하는 진혼굿이 벌어졌다. 갈치와 살아 있는 토끼를 연못에 제물로 던져넣고 간짓대 끝에 무명천을 묶어서 물을 휘저어 넋을 건져올렸다. 그 넋을 호리병에 담아서 밀봉했다. 며칠 뒤 아이들과 칼싸움 할 죽순을 부러뜨리러 대숲에 들었다가 그 호리병이 대숲에 보관된 것을 보고 혼겁을 해서 뛰어나왔다.

나는 자주 악몽을 꾸면서 가위에 눌리곤 했는데 어머니가 대꽃 얘기를 들려주었다. 백년에 한번씩 온 대숲에 눈처럼 꽃이 핀다는 거였다. 그러고 나서 대숲이 말라죽는다고 하였다. 대꽃이 지면 죽실이라는 작은 열매들이 맺는데 봉황이 날아와 먹는다고 하였다. 외할아버지가 일본군 노무대로 끌려가 진주에서 지낼 때 꽃 핀 맹죽숲을 보고 왔노라고 하였다. 나는 왜 우리 마을 대숲은 꽃이 피지 않느냐고 물었다. 그것은 갈퀴집 할아버지가 백살이 되려는 대나무를 솎아 쪄내서 그렇다고 어머니가 말했다. 왜? 하고 나는 다시 물었다. 대꽃이 피면 대숲이 망가져서 그렇지, 하고 어머니는 대답했다.

여전히 대숲은 무서웠지만 대꽃 얘기를 듣고 난 뒤로 대숲이 다른 차원으로 보였다. 산갈치의 세계처럼 신비로워 새로운 열망을 불러일으켰다. 흰 대꽃이 마을에 만발하고 봉황이 날아드는 상상을 했다. 나는 산갈치와 더불어 대꽃을 보는 게 소원이 되었다.

많은 노인들로부터 대꽃에 대한 증언을 들었다. 지리산자락 당몰샘에서 만난 노인은 삼베자락 늘어지듯 대꽃이 핀다고 하였다. 담양 소쇄원의 산책로에서 만난 나주 노인은 벼꽃과 같다고 하였다. 시인 서정춘 선생은 칸나꽃처럼 상승의 이미지라고 들려주었다. 덧붙여 선생은 『묘법연화경(妙法蓮華經)』의 「비유품(譬喩品)」을 보면 그 이미지를 알 수 있을 거라고 조언했다. 얘기들은 다 달랐고 실제로 본 사람은 없었다.

서른에 인제땅 점봉산에 올랐다가 나는 실제로 대꽃을 보게 되었다. 맹죽이나 왕대의 대꽃이 아니라 조릿대꽃이었다. 맹죽이나 왕대의 꽃도 이와 크게 다르지 않으리라 짐작했다. 그것은 어머니의 말처럼 희지 않았고 마음에 품어온 것처럼 아름답거나 신비롭지도 않았다. 나주 노인의 말처럼 벼꽃처럼 자줏빛 실 같은 꽃대에 누렇고 길쭉한 꽃들이 땅을 향해 늘어져 있었다. 그리고 한편으로 대꽃에 대해 들은 모든 말들이 모두 맞는 것 같기도 했다. 이미 대꽃은 나에게 실존의 꽃이라기보다 신화에 가까웠다.

이야기가 많이 흩어졌는데 다시 이마가 뜨겁던 열살 무렵으로 돌아가야겠다.

보리밭에서 혼불을 보고 난 후 나는 이상한 체험들을 하게 되었다. 그 첫 징조는 어느날 밤에 꾼 꿈으로부터 시작되었다. 당시 나는 할머니와 한방에서 지냈는데 할머니가 누군가와 도란도란 얘기를 나누는 소리를 들었다. 더러 이웃집 할머니들이 놀러 오기도 했으므로 나는 할머니가 말동무와 얘기를 나누시나보다 했다. 드문드문 잠결로 흘러드는 이야기는 마을 초입의 기와집 할머니 얘기였는데, 그 할머니가 방금 돌아가셨다는 내용이었다. 두사람은 안타깝다는 듯 혀를 차고는 했다. 그 집 할머니는 이미 연로하여 바깥출입을 하지 않은 지 오래여서 나는 그다지 놀라지 않았다.

이튿날 아침 밥상에서 나는 무심코 어른들에게 그 집 할머니가 돌아가셨냐고 물었다. 모두들 뜬금없는 소리를 한다는 눈치였다. 당자인 할머니도 마찬가지였다. 나는 그제야 내가 꿈을 꾸었거니 했다. 목소리만 듣는 꿈을 꾸었다니 신기했지만 아침부터 꿈 얘기를 하면 안 된다는 금기가 있어서 나는 더 입을 열지 않았다.

그날은 토요일이었고 보슬비가 내렸다. 점심 때 학교에서 돌아와 보니 기와집에 초상이 나 있었다. 기와집 할머니는 별채에서 기거했는데 며느리가 아침상을 봐드리다가 운명한 노인을 발견했다고 하였다. 노인이 숨을 거둔 것은 간밤이 아닐까 하고 어른들이 짐작했다.

할머니는 가방을 메고 들어서는 나를 불러세웠다. 할머니는 아침밥상에서 내가 했던 소리가 뭐냐고 물었다. 나는 간밤에 겪은 얘기를 해드렸다.

"아이고메, 망할 놈의 할망구가 가면서 너한테 들렸는갑다."

그래놓고 할머니는 서둘러 정한수를 떠다가 뒤꼍에서 비난수를 했다.

어머니는 괜한 짓을 한다고 못마땅해했다.

그리고 며칠 뒤 나는 또다시 꿈을 꾸었다. 윗니가 빠지는 악몽이었다. 아침이면 우리 집 개숫물을 돼지먹이로 받아가는 이웃집 아주머니가 있었다. 그 아주머니에게 나는 간밤의 꿈 얘기를 들려드렸다. 말을 잘 옮기는 아주머니였지만 우리 할머니나 어머니를 어려워해서 내 꿈 얘기를 듣고 호들갑스럽게 떠들지는 않았다. 다만 그 아주머니가 혼잣말처럼 은밀하게 "어쩐다니, 네 할머니가 돌아가실 모양이다"라고 속삭였다. 나는 무슨 말이냐는 듯 아주머니를 쳐다보았다. 이가 빠지는 꿈은 집안사람이 상을 당할 꿈인데 윗니가 빠졌으니 손윗사람한테 변고가 날 징조라는 거였다. 그렇지만 우리 할머니는 정정했다. 할머니가 요강을 들고 뒷간에서 나오는 모습을 보고 아주머니는 서둘러 돌아서며 흘리듯 말했다.

"개꿈인갑다, 저렇게 정정하신데……"

내 꿈은 사흘 만에 실현되었다. 할머니는 아니었다. 한마을에 사는 당숙모가 돌아가셨다. 당숙모의 죽음은 의외였다. 당숙이 오랫동안 폐병을 앓고 있어서 그가 돌아가셨다면 모를까 남편 병구완을 하며 살림을 착실히 꾸려가던 당숙모가 일을 당했으니 모두들 놀라워했다. 사십대 후반인 당숙모는 여섯이나 되는 아이들을 낳고 때늦게 또 임신을 했다. 폐병쟁이 집에 자식 많다고 사람들이 숙덕거렸다. 그런 당숙모가 임신중독증으로 병원에 실려갔다가 그만 불귀의 몸이 된 것이다.

이 일이 있고 나서 이웃집 아주머니가 어머니에게 내 꿈 얘기를 전한 모양이었다. 어머니가 조용히 나를 불렀다.

"어디 아프냐?"

나는 조금은 겁이 난 얼굴로 도리질을 했다. 어머니는 내 이마에 가만히 손을 올렸다. 어머니의 손이 뜨겁게 느껴졌다.

"열은 없는 것 같은데……"

어머니는 걱정스럽게 한숨을 내쉬었다.

"앞으로 무슨 이상한 꿈 같은 거 꾸면 남한테 얘기하지 마라. 엄마한테만 얘기해. 알았지?"

어머니는 한약을 지어다가 달여주었다. 그렇다고 내 몸에 특별한 이상이 있었던 것은 아니다. 이마가 뜨겁다는 느낌은 있었지만 몸에 다른 변화 따위는 없었다.

하루는 할머니와 어머니가 나를 두고 크게 다투었다. 할머니는 굿을 해야 한다고 주장했다. 어머니는 괜히 아이를 망치려느냐고 역정을 냈다. 할머니는 돌아앉으며 투덜거렸다.

"너야말로 괜한 일 해싼다만 어린것이 어떻게 그런 꿈을 꾼단 말이냐. 괜히 동티 내지 말고 용한 당골네를 불러라."

어머니는 완강했다.

"동티는 시방 어머님이 내시는구만요. 왜 멀쩡한 애를 이상하게 만드시는지 모르겠네."

어머니는 한약을 먹일 때마다 내게 일렀다.

"다 크려고 그러는 거야. 하나도 이상할 것 없어. 정신을 똑바로 차려야 돼."

그러나 나는 또다시 꿈을 꾸었다. 동네 아저씨 하나가 모르는 노인들과 어울려 어디론가 떠나는 꿈이었다. 나는 그 아저씨를 잘 알았다. 아내가 무당이었는데 아저씨는 매일 고갯마루 술청에 앉아 취해 지냈다. 사람들은 안사람이 밖으로 돌며 생계를 꾸리니 사내가 일손을 놓았다고 혀를 털고는 했다.

나는 그 꿈을 아무에게도 이야기하지 않았다. 그러나 무섬증이 엄습했다. 할머니의 말씀처럼 내가 무병에 걸린 건 아닐까 하고 걱정이었다. 그 아저씨가 일을 당하면 어쩌나 싶어 나는 매일 고갯마루 술청을 들여다보곤 했다.

그러나 변고를 피할 수는 없었다. 어느 저녁나절에 우리는 신작로에서 뭔가가 펑 하고 터지는 소리를 들었다. 때마침 나는 가족들과 함께 저녁을 먹고 있었는데 잠시 후 마을 사람이 달려와 무당집 아저씨가 교통사고를 당했노라 알려주었다. 사고 현장 수습을 빨리 못해서 아이들까지 처참한 시신을 목격할 수 있었다. 전체적으로 사지가 깨끗한 가운데 이마 위로만 머리가 짓이겨져 도로 위로 피가 흥건히 흘러나와 있었다. 길에서 잠든 그를 버스가 미처 못 보고 지났다고 하였네.

어머니는 치마폭으로 내 얼굴을 감싸서 몸을 돌렸다. 집으로 돌아오는 길에 나는 그만 울음을 터뜨리고 말았다. 어머니가 무릎을 꿇고 앉아 눈물을 훔쳐주며 물었다.

"무슨 일인지 말해봐. 또 꿈을 꾼 거냐?"

나는 머리를 끄덕였다. 그리고 꿈 얘기를 들려주었다. 어머니는 얼굴이 창백해졌다. 한참 만에 어머니가 무슨 결심을 한 듯 입술을 사리물었다.

"내일부터 엄마랑 예배당에 나가자. 다시 말하지만 아무 일도 아니야. 크느라고 그러는 거야. 너만 했을 때 엄마도 그랬거든. 정신을 바짝 차리면 돼."

이튿날 새벽에 어머니는 잠에서 못 깨는 나를 업고 교회로 갔다.

고개를 오르내리며 어머니는 산갈치 얘기며 대꽃 얘기처럼 황당한 이야기들을 들려주었다.

"너도 오늘 들었지? 지팡이로 바다가 갈리게 하고, 보리빵 다섯 개를 먹고 남긴 그 조각들로 빵 열두광주리를 만드셨다고 하지 않니. 그 많은 어른들이 그 얘기를 다 믿지 않더냐."

마치 그 무렵은 이야기 속에서 사는 것 같았다. 어떤 얘기는 수십번도 더 들었다. 때로 나는 잠이 들어서 얘기를 다 듣지 못할 때가 있었다. 내가 신열 속에서 꾸는 꿈처럼 이 세계가 황당함으로 가득 차 있다고 알려주려는 것 같았다.

"네 외갓집에는 선대 할아버지 한분이 임금님한테 받은 효자상이 있단다. 오래전에 할머니 한분이 시름시름 앓았다지 뭐냐. 봄부터 앓아누워서 겨울이 되니 다 돌아가시게 생겼지. 효성이 지극했던 그 할아버지가 어머니, 소원이 있으면 말씀해보세요, 하고 여쭈었단다. 그래 이 할머니가 수박을 한쪽 먹으면 자리를 훌훌 털고 일어날 것 같구나 했지. 겨울에 어디서 수박을 구하겠니? 그래도 효성이 지극한 할아버지는 쪽배를 몰고 바다를 나섰지. 며칠을 가다가 어느 섬에 당도했단다. 대밭이 무성한 섬이었어. 대밭 속에서 까마귀들이 시끄럽게 날고 앉는 것을 보았지. 이상하지 않겠니? 그래서 대밭으로 들어갔단다. 대나무들도 뭍에서 보던 것과는 달랐어. 아주 무른 대나무였단다. 한참 대숲으로 들다보니 까마귀들이 앉았다가 인기척에 놀라 떼로 날아가더란다. 그 자리에 반쯤 깨져서 엎어진 항아리가 있고 그 속에 아이 머리통만 한 수박이 덩굴에 매달려 있었단다. 이미 까마귀들이 반은 쪼아버렸는데 그래도 빨갛게 익은 수박이었지. 할아버지는 그걸 가져다가 어머니께 드려서 병을 털고 일어나셨어. 믿기지 않겠지만 엄마는 믿는다. 몇년 전에 은전도라는 섬으로 스텐 그릇을 팔러 들어갔지 않았겠니? 십일월이었는데 어느 집에서 수박을 내놓더구나. 알고 봤더니 그 섬에서는 여름이면 수박을 덩굴째 흙으로 묻어서 이듬해 봄까지 먹는다더구나."

이야기가 끝나면 어머니는 "신기하지 않니? 그러나 하나도 신기한 얘기들이 아니란다. 내가 하는 얘기들은 모두 사실이니까" 하셨다.

어머니의 얘기가 효과를 본 걸까. 나는 더 꿈에 시달리지 않았다. 다만 죽음과 관련한 어떤 직감 혹은 영감 같은 게 마음에 스치곤 했다. 그것을 기시감 같은 것이라 해야 할까. 아무튼 나는 우리 마을 사람들이 올해 안에 다섯이 죽을 것이라는 느낌에 사로잡혔다. 그건 어떤 근거도 없는 순전한 느낌이었고, 그 느낌을 반복적으로 마음에 새기다보니 '올해 다섯이 죽는다'는 믿음을 갖게 되었다. 이미 셋이 죽고 둘이 남은 셈이었다. 나는 그 생각이 자꾸 났지만 어머니에게 말할 수 없었다.

내가 더 꿈에 시달리지 않자 어머니는 새벽기도 다니는 것을 그만두었다. 이웃 교인이 찾아왔을 때 어머니는 미안해했다.

"헌금이 부담스러워요."

그리고 한해가 저물어갔다. 내 예감은 틀리지 않았다. 청년 하나가 실연으로 농약을 마셨고, 일곱살 난 아이가 김장김치 절이는 통에 거꾸로 빠져 죽었다. 나는 이 가슴 아픈 사연들을 세세히 전달할 수가 없다. 아직도 그들 가족은 물론 마을 사람들도 그 죽음을 애통해하고 있기 때문이다.

그해를 물리고 나자 나는 어떤 신열에서 놓여나는 느낌이 들었다. 이마가 뜨겁지도 않았다. 나는 어머니의 무릎에 누워 계속 이야기를 해달라고 졸랐다. 어머니도 아들 걱정에서 많이 놓여나 있었다. 이야기가 바닥이 나서 더 해줄 게 없다고 말하곤 했다. 그러면 나는 예전에 들은 이야기들을 들먹이며 그것을 다시 해달라고 졸랐다.

"얘기를 너무 좋아하면 가난하게 산단다."

어머니는 졸음에 겨워 그렇게 말하고는 했다.

요양원 침대에 누운 어머니에게 이야기를 해주느라고 나는 일찍이 어머니에게 들은 이야기들을 애써 떠올려야 했다. 어떤 미동도 없이 먼 세계에 있는 듯싶은 어머니에게 이야기를 들려줄 때면 한순간 어머니 눈이 반짝이는 것 같기도 했다. 그것은 내 느낌인지도 몰랐다. 그렇지만 나는 어머니가 지금 열살이 되었든 두살이 되었든 내 얘기를 경청하리라 믿었다. 세상의 모든 아이들은 그런 이야기를 좋아하고 그 세계에 살고 있으니까.

처음 작가가 되고 「길」이라는 단편을 쓰면서 스무해 뒤에도 같은 제목으로 한편 더 써볼까 생각했다. 작가생활 20년마다 자화상을 그려보았으면 하고 소망했다. 그리고 20년이 되었다.

첫 자화상을 그릴 때 내 초상은 깊은 골짜기를 밟아가는 남녀의 행로처럼 암울했다. 내 생에 닿을 수 있고, 가꿀 수 있는 유토피아가 있을까 싶었다. 그럼에도 스물대여섯 문청은 많은 길들을 포기하고 문학의 길에 투신한다는 자부심이 있었으며, 작가는 인생에 단 한편을 남긴다는 마음 붉은 문학주의자였다.

다시 「길」이라는 단편을 지을 때가 되었다. 겨울 동안 두번째 자화상을 그려서 이 소설집에 수록하고 싶었으나 연이 닿지 못했다. 두번째 결산처럼 이 무렵에 드는 마음은 있다. 문학은 결코 인생에

서 많은 것을 포기하고 선택한 길이 아니라는 것, 내가 가장 가고
자 하던 길이었다는 것. 그리고 문학도 나이를 먹는지 모른다는 것,
그러므로 인생에 단 한편은 없으며 어쩌면 겸손한 실패로 점철되
는 게 문학인생이 아닐까⋯⋯

여기 단편들은 2009년부터 쌓였다. 「로동신문」 「성묘」 「망향의
집」은 휴전선을 따라 여행하며 궁리한 소설들이다. 「배웅」은 찻집
에서 주워들은 얘기며, 「밥그릇」은 로알드 달(Roald Dahl)의 「목
사의 기쁨」을 항간의 우리 얘기로 꾸며본 소설이다. 「이야기를 돌려
드리다」처럼 주인공을 잃어버린 소설도 있다. 몇편을 골라냈어도 한
숨이 나온다. 일상도 챙겨보고 싶었고, 손뼘을 벌려 더 깊게 시간을
더듬고도 싶었던 모양이다. 후배 박준 시인이 섬세한 손길로 원고
들을 엮어주었다. 창비에서 처음 잡은 원고라는데 나로서는 영광스
럽다. 오랜 연이 있는 김정혜 선생께도 신세를 졌다. 감사드린다.

행운이 주어진다면 내 생에 세편의 「길」을 갖게 될 것이다. 세번
째 자화상은 어떤 모습일지 상상할 수 없다. 다만 내게 질문이 멈
추지 않아 그때도 독자와 더불어 나눌 말이 있었으면 좋겠다. 나는
묵묵히 걷고자 한다.

2015년 2월
전성태

소풍 『창작과비평』 2014년 여름호

배웅 『현대문학』 2012년 5월호

낚시하는 소녀 『현대문학』 2011년 8월호

밥그릇 『녹색평론』 2009년 11-12월호

영접(迎接) 『본질과 현상』 2010년 봄호

로동신문 『창작과비평』 2009년 여름호

성묘 『현대문학』 2013년 8월호

망향의 집 『황해문화』 2010년 봄호

국화를 안고 『세계의 문학』 2010년 봄호

지워진 풍경 『좋은 소설』 2009년 여름호

소녀들은 자라고 오빠들은 즐겁다 『작가세계』 2010년 가을호

이야기를 돌려드리다 『문학사상』 2009년 9월호

두번의 자화상

초판 1쇄 발행 • 2015년 2월 27일
초판 7쇄 발행 • 2021년 2월 9일

지은이/전성태
펴낸이/강일우
책임편집/박준
펴낸곳/(주)창비
등록/1986년 8월 5일 제85호
주소/10881 경기도 파주시 회동길 184
전화/031-955-3333
팩시밀리/영업 031-955-3399 · 편집 031-955-3400
홈페이지/www.changbi.com
전자우편/lit@changbi.com

ⓒ 전성태 2015
ISBN 978-89-364-3733-6 03810